suhrkamp taschenbuch 858

Dieter Kühn
Die Präsidentin

Roman

Suhrkamp

Die Präsidentin

I

Marthe Hanau, Gründerin und Direktorin eines Zeitungs- und Finanzkonzerns! So präsentiert sie sich auf der Fotographie, die neben mir auf dem Arbeitstisch liegt: robuster Oberkörper, rundes Gesicht, die Bubikopffrisur der zwanziger Jahre, ihr Blick fest ins Kameraobjektiv gerichtet. Ich sehe hinter ihr Holztäfelung, sehe vor ihr einen Schreibtisch, die Platte blank, Papierblock und Tintenlöscher gespiegelt, Rosen in einem Glaskelch und tatsächlich eine Sektflasche in einem (bestimmt silbernen) Eiskübel: Statussymbol! Sie stützt den rechten Ellbogen auf die Tischkante, hält den Telefonhörer an ihr rechtes Ohr, Kopf etwas schräg, ihr Mund freilich geschlossen, so schaut sie den Betrachter an: Madame Hanau.

Als erstes wäre zu erzählen, wie sie an diesen Schreibtisch kam, wie sie im Wirtschaftsbereich aktiv wurde. Oder müßte ich schon vorher einsetzen, beispielsweise mit ihrem Geburtsdatum? Das erklärt gar nichts über ihre späteren Börsenmanipulationen zum Beispiel, soll ich es deshalb fortlassen? Andererseits: Marthe Hanau ist ja nun Koordinationsfigur dieses Buchs, da müßte ich wenigstens ein paar biographische Informationen bringen.

Also doch anfangen bei ihrer Geburt – aber dann weiter in raschen Sprüngen! Ihr Geburtsort ist Paris, das Geburtsjahr 1886. Und wer es noch genauer wissen will, der soll auch den Geburtstag haben: der erste Januar. Und ihre soziale Herkunft – könnte das nicht wichtig sein? Ist sie etwa Tochter eines Fabrikanten, gehört damit zu einer der Gruppen, aus denen »führende Persönlichkeiten« des Wirtschaftsbereichs hervorgehen? Oder kommt sie aus sozialen Verhältnissen, die ihr solch einen Vorsprung nicht geben? Ja, ihre Eltern sind

Kaufleute, kleine Kaufleute – ein Wäschegeschäft am Boulevard de Clichy.

Die Mutter fleißig, sparsam, strebsam, der Vater hingegen hat teils keine rechte Lust mehr zur geschäftlichen Aktivität, teils kann er auch nicht mehr aktiv sein: dieser offenbar ansehnliche, lustige Elsässer, der gerne trinkt, erzählt, Musik macht, soll eine Krankheit haben, die als »geheim« bezeichnet wird in dieser prüde tuschelnden Gesellschaft, und diese Krankheit hat ihn schon ziemlich bewegungsunfähig gemacht. Bei ihm sitzt Marthe-Marie gerne, um zu klönen; die verkniffene Energie der Mutter findet bei ihnen keinen Beifall.

Wenn man mit kleinen und engen Verhältnissen nicht zufrieden ist, so will man höher hinaus – das will auch Marthe. Unbedingt möchte sie auf das Konservatorium, möchte Pianistin werden. Der Vater findet das wohl richtig, die Mutter hingegen hält das für Mumpitz, für Firlefanz, die Tochter soll erst mal anständig das Arbeiten lernen, und zwar im eigenen Geschäft.

Mutter Lucie hat das Sagen im Hause Hanau, so muß Marthe im Wäschegeschäft arbeiten: Baby-Grundausstattungen verpacken, Aussteuer-Wäsche verpacken, Baby-Grundausstattungen verpacken, Aussteuer-Wäsche verpacken, das wiederholt sich. Das führt nicht weiter. Marthe aber will weiter, will höher hinaus, das ist ja wohl das Recht der einzigen Tochter. Und so entwickelt Marthe schon früh einen Lebensstil, der Mutter Lucie überhaupt nicht gefallen will: eigenwillige Kleidung, Besuch von Lokalen, Rauchen in der Öffentlichkeit, ein Freund mit Auto. Das ist damals, kurz nach der Jahrhundertwende, noch etwas ganz Besonderes: und Marthe will in diesem Auto nicht bloß mitgenommen werden, sie will es selbst steuern, der reiche Freund erlaubt es: Marthe am Lenkrad eines Oldtimers, sicher eine der ersten Frauen in Frankreich.

Hier ist mehr Beziehung zum Auto als zum jungen Mann: schon auf den ersten Seiten des Buchs werde ich berichten, vielleicht sogar erzählen müssen, daß Marthe früh bereits Freundschaft mit Mädchen vorzieht. Beispielsweise lernt sie in einem Urlaub eine Freundin kennen, die Musikerin ist, es wird ein »unvergeßlich schöner« Urlaub, man schreibt sich danach Briefe, unter poetischem Kennwort von der Post abzuholen, und die mißtrauische, auf geordnete und normale Verhältnisse bedachte Mutter schaut heimlich in die nicht schlau genug versteckten Briefe, liest daraus hah! ein abnormes Verhältnis ab, schreit, heult, droht, setzt einen bösen Schlußpunkt. Aber Marthe findet bald Trost bei einer Verkäuferin des Wäschegeschäfts, Mutter Lucie erwischt die beiden auch mal, wahrscheinlich hinter einem Wäscheregal, und wieder gibt es Geschrei und Tränen und Drohungen, wieder einmal wird ein Verhältnis abrupt beendet, die Verkäuferin fliegt raus. Ob ich diesen Abschnitt des Lebensromans in meinem Roman nachschreiben werde? Oder soll ich diese Phase mit ein paar Andeutungen überspringen und ich erzähle gleich von Lazare Bloch, den sie zweiundzwanzigjährig kennenlernt, und er ist dreißig?

Lazare Bloch ist für dieses Buch sehr wichtig, er kann gar nicht früh genug eingeführt werden: gemeinsam mit ihm führt sie alle großen Geschäftsaktionen durch, Gründung und Aufbau der Zeitung, der verschiedenen Aktiengesellschaften. Daß Bloch als häßlich gilt, ist leicht zu erfahren: sein grobes Gesicht, seine zu große Nase. Über seinen viel wichtigeren Beruf aber gibt es widersprechende Angaben: mal ist er Ingenieur, mal Kammgarn-Vertreter, mal Finanzmakler. Wenn mir das so gleichrangig angeboten wird, entscheide ich mich natürlich für den dritten Beruf: die Börsenmanipulationen, die er später mit Marthe durchführt, setzen Kenntnisse auf dem Kapitalmarkt voraus. Und so lasse ich ihn Mitgliedern des gehobenen Bürgertums Anteile anbieten, beispielsweise für eine neu gegründete Kabelfabrik in Lyon. Dabei könnte er suggestive Vorstellungen entwickeln über die Aussichten der Elektrobranche insgesamt: die Zukunft wird dem Strom gehören, ständig zunehmende Elektrifizierung, eines Tages wird Frankreich, wird Europa durch ein dichtes Netz von Stromleitungen versorgt – und das heißt: wachsender Bedarf an Kabeln, wachsende Produktion an Kabeln, wachsende Gewinne hier.

Diesen Bloch will Marthe heiraten. Sicher werden dabei

Absprachen getroffen: kein bürgerlich hausbackenes Verhältnis bitte, keine Kinder und so weiter. Von diesen wäschegeschäftsschädigenden Verabredungen wird Mutter Lucie nichts ahnen. Aber auch sonst wird ihr dieser Lazare Bloch kaum gefallen, dem man unstete Lebensverhältnisse nachsagt und sogar eine verderbliche Spielleidenschaft. Aber immerhin, er ist ein Mann, endlich, da will Mutter Lucie auch diese Nachteile in Kauf nehmen. Und so findet denn eine Hochzeit statt.

Wahrscheinlich werden dem Paar zu diesem Festtag hohe Stapel von Bettwäsche, Babywäsche, Leibwäsche geschenkt. Wichtiger ist ihnen eine Erbschaft, die Marthe nun ausgezahlt wird. Ein offenbar höherer Betrag – die beiden aber scheinen das Geld rasch durchzubringen, vor allem mit Spielen: Marthe und Lazare spielen sehr gern Poker, Baccara, Roulette.

Nach ungefähr zwei Jahren trennen sie sich wieder, lassen sich aber offiziell noch nicht scheiden – das geschieht erst zehn Jahre später, 1920. Aber auch dann werden die beiden weiterhin zusammenarbeiten, sehr intensiv. Hier sind die beiderseitigen Beziehungen zu Frauen kein Hindernis: Lazare heiratet nochmal, zeugt das erste seiner vielen Kinder, und Marthe bindet sich an Delphine, die gleich einen mannweiblichen Vornamen erhält: Josèphe. Diese Tochter eines reichen Juweliers hat viel Geld, ist ebenso wie Marthe an geschäftlichen Unternehmen interessiert, die beiden beschließen, eine Fabrik für Kosmetika zu gründen, in Lilas. Lazare Bloch wird herangezogen, er kümmert sich vor allem um das Technische.

Und spätestens hier werde ich von dieser biographischen Basis abspringen: ich lasse mir von solchen Fakten nicht das Buch vorschreiben. Wie ein lesbisches Paar eine Kosmetikfabrik aufmacht und leitet, das gäbe sicher allerhand Schreib- und Lesefutter her, aber davon lasse ich mich hier nicht verführen. Wichtiger als die privaten Beziehungen dieser jungen Frauen ist für mich nun die Gründung einer Fabrik in jener Vorkriegszeit: was konnten hier Marthe und Lazare für ihre späteren geschäftlichen Aktionen lernen?

Nach diesen Leerzeilen setze ich neu an. Daß Lazare bei der Firmengründung mitgewirkt hat, motiviert für den folgenden Entwurf seine noch sehr viel entscheidendere Mitarbeit. Delphine wird solange beurlaubt, ich kann sie hier nicht brauchen.

Der Roman wird also wohl an diesem Punkt erzählend ansetzen: wie Marthe auf den Einfall kommt, eine Kosmetikfabrik zu gründen. Das kann so beginnen: Marthe schraubt ein Döschen mit Gesichtscreme auf, steckt den Zeigefinger rein, beriecht ihn, schaut gar nicht zufrieden drein; Marthe spricht mit anderen Frauen über Körperpflege, Schönheitspflege; Marthe tupft eine Flüssigkeit auf ihren Handrücken, beschnuppert ihn, hält die Hand unter den Wasserhahn; Marthe läßt eine Frau an einer aufgeschraubten Cremedose riechen, beide versuchen zu beschreiben, was sie riechen, was sie nicht riechen, was sie gern riechen möchten.

Und dann eine Besprechung mit Lazare, etwa in einem Restaurant oder in einem Café. Sie fragt zu Beginn wohl, ob es zur Zeit wirklich so günstig sei, eine Fabrik zu gründen – man lese und höre das jedenfalls öfter. Lazare wird das bestätigen, verweist dabei aber sicher auf Unterschiede in den Produktionsbranchen. Darauf kann Marthe fragen: wenn es derzeit in einigen Branchen so günstig ist, ein Unternehmen zu gründen, warum verkauft er da eigentlich nur Anteile und macht nicht gleich selbst eine Fabrik auf?

Lazare wird erst einmal gar nichts dazu sagen, wird kauen oder schlürfen. Dann mag er bemerken, er sei Finanzmakler und kein Unternehmer. Aber wenn die Lage im allgemeinen so gut ist für Unternehmer, wird Marthe einwenden, warum nicht gleich Unternehmer werden? Lazare wird sagen, sie dürfe hier nicht so scharf trennen: er besitzt wahrscheinlich selbst Anteile der Kabelwerke, ist also in gewisser Weise Mitunternehmer. Daraufhin wird Marthe die Frage wiederholen, warum er nicht richtiger Unternehmer wird.

Ob er vielleicht noch eine Kabelfabrik gründen soll, wird er gegenfragen. Das wird sie nicht gemeint haben: es muß nicht unbedingt die Elektrobranche sein. Lazare wird knapp fragen: Was sonst? Marthe berichtet: sie hat sich seit einiger Zeit ziemlich genau umgehört, ist dabei zu dem Ergebnis gekommen, daß die Marktlage sehr günstig ist für neue Kosmetika.

Nun wird Lazare erklären, auf diesem Sektor werde bestimmt genug produziert. Dies mag Marthe bestätigen, aber das sei alles nicht das Richtige. Sie hat mit vielen Frauen gesprochen, nicht bloß aus dem Bekanntenkreis: gute Produkte, richtig angeboten, hätten hier eine enorme Chance. Es würde derzeit kaum Spaß machen, diese Töpfchen und Fläschchen zu öffnen: meist nur der übliche Geruch, sonst nichts. Frauen würden Cremes und Lotionen aber nicht bloß kaufen, um Schönheitspflege zu betreiben, hier geschehe mehr. Dieses Mehr lasse sich nur schwer bestimmen: es sei etwas wie die Erwartung einer nicht bloß äußerlichen Veränderung. Und dies müsse verkauft werden!

Lazare werden diese Ausführungen nicht präzis genug erscheinen: auf solcher Basis lasse sich kein Unternehmen gründen. Da bleibe er lieber in der Elektrobranche: die habe Zukunft, die sich berechnen lasse. Darauf Marthe: in der kosmetischen Branche sei auch Zukunft, sehr viel Zukunft, und zwar gerade, weil diese Zukunft sich nicht so genau vorausberechnen lasse. Lazare mag das zu paradox erscheinen. Er wird mit betonter Nüchternheit fragen, erstens, was hergestellt und zweitens, wie es angeboten werden soll. Bevor das nicht klar sei, hätte es kaum Zweck, länger darüber zu reden. Darauf wird Marthe sagen, sie werde das nochmal genau durchdenken, werde es möglichst präzis formulieren. Sie sei aber jetzt schon völlig sicher, daß hier gute Chancen lägen, sehr gute Chancen.

Marthe wird Lazare in der nächsten Besprechung sagen, daß sich viele Frauen ihrer Umgebung langweilen, sie wollen Besonderes erleben. Diesen Wunsch müsse man mit jedem Cremetopf, mit jeder Lotionflasche verkaufen. Schon, wenn Frauen die neuen Gefäße sehen, sie öffnen, muß es sie aus dem Gewohnten herauslocken, herauslösen, herausreißen: Abenteuer. Dies müsse man verkaufen: Abenteuer. Hochgerissen werden in einen Sattel, womöglich in einen orientalischen Sattel, bunt verziert, und kaum ist man entführt, kommt ein anderer dahergaloppiert, orientalisch bunt gekleidet, der will diese Frau ebenfalls haben, schon kämpfen sie mit blitzenden Krummschwertern, wie in Büchern, die ihre Bekannten lesen, die Marthe ebenfalls gelesen hat, und ein Orientale wird halbiert, und der andere kriegt die Frau: so etwas ließe sich verkaufen! Dabei müsse die Creme oder Lotion in ihrer Zusammensetzung gar nicht so neuartig sein; wichtig wäre vor allem das verlockende Leitbild, sichtbar gemacht durch einen guten Reklamezeichner. Überzeugt das Lazare? Ich nehme an.

Marthe wird nun mit einem Zeichner Entwürfe besprechen: immer schwungvoller der orientalische Reiter, der eine Frau hochreißt in seinen Sattel. Das wird durchvariiert, bis der Schwung kaum noch zu steigern ist. Die Zeichnungen dann koloriert. Im Vordergrund dazugemalt das Produkt, das noch nicht produziert wird, in dieser Phase sicher aber schon einen Namen hat, ich schlage vor: »L'Orient«.

Lazare Bloch sieht nun Erfolgschancen, hilft bei der Gründung einer Kosmetikfabrik. Sicher beginnen sie vorsichtig disponierend mit wenigen Arbeitern in einem kleinen, erweiterungsfähigen Fabrikationsraum. Fünf, sechs Arbeitskräfte können bereits eine große Zahl von Cremetöpfchen und Lotionfläschchen füllen. Bei erfolgreicher Verkaufskonzeption steigt die Produktion: noch mehr Hände und Geräte, die duftenden Brei anrühren, duftendes Wasser abfüllen, Etikette aufkleben mit frauenraubenden Reitern. Der Fabrikationsraum wird erweitert.

Sicher entwickelt Marthe nun neue Verkaufsideen, die Produktion soll weiterhin gesteigert werden. Marthe Bloch also nachdenkend: Will eigentlich jede Frau geraubt sein? Wird es nicht Frauen geben, die weder im Tagtraum noch im Nachttraum auf ein Pferd gerissen werden wollen, entführt in ein zwar buntes, aber unbestimmtes Abenteuer hinter dem Horizont? »L'Orient« – läßt diese Markenbezeichnung nicht auch andere Vorstellungen zu? Zum Beispiel: Gärten, duftende Gärten, die berühmten duftenden Gärten mit Blumenrabatten, zwischen denen man auf und ab schreitet, selbstverständlich schlank, zartgliedrig? Solch einen Gartenorient läßt Marthe vielleicht als nächstes entwerfen von ihrem Zeichner, der sich bewährt hat, oder von einem neuen Zeichner mit neuen Ideen: wer dieses Gefäß aufschraubt, riecht orientalische Gärten, Terrassengärten, schwebende Gärten, in die man sich mit halboffenen Augen versetzt. Auch dies ein Orient, der sich verkaufen läßt: eine neue Duftnote in den gefärbten Brei, in die Lotion, neue Behälterformen entworfen und entwickelt, neue Etikette, die den neuen Reklamebildern in Zeitungen und Journalen entsprechen: neue Kunden, größere Produktion. Der Fabrikationsraum erweitert, die Zahl der Arbeiter wächst; etwa ein Dutzend Arbeiter könnte pro Tag schon eine ganze Menge Töpfchen und Fläschchen füllen, zuschrauben, etikettieren, verpacken.

Weitere verkaufsfördernde Formen des Orients? Hier könnte Marthe an den Geist denken, der aus der entkorkten Flasche hochwächst, hinauf bis an die Wolkengrenze, und das Problem besteht im Märchen darin, wie man ihn wieder in das Gefäß reinlockt: könnte man diesen bösen Geist nicht in einen schönen Geist verwandeln? Und der Mann, der im Märchen vor Angst in die Knie gegangen ist, dieser Mann kniet nun freiwillig, Arme ausgebreitet, Handflächen hochgedreht, Kopf im Nacken, denn aus der Flasche, aus dem Gefäß schwebt hoch die Vision einer sehr schönen Frau? Und das Gefäß, aus dem sie wächst, gleicht dem Gefäß, auf das dieses Bild als Etikett geklebt wird?

Ist dieses Konzept erst einmal entwickelt, durch den Zeichner fixiert, so sind rasch neue Duftkomponenten in den gefärbten Brei gemixt: Marthe wird sehr genau wissen, daß es in dieser Branche wichtiger ist, Vorstellungen, Erwartungen, Träume zu verkaufen als Wirkmittel. Möglichst viele Frauen müssen sich vom Werbebild des orientalisch bunten Reiters mitreißen lassen, müssen sich in die orientalisch üppigen und lässigen Gärten der Reklamebilder versetzen wollen, müssen sich aufsteigen sehen aus orientalischem Zaubergefäß, und von tief unten werden sie bewundert – Marthe und Lazare verkaufen Träume, und sie verkaufen gut. Die Zahl der Arbeiter steigt wiederum, so nehme ich an. Und sicher wird auch die Verkaufsorganisation ausgebaut: schicken Marthe und Lazare Vertreter nach Lyon, nach Bordeaux, nach Lille, nach Caën, nach Marseille, und die empfehlen dort Geschäftsleuten den Verkauf der neuen Produkte, bieten Gewinnmargen an, die erheblich höher liegen als bei Konkurrenzunternehmen? Instruiert Marthe die Reisevertreter, sagt ihnen vor, was sie aufsagen sollen?

Sehr plötzlich wird diese Fabrik geschlossen: der Weltkrieg. Da müssen die Arbeiter an die Front, die Arbeiterinnen in die Rüstungsindustrie.

2

In einem der vorwiegend journalistischen Berichte über Marthe Hanau lese ich, daß sie im Krieg eine Erfindung macht: sie erfährt, daß die braven Poilus infolge Kampfeinwirkungen ihre Suppen oft kalt auslöffeln müssen, vorne in Schützengräben, Schützenlöchern, und das weckt ihr Mitempfinden, weckt zugleich ihre Erfindungsgabe, sie kommt auf den Einfall, daß hier ein Kranz von Harzkügelchen hilfreich wäre: um das Kochgeschirr geschlungen und angezündet, macht er die Suppe warm und erfreut den abgekämpften Soldaten zugleich durch angenehmen Duft.

Ist sowas nicht Unterhaltungsromanfutter? Da würde denn erzählt, wie solch eine Harzkugelkettenfabrik aufgemacht wird, wie Umsatz und Gewinne steigen; diese Mischung von »gesundem Verdienststreben« und »sozialem Empfinden« soll dann wohl typisch sein für die spätere Hanau.

Solch ein Roman würde sicherlich auch nicht darauf verzichten, in diesem Punkt partnerschaftliche Entsprechung zu Lazare Bloch herauszustellen. Der will nämlich auch etwas für die Front tun, erfindet die »tube du soldat«: sie enthält eine Kompaktmischung von Kaffee und Rum, geeignet, »die Kampfkraft unserer tapferen Soldaten zu stimulieren«, wie es werbend heißt. Nach einiger Zeit müssen die Justizbehörden freilich, aufgrund einer anonymen Anzeige, feststellen, daß der Inhalt nicht ganz der Aufschrift entspricht, da ist weniger Kaffee enthalten als gedruckt steht, auch mit dem Rum zeigt sich Lazare etwas knauserig: er kommt vor Gericht, muß zugeben, daß sich »ein Fehler in der Dosierung« eingeschlichen habe, er wird zu zwei Monaten Gefängnis verurteilt, die Strafe aber setzt man zur Bewährung aus.

Und nun ist wieder Marthe dran, ein sehr einfallsreiches Paar, das wird sich später noch enorm steigern, alles muß sich konsequent entwickeln: Marthe, so heißt es, erfindet die »verzauberte Schüssel«. Durch einen nicht näher beschriebenen Trick täuscht dieser Topf wohl eine größere Eßmenge vor, die in den mageren Kriegsjahren wenigstens die Augen sättigt – oder dient der Topf direktem Verkaufsbetrug? Jedenfalls, wegen Lebensmittelschwindels soll Marthe beinah ins Gefängnis kommen, fällt dann aber gerade rechtzeitig unter die Amnestie des Siegerjahres 1918. Soll dieser Zaubertopf etwa Vorzeichen sein für die späteren Bilanzschwindeleien, Umsatzaufblähungen, Börsenmanipulationen?

Über diesen Harzkugelkettenundschüsselkram werde ich im Roman nichts schreiben, das erscheint mir zu mickrig, zu blöd. Wer so anfängt, der käme auch nicht daran vorbei, zu erzählen, wie Marthe als Mann verkleidet in die Pariser Börse geht, die nur Männern vorbehalten ist, nach alter Tradition. So ein Episödchen würde natürlich bei einer Massage beginnen, wie es überliefert oder als Überlieferung erfunden ist, und die Masseuse massiert das reichlich fleischige Fleisch der breitschultrigen Marthe, und die erfährt nun, daß sich bei der Suez-Aktiengesellschaft ein Prozeß entschieden hat, irgendwas mit Obligationen, so meint die massierende Masseuse, die das von einer Kundin gehört hat, von einer Bekannten einer Frau eines Anwalts, der für die Suez-Gesellschaft arbeitet. Marthe erkennt sofort, daß sich mit solch einer noch nicht allgemein bekannten Nachricht an der Börse Geld machen läßt, sie springt auf, läuft mit pendelnden Brüsten zum Telefon, erkurbelt Induktionsstrom, ruft Lazare an: zu dieser Zeit ist das Anrufen tatsächlich noch ein Rufen in ein dicht versträhntes Knacken und Rauschen. Nachdem sie sich mit Lazare abgesprochen hat, ruft sie, jeweils vorher kurbelnd, auch Freunde an, ihr breites Gesäß vor Entschlossenheit zusammengekniffen, sie gibt Kaufs- und Verkaufshinweise, läßt sich dann beim Ankleiden helfen, bei Männerkleidung braucht sie Hilfe, und rasch die Fahrt zur Börse, dabei ließe sich durch fiktive Blicke aus dem Taxifenster ein bißchen Paris sichtbar machen der zwanziger Jahre, schließlich stapft sie die Börsenstufen hoch, betritt den nur Männern vorbehaltenen Börsensaal, läßt kaufen und verkaufen gemäß den Informationen, macht einen guten Schnitt mit Suez, und diese Episode könnte abgeschlossen werden durch ihr bekanntes Triumphgelächter, das guttural kräftig gewesen sein soll.

Aber darüber wird im fertigen Roman nichts stehen! Selbst, wenn Zeugen aus jener Zeit hier an meinem Arbeitstisch aufmarschieren, greisenhaft gekrümmt die Masseuse persönlich oder eine damals noch jüngere Freundin der Masseuse oder ihre Tochter, und sie berichten glaubhaft, ja beglaubigt, daß Marthe tatsächlich einmal als kleiner, bärtiger Mann in die Börse ging, dort Kursgewinne mit Suez machte – selbst dann werde ich es in diesem Vorbereitungs- und Entwurfsstadium bloß zur Kenntnis nehmen, werde es aber nicht ausführen im Roman: das ist mir zu albern, comprenez-vous, das ist Unterhaltungsroman, deshalb wische ich euch Zeugen mit der Schreibhand weg, von links nach rechts auf diesem Papier, lasse hier nun zwei Leerzeilen frei, setze danach neu an.

Und hier, kurz wenigstens, nochmal einige biographische Angaben, als Ausgangspunkt für weitere Entwürfe. Lazare übernimmt 1915 von seiner Partnerin das Gebäude der ehemaligen Kosmetikfabrik, will hier Kriegsproviant produzieren. Marthe läßt sich von ihm auszahlen, kauft sich für das Geld als erstes ein Auto, Marke Torpedo, Modell 1914, saust damit herum, kollidiert aber ziemlich bald mit einem Militärfahrzeug, wird bewußtlos ins Krankenhaus Malmaison eingeliefert, schwere Gehirnerschütterung. Während des Aufenthalts im Krankenhaus wird sie von einem jungen Arzt nach der damals noch berüchtigten Freudschen Methode behandelt, mit ihrem Einverständnis: Marthes Innenausstattung interessiert mich hier freilich so gut wie gar nicht, psychologische Motivationen können in diesem Buch höchstens zweitrangig sein.

Während des Kriegs nun hilft Marthe in Lazaretten, wie das in der bürgerlichen Schicht dieser Zeit üblich ist. Auch zieht sie mit anderen Frauen Wohltätigkeitsbasare auf. Kurz: sie ist rührig.

Nach dem Krieg kommt Josèphe aus New York zurück, die beiden Frauen ziehen nicht in eine gemeinsame Wohnung, sind aber bei jeder Gelegenheit beisammen. Und wieder investiert Josèphe Geld, diesmal in ein Unternehmen von Lazare Bloch, das vorläufig noch nicht so recht florieren will: das Comptoir Textile du Nord, eine Grossistenhandlung für Textilien.

Mit Recht wird Josèphe wohl fordern, daß Marthe sich endlich offiziell von Lazare scheiden läßt – das geschieht nun auch, Marthe hört wieder auf ihren Mädchennamen. Die guten Beziehungen zu Lazare werden von dieser offiziellen Scheidung nicht beeinflußt: soll er seine Frau, seine Freundinnen haben, sein uneheliches, und seine immer zahlreicheren ehelichen Kinder – Marthe und Lazare verstehen sich sehr gut im geschäftlichen Bereich, muntern sich gegenseitig auf mit Ideen, Plänen, Aktionen.

Zu Beginn der zwanziger Jahre wird Marthe aktiv auf dem Börsenmarkt. Ihre Spezialität ist das »Animieren« von Aktienkursen: als »animateur« bietet sie ihre Dienste verschiedenen, wohl kleineren oder neuen Aktiengesellschaften an, will deren Kurse hochkitzeln, hochtreiben, hochputschen. Das scheint ihr auch zu gelingen, ihre geschäftliche Basis erweitert sich, sie gründet nach einiger Zeit das Groupement Technique de Gérance Financière, sinngemäß zu übersetzen als »Arbeitsgemeinschaft für Portefeuille-Verwaltung«. Diese Interessenverbindung soll, nach einer Proklamation der Hanau, »die Isolierten vereinigen«, soll »die Sparer zusammenschließen zum Zweck der gewinnbringenden Verteilung der Erträge, die professionelle Finanzleute dadurch erzielen, daß sie mit allen Trümpfen in der Hand im Auftrag der Kunden spekulieren«. Dieses Unternehmen, mit Sitz zuerst in der Rue Marivaux, ist personell zu Beginn noch recht bescheiden besetzt, die Einzahlungen und Umsätze aber scheinen rasch zu wachsen.

Mit den Erfolgen nehmen die geschäftlichen Kontakte zu; schließlich lernt Marthe Hanau einen wichtigen und bekannten Mann kennen, Léonard Rosenthal, genannt »Perlenkönig«, Träger des Ordens der Ehrenlegion, Verfasser des Buchs »Wir werden reich sein!« Und er ist sehr reich, importiert mit seinem Bruder Perlen aus Indien, exportiert sie wiederum in alle Gegenden der Welt. In Perlen, in Edelsteinen allgemein, sieht er zwar die sichersten Anlagewerte seit der Römerzeit, aber er spekuliert auch gern mit Aktien; besonders zukunftsreich erscheint ihm hier die Erdölbranche. Er besitzt ein großes Aktienpaket von Pétroles de Madagascar und hätte gern, daß diese Aktien tüchtig steigen. Mit den Vorrechten eines Großaktionärs hat er bereits einen neuen Mann in den Vorstand dieser Gesellschaft lanciert, Charles Bertrand, Bürgermeister, Mitglied der Deputiertenkammer, hoher Verbandsfunktionär. Bertrand nun hat vorgeschlagen, zur Aufwertung dieser Aktiengesellschaft ein positives Gutachten erstellen zu lassen von einer möglichst angesehenen Persönlichkeit, und die findet man in Graf Maurice-Bernard de Courville, fünfzehn Jahre Technischer Direktor des Rüstungskonzerns Schneider-Creusot, Mitbegründer der rechtskonservativen Tageszeitung Action Française, hoher Mitarbeiter im Marineministerium während des Krieges, Offizier der Ehrenlegion, Vorstandsmitglied verschiedener wissenschaftlicher Gesellschaften: eine prachtvolle Repräsentationsfigur.

Auf diese beiden Herren setzt Rosenthal große Hoffnungen, aber er will zusätzlich noch einen Börsenspezialisten heranziehen; ihm wird Marthe Hanau empfohlen, Direktorin des Groupement Technique de Gérance Financière. Er nimmt mit ihr Kontakt auf, ist beeindruckt von ihrem Ideenreichtum, von ihrer Energie, er will sie mit seinen beiden neuen Partnern bekannt machen, ein Diner im Maxim wird verabredet.

Ich nehme an, man kommt hier rasch zur Sache: von einem positiven Bericht eines so angesehenen Mannes wie Courville wird Marthe sicher viel halten, wird aber hinweisen auf die Notwendigkeit einer möglichst breiten Publizität, dann erst wäre eine positive Auswirkung auf den Aktienkurs der Pétroles de Madagascar möglich. Denn nur über die Presse – das sieht Marthe Hanau ganz klar, hier hat sie wohl auch schon Erfahrungen gemacht mit ihrer »Arbeitsgemeinschaft« – lassen sich Aktienkurse erfolgreich beeinflussen: je mehr Zeitungen man mit entsprechenden Nachrichten versorgen kann, desto wirkungsvoller. Nun wird sie natürlich nicht verschweigen können, daß es hier öfter Schwierigkeiten gibt bei den Wirtschaftsredaktionen von Tageszeitungen, bei den Redaktionen von Finanzblättern, denn die sind ja nun abhängig von den jeweiligen Kommanditisten oder Besitzern, die ihrerseits spezielle Interessen haben, denen das Publikationsorgan dienen soll. Und Marthe Hanau wird zu dem Schluß kommen, daß man Aktien am besten animieren oder stimulieren kann durch ein Presseorgan, über das man ausschließlich selbst verfügt.

Mit diesem Stichwort springe ich wieder ab von der biographischen Basis, will hier im Moment nicht berichten von der personell-institutionellen Verfilzung, die sich bei diesem Diner vorbereitet, will vielmehr entwerfen, wie eine Wirtschaftszeitung aufgebaut werden kann.

Sehr wahrscheinlich ist, daß Marthe Hanau schon vor diesem Treffen an die Gründung oder Leitung einer Wirtschaftszeitung gedacht hat, daß sie sich hier umhörte, und eines Tages erhält sie, vielleicht telefonisch, einen wichtigen Hinweis: eine neue Finanzzeitung, La Gazette du Franc, ist kurz nach ihrer Gründung in finanzielle Schwierigkeiten geraten, wird verkauft. Marthe fragt als erstes nach Eigentümer, Herausgeber, Chefredakteur, notiert Namen, die ich weder suchen noch erfinden muß, die spare ich aus, die sind hier unwichtig. Sicher fragt sie auch nach dem Kaufpreis des Objekts: wieviel konnte Anfang 1925 eine fast bankrotte Zeitung kosten? Viel wird es nicht gewesen sein.

Die Hanau bedankt sich für die Information, verspricht wohl noch keine Belohnung für den Hinweis, will vorerst das Ergebnis der Verhandlungen abwarten – deshalb höchstens eine Andeutung: Wir sprechen uns nochmal in dieser Sache, vorerst besten Dank!

Danach wird sie wohl Lazare Bloch anrufen, ihn zu sich bitten, und sie bespricht mit ihm den Kauf dieser Zeitung, überlegt, wie man ihr wieder Ansehen und hohe Auflage verschaffen soll. Wichtig, entscheidend wichtig wird hier ein guter Chefredakteur sein – am besten ein Wirtschaftsjournalist. Es werden im Gespräch mit Bloch verschiedene Namen erwogen, man einigt sich schließlich auf einen Kandidaten: ein Mann, der sich bereits »ausgewiesen« hat, etwa durch eine Broschüre, in die Marthe und Lazare gleich mal reinschauen. Ist ihr Eindruck positiv, so werden sie den Mann einladen.

Bei seinem Vorstellungsbesuch werden die Hanau und ihr Bloch sehr genau beobachten, wie sich der Kandidat verhält. Schneidet er auf, spielt er den Bescheidenen? Spricht er weitschweifig oder knapp? Was hat er bisher gemacht, wie denkt er politisch? Die Hanau macht während der Unterredung Notizen, um einige seiner Aussagen zu überprüfen – er soll ruhig sehen, daß sie skeptisch ist. Sie läßt ihn wohl auch von seiner Familie sprechen: wird er sentimental? Sie läßt ihn eventuell sogar erzählen, was er in seiner Freizeit macht: redet er gern von sich, sagt er bloß das Nötigste?

Nur bei positivem Gesamteindruck wird die Hanau von ihrem Plan sprechen, selbstverständlich ganz allgemein, ohne den Namen der Zeitung zu nennen. Wenn der Kandidat wief ist, und ein Redakteur der Hanau muß wief sein, so weiß er schon, um welche Zeitung es sich handelt, nennt die Gazette beim Namen. Die Hanau wird nun fragen, was die bisherige Redaktion der Gazette du Franc nach seiner Meinung falsch gemacht hat. Redet der Kandidat nun pauschal von Auswirkungen der allgemeinen Krisensituation nach dem Krieg? Oder geht er ins Detail, verweist etwa auf antiquierten Umbruch, auf trocken belehrende Schreibweise? In diesem Fall wird ihn die Hanau oder wird ihn Bloch fragen, wie man diese heruntergewirtschaftete Zeitung wieder hochbringen könnte: wenn er auch hierzu Konkretes sagen kann, so sind seine Aussichten günstig.

Marthe Hanau wird ihn nun durch Bloch eventuell zu einem Abendessen einladen, in ein führendes Restaurant: wie verhält er sich hier? Schon vor der Garderobiere könnte sich einiges verraten. Und wie benimmt er sich nach größerem Alkoholkonsum? Trumpft er auf, wird er larmoyant? Wenn er in Form bleibt, so läßt sie vielleicht Freunde kommen, ein Ehepaar: wie führt sich der Kandidat vor der ihm unbekannten Frau auf, vor ihrem Mann? Etwa als kommender Redakteur, der alles tüchtig umkrempeln wird, der die Herausgeber schon in der Tasche hat und überhaupt ein Pfundskerl ist? Oder horcht er den Mann aus nach seiner Tätigkeit, kriegt ihn so weit, daß er Einzelheiten berichtet? Auch das wird für die Hanau, wird für ihre Zeitung wichtig sein.

Wenn man, sagen wir, bis gegen 2 Uhr zusammengesessen, reichlich gespeist, noch reichlicher getrunken hat, so wird sie den Kandidaten möglicherweise bitten, sie am nächsten Morgen um zehn nochmal zu besuchen und ihr einen ersten Stufenplan vorzulegen. So kann sie testen, ob er auch nach alkoholreichem Abend am nächsten Morgen noch fit ist. Erfüllt er auch diesbezüglich ihre Erwartungen, so wird sie ihm ein Gehalt anbieten, das sicher höher liegt als seine bisherigen Bezüge.

Oder aber sie schmeißt plötzlich alles um, folgt doch nicht den Auswahlprinzipien (die ich Vorschlägen eines Fachbuchs nachgeschrieben habe), will sich mehr auf ihren Riecher verlassen, auf ihr Fingerspitzengefühl, auf ihren Instinkt und so weiter, und danach scheint dieser Kandidat doch nicht so ganz der richtige Mann, auch wenn er eigentlich alle Vorbedingungen erfüllt: genau kann sie nicht erklären, weshalb sie ihn nicht einstellen möchte, es ist eigentlich nur ein Gefühl, das gegen ihn spricht – kurz, sie mag ihn nicht so recht.

Sucht sie nun weiter? Oder ist das gar nicht mehr nötig, weil der richtige Mann schon bei ihr am Tisch sitzt, wenn im Maxim über die mögliche Neugründung einer Finanz- und Wirtschaftszeitung gesprochen wird? Dieser Charles Bertrand zum Beispiel, hat er nicht einige sehr günstige Voraussetzungen, als »Mann des öffentlichen Lebens«? Er ist erstens Bürgermeister, ist zweitens Mitglied der Deputiertenkammer, ist drittens Generalsekretär der UNC, der Union Nationale des Combattants, des größten Kriegsteilnehmer-Verbandes: eine konservative, nationalistische, politisch stark nach rechts orientierte Organisation – »Ordnung und Ehre für Frankreich« lautet eine ihrer Parolen.

Wenn solch ein Repräsentant seinen Verbandsmitgliedern geschäftliche Empfehlungen gibt, so werden sie ihm gewiß folgen. Und falls Bertrand sich lieber nicht durch allzu direkte Hinweise exponieren möchte, so dürfte es schon genügend positive Auswirkungen haben für das Ansehen der Zeitung, wenn dieser Mann als Chefredakteur verantwortlich zeichnet.

Charles Bertrand als Chefredakteur der neuen Gazette du Franc: müßte sich in dieser Phase des geplanten Romans sein Name nicht mit der Beschreibung seiner Person verbinden? Und man sieht Bertrand beispielsweise an einem Bleistift kauen, und das nicht zufällig, sondern: zu jeder Gelegenheit, bei der ich ihn reden oder agieren lasse, stecke ich ihm einen Bleistift zwischen die Zähne? Und Bertrand bestätigt sich, bestätigt uns seine Identität dadurch, daß er regelmäßig Bleistift kaut, frische Bleistifte, von denen die Lackschicht absplittert, weil er die Backenzähne oder Eckzähne tief ins weiche Bleistiftholz schlägt? Da bräuchte man als Erzähler bald nur noch irgendwo einen Bleistift hinzulegen, das stumpfe Ende weichgekaut, schon weiß jeder Leser: Bertrand war hier.

Und wie sieht dieser Kopf aus, der zu diesem Bleistiftkauer gehört? Über der Mund- und Bleistiftöffnung läßt sich leicht ein Schnurrbart anbringen, der beispielsweise schmal ist: so könnte man einer anderen Person des Buchs einen breiteren, buschigen Schnurrbart zuschreiben, schon hat man zwei Kennzeichen. Die Nase mag breit sein, oder sie hat einen schmalen, noch dazu gehöckerten Grat. Die Nasenlöcher entsprechend eng, schlitzförmig oder weit, offensichtlich ausgeweitet durch Popeln von Kindheit an, und die blähen sich, wenn Bertrand einer Sache auf der Spur ist: Aha, denken Verhandlungspartner und Leser, jetzt hat er eine Spur aufgenommen, nun läßt er sich nicht mehr ablenken, abschütteln, in der Beziehung kennen wir ihn schon, den Bertrand! Seine Augen können verhangen sein, die Lider weit heruntergezogen, fast bis an die Pupillen, große Wimpern noch dazu, da blickt er scheinbar schläfrig drein, wenn er sich konzentriert. Und die Augenbrauen? Sagen wir mal, die sind buschig, und Bertrand bürstet und streicht sie gern gegen den Strich, so wirken sie noch buschiger. Und die Haare südfranzösisch schwarz und noch dazu gekräuselt, vielleicht war vor Generationen mal ein Nordafrikaner in der Familie – eine »interessante Note«.

Was ließe sich noch beschreiben? Die Ohren, richtig, die Ohren! An die lassen sich große, fleischige Läppchen hängen. Und die Lippen haben auch so was dick sinnlich Hängendes. Na, steht der Mann jetzt?

Eine Hanau wird einen deutlichen Neubeginn setzen wollen: ein neues Redaktionsteam in neuen Redaktionsräumen. Sicher gibt sie Annoncen auf, unter Chiffre, besichtigt angebotene Räume: mißt mit großen Schritten, dreht an Lichtschaltern, fühlt Wände nach Feuchtigkeit ab, öffnet Fenster, schaut und horcht hinaus, mißt weiter mit großen Schritten.

Schließlich mag ihr eine Villa angeboten werden in einer Villenstraße: Grün, Kindermädchen, Autos. Auch diesmal wieder Meßschritte, Fensteröffnen, Drehen an Lichtschaltern, Öffnen von Wasserhähnen, Abfühlen von Wänden. Aber das ist hier wohl nur ein Zeremoniell: solch ein Angebot wird ihren Erwartungen entsprechen. Die Miete für diese Villa wird hoch sein: aber Umgebung und Einrichtung der Redaktion sollen ja nun repräsentativ wirken.

Sicher wird neu tapeziert, werden die Türen gestrichen, dazu kleine Änderungen. Eine Hanau kontrolliert solche Arbeiten. Wehe, die Tapete wirft eine Falte: runter mit dem Streifen! Wehe, da sind Bläschen im Türweiß: da schreit sie, ihre Stimme verstärkt in den halligen Räumen. Wenn die Handwerker zuverlässig arbeiten, kann sie einige Flaschen

Rotwein mitbringen, aber erst gegen Abend, damit die Arbeit nicht beeinträchtigt wird.

Auch beim Umzug ist sie wahrscheinlich dabei. Genau hat eine Frau wie sie alles vorgeplant: auf Rechenpapier der Grundriß aufgezeichnet, maßstabgerecht; die Schränke, Schreibtische, Sessel maßstabgenau in Papierstückchen, die hat sie so lange hin und her geschoben, bis sie genau wußte, wohin die Möbel gestellt werden. Mit festen Schuhen, die ihre sowieso schon hörbar energischen Schritte betonen, geht sie vor den Möbelträgern her, zeigt genau die Stelle an, auf der abgesetzt wird, kein Zentimeter kann ihr da abgehandelt werden. Lazare, der das vorher wußte, ist gar nicht erst mitgekommen. Ein Redakteur, der noch Erfahrungen mit der Hanau machen muß, versucht bei seinem Büroraum eine andere Aufstellung durchzusetzen, hat damit aber kein Glück: er wird stiller, lernt dazu. Man müsse die Gesamtkonzeption sehen, sagt sie, und die kennt vorläufig nur sie allein.

Ausführlicher muß nun gezeigt werden, wie solch eine Zeitung »aufgebaut« werden kann. Ich lasse Marthe Hanau eine gestufte Aktion der Vertrauenswerbung einleiten. Diese Vertrauenswerbung wird ihr wichtiger erscheinen als direkte Werbung – die mag zum Termin des Neuerscheinens mit Anzeigen in verschiedenen Zeitungen durchgeführt werden. Unter Vertrauenswerbung mag auch sie »ausgewählte Information« verstehen, eine »Unterrichtung der Öffentlichkeit mit dem Ziel, Sympathie und Vertrauen zu finden«. – Wer eine Fabrik eröffne, müsse in Gebäuden und Maschinen investieren; wer eine Zeitung herausgebe, müsse vor allem in Vertrauenswerbung investieren.

Welche Aktionen Madame Hanau hier tatsächlich durchgeführt hat, weiß ich nicht. Das läßt sich auch kaum rekonstruieren: über Aktionen zur Beeinflussung der Öffentlichkeit wird die Öffentlichkeit nicht informiert. Fest steht, daß die Hanau mit einer vorher erfolglosen Zeitung Erfolg hatte: davon leite ich ab, was sie getan haben kann, getan haben muß. Ich informiere mich über die Praktiken, die in der gegenwärtigen Wirtschafts- und Gesellschaftsform üblich sind, leite davon mögliche Praktiken der Madame Hanau ab.

Wenn das Redaktionsbüro in einer Villa eingerichtet wird, in deren Nachbarschaft Industrielle wohnen, so könnte die Hanau vorschlagen, als erstes diese Nachbarschaft anzusprechen. Und sie läßt von einem der Redakteure einen Brief aufsetzen, den man mit geringen Varianten an »führende Persönlichkeiten« der näheren Umgebung schickt: jeweils persönliche Anrede, der Text nicht vervielfältigt, jeder Brief handschriftlich unterzeichnet. In diesen Schreiben steht dann beispielsweise, der Anwohner habe ein Recht zu erfahren, wer hier neu eingezogen sei, man stellt sich vor als Herausgeber und Chefredakteur der Gazette du Franc. Die Zeitung werde im neuen Haus unter neuer Redaktion ein neues Gesicht erhalten – mehr schreiben wir nicht, wird die Hanau sagen, nur diese knappe Information, keine Werbung, kein Anbiedern, erst recht keine Aufforderung zum Abonnement, dafür sind wir zu fein, das haben wir nicht nötig; man will nur eine Vertrauensbasis schaffen unter »führenden Persönlichkeiten« von Industrie und Handel, soweit sie in der Nähe wohnen, da wird sich vielleicht schon herumsprechen, was sich hier vorbereitet.

Dann wird die Hanau den Kreis weiter ziehen: sie läßt Repräsentanten der Kommunalverwaltung anschreiben, soweit sie im Arrondissement der Redaktion wohnen. Da wird einleitend das selbstverständliche Recht dieser Herren betont, über wichtige Vorgänge in ihrem Bereich informiert zu werden: deshalb einige wiederum knappe Informationen, dazu die allgemeine Erklärung, man sei gegebenenfalls bereit, auch öffentliche Aufgaben zu unterstützen, sehe man doch die gemeinsame Verpflichtung darin, der Öffentlichkeit zu dienen. Veuillez agréer, Monsieur, nos sentiments les plus distingués.

Zur Premiere der Neuausgabe der Gazette du Franc wird man wohl einen Empfang geben, in einem repräsentativen

Hotel. Zuvor eine Pressekonferenz: ein kleinerer Saal, hufeisenförmiger Tisch, alkoholfreie Getränke, Rauchwaren. Wahrscheinlich wird die Hanau hier nicht mit an der Stirnseite von Tisch und Saal sitzen; sie will nicht gleich Anlaß geben zu Vermutungen über eventuelle Interessenverbindungen zwischen ihrem Groupement Technique und der finanziellen wie persönlichen Beteiligung an dieser Finanzzeitung. Natürlich wird sich diese Verbindung bei Insidern des Kapitalmarkts, des Pressebereichs herumsprechen, aber vor der Öffentlichkeit möchte sie das nicht gleich so deutlich herausstellen; zu geeignetem Zeitpunkt kann sie immer noch hervortreten.

Erst recht nicht wird sich Rosenthal zeigen, der maßgeblich diese Zeitung finanziert. Viele wissen, daß er Großaktionär von Pétroles de Madagascar ist, und wenn nun in der Gazette du Franc positive, kursstimulierende Berichte über Pétroles de Madagascar erscheinen, so könnte das zu Aha-Erlebnissen führen, die eventuell schädliche Rückwirkungen haben.

Als Leiter der Pressekonferenz am besten ein »neutraler« Mann mit möglichst hohem Ansehen. Er wird die Gäste begrüßen, wird zuerst den offiziellen Herausgeber der neuen Gazette du Franc vorstellen, Graf Maurice-Bernard de Courville, wird bemerken, daß Graf de Courville in diesem Kreise eigentlich gar nicht vorgestellt werden müßte, nennt zur Begründung einige Daten, die Courville als »führende Persönlichkeit« des Wirtschafts- wie des Wissenschaftsbereichs weithin bekannt gemacht haben.

Der Vermittler will es kurz machen, gibt das Wort gleich weiter an den noblen Grafen, der sich mit feinem Lächeln für die Dennoch-Vorstellung bedanken wird, um nun einige der »Leitgedanken« zu nennen, denen er sich bei der Herausgabe dieser Zeitung »verpflichtet« weiß: lauter neutrale, höhere Werte, versteht sich.

Der Graf läßt es sich danach vom Gesprächsleiter nicht nehmen, seinen ersten Mitarbeiter vorzustellen: auch Bertrand wieder als Persönlichkeit, diesmal des politischen Bereichs, freilich mit gebührender Aufgeschlossenheit für alle Fragen, Probleme, Erscheinungen des Wirtschaftsbereichs – also eine »umfassende« Persönlichkeit. Durch einige Hinweise kann Courville das Persönliche dieser Persönlichkeit noch weiter verdeutlichen, um Bertrand daraufhin das Wort zu geben, das dieser dankend ergreift.

Auch er wird zuerst überparteilich Grundsätzliches sagen, wird allgemeine Leit- und Richtsätze vortragen: spezielle Beschäftigung mit dem zur Zeit vordringlichen Problem der Währung, der notwendigen Sanierung des Franc – ein Ziel, dem sich die Gazette du Franc schon vom Namen her in erster Linie verpflichtet wisse. Darüber hinaus werde man die jeweilige wirtschaftliche Situation Frankreichs im Detail wie im großen Überblick beschreiben, damit jeweils verbunden eine Darstellung und Analyse der europäischen Wirtschaftslage, zugleich der Weltwirtschaftssituation: Korrelationen hier, das Gesetz der kommunizierenden Röhren – dazu läßt Bertrand eine Hand steigen, die andere sinken, alles schaut zu: spricht knapp und deutlich, der Mann!

Chefredakteur Bertrand ist nach solchem Überblick gern bereit, allgemeinere Fragen zu beantworten. Bestimmt wird hier die Frage gestellt, mit welcher Auflagenhöhe er rechne. Es gibt zwei Auflagen, meine Herren, kann Bertrand antworten, eine Auflage, die man erhofft, und die Auflage, die man erwartet; die Auflage, auf die ich hoffe, ist sehr hoch, die Auflage, mit der ich rechne, ist ebenfalls erstaunlich hoch. – Keine klare, aber eine geschickte Antwort dies, damit wird man wohl zufrieden sein.

Nach der erfreulich knappen Pressekonferenz, die ein gutes Vorzeichen sein soll für kommende Pressekonferenzen des Hauses, lädt Graf de Courville die Journalisten nochmal mündlich ein zum anschließenden Empfang, auf dem auch »für Leib und Seele« gesorgt werde.

Bei diesem Empfang sollen die Journalisten sehen, wie bedeutsam das Ereignis ist: namhafte Vertreter des öffentlichen Lebens, besonders aus dem politischen Bereich (Kollegen von Bertrand) wie aus der Wirtschaft (Beziehungen von Courville können sich hier sichtbar auswirken). Dazu Herren der Verwaltung auf Stadt- und Landesebene, einige Abbés, einige Offiziere und so weiter.

3

Graf Courville schreibt, so lese ich, in der neuen Gazette du Franc Artikel über Politik und Wirtschaft, äußert sich aber auch gern zu Ereignissen auf dem Musikmarkt; unter einem Pseudonym, gebildet aus seinen Vornamen, schreibt er als Maurice Bernard über Konzerte. Denn er ist ein musikalischer Graf: spielt gern Orgel, gelegentlich, komponiert auch schon mal was, veranstaltet Hauskonzerte, schätzt Mozart, liebt Wagner. Er zeigt feinsinnige Kennerschaft auch vor Leuten, die kaum Beziehungen zu Musik haben, vergleicht etwa bei einem Diner einen erlesenen Wein mit Ravel, schmeckt kennerisch aus einem anderen Spitzenwein ein Flair Mozart heraus.

Weil Marthe Hanau ebenfalls musikalisch ist, eigentlich Pianistin werden wollte, ach ja, und sie besitzt nun eine große Sammlung von Schallplatten, so ergibt sich schon mal ein außerdienstliches Gespräch über Musik: Marthe läßt erkennen, daß sie Mozart ebenfalls mag, daß sie Beethoven bewundert, daß sie hingerissen wird von Wagner, und manchmal kann sie – so lese ich und so schreibe ich auf Widerruf – Bewunderung zum Ausdruck bringen über einen allerneusten Komponisten wie Arnold Schönberg.

Natürlich verbindet die beiden außerdienstlich nicht bloß Liebe zur Musik, hier sind erheblich konkretere Fakten: eine halbe Million, so heißt es, vertraut Courville der Hanau an, sie soll das Geld bitte vermehren. Weil eine Hand die andere salbt, muß Courville dafür später viele Unterschriften leisten, etwa auf neuen Aktien, die Marthe Hanau durch ihre hausgemachten Gesellschaften emittiert.

Aber vorerst ist da nur das Groupement Technique, das offenbar erfolgreich arbeitet. Auch durch die Gazette wird der Kreis von Teilnehmern erweitert: Abonnenten werden zur Beteiligung eingeladen.

Der Umsatz steigt, das Einkommen wächst, das macht eine Hanau gern sichtbar, so lese ich: in der Stadt fährt sie nobel mit Chauffeur, außerhalb der Stadt tobt sie los im jeweils neusten Automodell, hat einen ledernen Sturzhelm aufgestülpt, goldene Ohrringe baumeln unter ihm heraus. Neben ihr oft eine Freundin, meist ist es Josèphe, mit ihr donnert Marthe vorzugsweise zum Badeort Deauville, damals sehr en vogue, man steigt ab im Grand Hotel, natürlich, trifft hier Teile der Creme von Großindustrie und Hochfinanz.

Beispielsweise ist da André Citroën, dessen Firma ständig die Autoproduktion erhöht: ein Mann, mit dem Marthe gern an den Spieltisch geht, weil er rücksichtslos hohe Geldbeträge setzt. Aber man kann mit ihm auch über Schöngeistiges plaudern, über Plato oder Wagner. Ebenso kann man mit ihm fachsimpeln über Autos, über die damals beliebten Autoexpeditionen längs oder quer durch Amerika, Afrika, Asien. Und interessant ist für die beiden alles, was mit Kino zu tun hat: dem Film gibt Marthe eine ganz große Zukunft; gern schreibt sie in der Gazette über neue Filme, freilich anonym. Schließlich, so lese ich, läßt sich mit diesem Großindustriellen auch gemeinsam spekulieren, der kann allerlei Geld in Bewegung setzen, wenn es gilt, einen Aktienkurs hochzukriegen, das gelingt ihnen beispielsweise mit der Diamanten-Minengesellschaft De Beers, beide machen erfreulich hohe Kursgewinne, und das bedeutet wiederum: größeres Ansehen für die Hanau als Börsenspezialistin.

Aber auch auf Leute, die nichts von der Börse verstehen, macht die Hanau Eindruck, schon durch ihre Erscheinung, durch ihre Auftritte: voluminös, energisch, laut, in betont männlicher Kleidung, kettenrauchend, und manchmal trägt sie einen breitrandigen Panamahut. Auch über ihre Arbeitsgewohnheiten wird viel und gern erzählt: stets muß sie Mineralwasser griffbereit haben, dazu benutzt sie, lese ich, ein Flacon aus geschliffenem Kristallglas, kühl gehalten in einem silbernen Eiskübel – also doch keine Sektflasche auf ihrem

Schreibtisch, wie ich das von der Fotographie abgelesen habe. Und große Kaffeemengen, die Marthe Hanau während der Arbeit in sich hineinschlürft, -läppert, -schlabbert, -kippt; das braucht sie vor allem, wenn sie langfristig arbeitet, sie soll gelegentlich bis zu 48 Stunden schuften können, wird dann eine Zeitlang unsichtbar, taucht dröhnend wieder auf.

Solche Details finde ich in Berichten über die Hanau, lese sie vor allem in Dominique Desantis Biographie »La banquière des années folles«. Ich lese solche unterhaltenden Einzelheiten ganz gern, muß ich zugeben, aber wichtig sind sie nicht für das geplante Buch. Solche Details lassen sich nebenher mal bringen, sie dürfen nicht Hauptsache sein. Auch Desantis Biographie gehört zu den vielen Büchern, die es fertigbringen, über Personen des Wirtschaftsbereichs zu schreiben, ohne sich detailliert mit ihren Aktionen und Operationen zu beschäftigen – man hält sich lieber an das sogenannte Persönliche oder Menschliche. Ungefähr kommt mir diese Technik vor wie ein Versuch, etwa über ein Weltmeisterschaftsmatch im Schach zu berichten, ohne daß man über die Partie selbst schreibt: man erzählt hier statt dessen, daß ein Partner vor seinem Schachzug längere Zeit auf und ab geht, Kopf gesenkt, und der andere lehnt sich nachdenkend weit zurück, und der eine schnieft schon mal, der andere puhlt sich im Ohr, Zeichen der Konzentration, und der eine hat eine Vorliebe für Mozart, der andere für Wagner, und der eine wirkt schlank und sportlich, der andere gesetzt und kräftig, und der eine hat soundso viele Kinder und der andere soundso wenig, und sowas wird schreibend erzählt, lauter Randphänomene, die man in die Mitte rückt, weil der eigentliche Vorgang für die meisten zu kompliziert, zu unanschaulich ist, zu wenig »packend«. Wie man konkret und im verflixten Detail vorgeht, wenn man zum Beispiel Börsenkurse manipulieren oder animieren will, das kümmert die Berichterstatter über Marthe Hanau nicht, und dementsprechend harmlos fallen denn auch ihre Darstellungen aus.

Gerade die Aktionen im Börsenbereich aber haben die Hanau berühmt gemacht, und nicht die Freundinnen, Panamahüte, Autorasereien. Und diese Aktionen im Börsenbereich interessieren mich hier vor allem: darauf schien alles angelegt, von Anfang an. Die geschäftlichen Interessen dieser Zeitung lassen sich schon an den Doppelfunktionen von Herausgeber und Chefredakteur erkennen: Charles Bertrand wird in den geschäftsführenden Vorstand des Groupement Technique de Gérance Financière aufgenommen – aber das schreibt man sicher nicht in der Gazette! Und Courville übernimmt den Vorsitz in Lazare Blochs Comptoir Textile du Nord – davon schreibt man sicher gleichfalls nichts. Beide Herren müssen vielmehr bemüht sein, der Gazette du Franc das Image einer angesehenen, zuverlässigen, objektiven Finanz- und Wirtschaftszeitung zu geben, denn nur mit solch einem Organ kann die Hanau wirkungsvoll Aktienkurse beeinflussen, nicht nur von Pétroles de Madagascar, sondern zum Beispiel auch von der polnischen Erdölgesellschaft Malopolska, für die sie sich früh schon engagiert haben muß.

Ich werde nun freilich nicht den Versuch machen, historische Börsenmanipulationen darzustellen. Das würde voraussetzen, daß ich nicht allein den damaligen Börsenmarkt beschreibe, sondern darüber hinaus die wirtschaftliche und politische Situation Frankreichs in den zwanziger Jahren – um hier dann Aktionen einzuordnen, die sich in allen Details kaum rekonstruieren lassen. Wie soll ich jeweils herauskriegen, ob damals ein Papier wirklich »zur Erholung« neigte oder ob ihm diese Neigung in der Gazette kurs-stimulierend zugeschrieben wurde? Das wäre ein ebenso mühsames wie aussichtsloses Puzzle-Spiel.

Außerdem: mir geht es auch gar nicht darum, historische Vorgänge zu beschreiben, sondern: ich will Aktionsweisen zeigen, die bereits in den zwanziger Jahren möglich waren und die heute ebenso möglich sind.

4

Ich nehme eine Linie auf, die ich bereits am Buchanfang skizziert habe: Lazare Bloch hat vor der Gründung der Kosmetikfirma als Finanzmakler Anteile verkauft für eine Kabelfirma in Lyon. Er ist vielleicht weiterhin an dieser Firma beteiligt, nach ihrer Umgründung nun durch Aktien.

Wie ich lese, war Bloch zuständig für die Werbung, demnach auch für die Annoncenakquisition der Gazette: damit wäre eine Reise motiviert zu verschiedenen Firmen. Denn Anzeigen werden auch für diese Zeitung finanziell wichtig gewesen sein.

Um hier nicht ins Blaue zu schreiben, schaue ich nach, ob heutige Wirtschafts- und Finanzzeitschriften Anzeigen der Industrie aufnehmen oder ob man sich demonstrativ von eventuellen Beeinflussungen freihält, von der Möglichkeit einer Wechselwirkung. Aber es zeigt sich beim Durchblättern verschiedener Wirtschaftszeitschriften, daß hier regelmäßig Anzeigen erscheinen, oft ganzseitig, und zwar nicht nur von Investment-Gesellschaften beispielsweise. Frage jetzt: kann man in solch einer Zeitschrift sehr kritisch über eine Firma schreiben, die regelmäßig und großzügig in dieser Zeitschrift inseriert und damit beihilft, ihre wirtschaftliche Basis zu sichern?

Zum Beispiel: wenn angezweifelt würde, daß ein angegebener Gewinn echt verdient ist, wenn gefragt würde, ob man eine Dividende nur ausschüttet, um einen Vertrauensschwund bei Lieferanten und Kunden zu vermeiden – könnten solche kritischen Bemerkungen nicht etwa dazu führen, daß die kritisierte Aktiengesellschaft ihre Anzeigen kündigt? Solch eine Kündigung könnte weitere Kündigungen nach sich ziehen bei der dichten Verflechtung von Gesellschaften. Umgekehrt könnte die Bereitschaft einer Gesellschaft zum Annoncieren ermuntert werden durch freundlich eingestellte Berichte solch einer Zeitschrift.

Diese Möglichkeit, diesen Ansatz werde ich ausführen. Ich lasse Bloch nach Lyon reisen zur Kabel-AG, um Annoncen einzuholen. Er weiß, daß Briefe und selbst Telefongespräche selten zu so guten Abschlüssen führen wie direkte Unterhandlungen; da kommen Reisespesen oft rasch wieder herein. Außerdem wird er bei solch einer Reise noch weitere Kontaktgespräche führen.

Anzunehmen, daß es für Bloch nicht schwierig ist, einen Termin zu bekommen bei einem Vorstandsmitglied der Kabel-AG: ich setze alte Beziehungen voraus. Wahrscheinlich spricht er beim ersten Zusammentreffen nicht sofort über sein Vorhaben: man plaudert erstmal über Politik und Privates. Wäre dies nicht eine Gelegenheit, Lazare Bloch ein wenig »Farbe« zu geben?

Ein Lazare Bloch ohne Marthe Hanau neben sich, die ihn sofort in den Schatten stellt, mag souverän wirken. Oder, je nach Gesprächspartner, als Mann, der nach Männerart gern was Gepfeffertes hört, ebenso gern serviert. Ein erstes Kontaktgespräch mit einem Repräsentanten der Kabel-AG wird vielleicht nicht in offiziellem Rahmen stattfinden: man trifft sich in einem Restaurant an einem Ecktisch oder in einer Nische, in der man ungestört ist. Hier könnte Lazare Bloch beispielsweise von einem Komiker erzählen, den er gesehen hat, kürzlich in Paris: der spielte einen Schuster, der morgens seine Werkstatt betritt, die Regale hoch gefüllt, alles proper, er hat sein Lebtag hart gearbeitet, kann mit dem Erworbenen zufrieden sein, er setzt sich hin, Morgenfrohsinn, klemmt einen Schuh zwischen die Oberschenkel, holt aus zum ersten kräftigen Hammerschlag, haut am Schuh vorbei, schmettert den Hammer auf eine Hode, springt hoch, weiß nicht, was tun vor Schmerz, hüpft gekrümmt herum, Hammer in der

Hand, Musik im Ei, er schlägt in zornigem Schmerz auf den Tisch, zertrümmert hochspringend die Lampe, zerschlägt losrennend das Fenster, die Regale, haut alles zu Klump, den ganzen Laden, bleibt atemlos stehn.

Nun wird auch der Gesprächspartner Atem brauchen: Sowas Verrücktes! Und dieser Bloch, was der an Geschichten parat hat! Da wird Bloch gleich noch eine zweite Anekdote bringen müssen, eine Sache diesmal, die wirklich passiert sei, er will das beschwören: ein Mann wacht nachts auf, meint, er hätte ein verdächtiges Geräusch gehört, patscht schlaftrunken auf den Druckknopf der Nachttischlampe, haut daneben, zerschlägt den Glasschirm, schneidet sich ins Handgelenk, blutet schwer. Die Frau bindet provisorisch den Arm ab, benachrichtigt das Krankenhaus, versucht dann das blutverschmierte Bett zu reinigen, nimmt dazu einen Lappen, Benzin. Der Mann zieht sich währenddes an, geht aufs Klo, will in Ruhe ein Zigarettchen rauchen, bevor sie ihn abholen, hockt duselig da, wirft zwischen seinen Beinen den Zigarettenstummel in die Schüssel – wuff! flammt es hoch, versengt ihn von unten: seine Frau hatte vorher den Benzinlappen da reingeworfen. Nein, wird der Gesprächspartner rufen, nein! Passen Sie auf, ruft Bloch, nun in Fahrt: Es geht noch weiter! Der Krankenwagen kommt, zwei Männer mit Bahre, sie tragen ihn das Treppenhaus runter, dabei erzählt der Mann, was passiert ist, der erste Krankenträger verliert vor Lachen die Balance, stolpert, fällt die Treppe runter, bricht sich ein Bein.

Die Stimmung wird aufgelockert sein, wenn man nun zur Sache kommt – gute Vorbedingung! Bloch berichtet erst mal von der Gazette, hebt sicher seinen Anteil an diesem Unternehmen hervor. Die Auflagenzahl, die er auf Befragen nennt, ist gewiß höher als die faktische Auflage: aber nur hohe Auflagen wecken Appetit auf Anzeigen. Das Vorstandsmitglied der Kabel-AG mag sich, inoffiziell und noch unverbindlich, bereiterklären, in der Gazette größere Anzeigen aufzugeben.

Dafür könnte er, als Gegengabe, eine Förderung seiner Gesellschaft durch die Gazette wünschen – eine Möglichkeit, an die er sich vorsichtig, sehr vorsichtig heranspricht. Etwa mit einem Hinweis auf die vor kurzem veröffentlichte Jahresbilanz der Gesellschaft, die einen erfreulichen Gewinn ausweisen mag – ließe sich darüber nicht in der Gazette du Franc berichten, etwa in einem Artikel? Eigentlich ist ja selbstverständlich, daß zumindest die Bilanzen führender Gesellschaften von einer Finanz- und Wirtschaftszeitung untersucht werden, das gehört zu ihrer Informationspflicht – insofern ist dieser Vorschlag legitim. Nur wäre es für die Firma beispielsweise erfreulich, wenn sie Einfluß hätte auf den Zeitpunkt der Veröffentlichung. Um den wenigstens annähernd zu terminieren, kann Blochs Gesprächspartner eine bedeutsame und vorerst selbstverständlich völlig vertrauliche Information geben: die Kabelwerke Lyon AG werden die Firma Magny/Morand aufkaufen, Produzent von Elektromotoren. Durch diese Fusion wird der Umsatz des Gesamtunternehmens um wenigstens 30 Prozent ansteigen.

Eine Aussicht, die auch für Lazare Bloch privat erfreulich ist, soweit er bereits Aktien der Kabel-AG besitzt. Falls nicht, so kann er rechtzeitig Aktien dieser Gesellschaft kaufen, zum jetzt noch günstigen Kurs, und danach an den Kursgewinnen teilnehmen, die der positive Bericht der Gazette über Bilanz und Fusion auslösen wird. Natürlich kauft ein Bloch diese Aktien nicht im eigenen Namen: die Interessenverbindung darf nicht publik werden!

Ich muß hier den Begriff »Insider-Information« aufnehmen. Während der Vorarbeiten zu diesem Kapitelentwurf las ich in der ZEIT (48/70) von einer »Insider-Affäre« und erfuhr hier, daß es zum Zeitpunkt dieses Berichts, im November 70, noch immer keine Insider-Regelung in der Bundesrepublik gab. Im Zuge der Börsenreform sollten sich jedoch die deutschen Insider »verpflichten, aus den ihnen zugänglichen Kenntnissen und Informationen keinen eigenen Nutzen zu ziehen«.

Wie man im Detail vorgeht, wenn man durch Insider-Information einen Kurs hochtreiben und damit zugleich das

Image einer Gesellschaft aufschönen will, das kann ich für diesen Roman lernen am Fall Parvin/Dohrmann. Einen Bericht hierüber lese ich im amerikanischen Wirtschaftsjournal Fortune.

Da ist eine Gesellschaft, klein und offensichtlich auch ziemlich neu, die produziert Küchenmöbel, richtet Hotels und Restaurants ein, wahrscheinlich auch auf dem Küchensektor. Dazu noch Besitz in Las Vegas, zwei Hotels mit Casino. Diese Gesellschaft nun macht einem Manager Appetit: Delbert Coleman, 34, Wirtssohn, Harvard-Student, Juristenexamen anderswo, mit 31 bereits Präsident der Seeberg Corporation, die Musikboxen herstellt. Er sieht gut aus, lese ich, das will mir auch ein Foto zeigen: übliches Pferdegebiß, kräftiges Kinn, propere Frisur, dezent gestreifte Krawatte, a man of considerable charme and confidence. Früh schon mehrfacher Millionär, für die Presse interessant, Klatschspalten, Sportteil, hier taucht er öfter auf, hat irgendwas mit einer bekannten Sportvereinigung zu tun. Dazu Erwähnungen im Wirtschaftsteil verschiedener Zeitungen, Zeitschriften.

Dieser Mann verkauft nun seinen Anteil an der Seeberg Corp. und nimmt Verhandlungen auf mit Parvin/Dohrmann. Der Kurs dieser Gesellschaft zeigt bereits Aufwärtstrend: ihr Präsident hat verkündet, 68 werde der Verdienst dreimal, wenn nicht viermal so groß sein wie 67. Coleman kauft den »controlling block« der Papiere. Zu einem günstigen Kurs, versteht sich: zu Beginn der Verhandlungen liegt der Kurs bei 37 Dollar das Stück, der Kaufpreis wird festgelegt auf 35. Bei der Übernahme liegt das Papier dann fast doppelt so hoch: ein gutes Geschäft.

Coleman als Chairman dieser Gesellschaft. Bald darauf wird der Kurs hochgetrieben durch Insider-Informationen, durch »non-public-information«. Auch dies ein Mittel, das Image einer Gesellschaft aufzubessern: der Aktienkurs zeigt den jeweiligen Grad der Wertschätzung eines Unternehmens durch den Börsenmarkt an. Indem man nun potentiellen Käufern Informationen weitergibt, die man der Öffentlichkeit noch nicht zugänglich macht, verschafft man den Partnern einen Informationsvorsprung, den sie für günstige Käufe nutzen können. Dieser Informationsvorsprung kann freilich auch nur scheinbar sein: es werden echte ebenso wie falsche Informationen vertraulich weitergegeben – Hauptsache, die Kurse steigen! Zu diesem Spiel gehört natürlich auch, daß Insider sich selbst ausreichend mit Aktien ihrer Gesellschaft versorgen.

Und so lief das ab im Fall Parvin/Dohrmann: am La Guardia-Flugplatz und auf dem Flug nach Kanada erzählt Coleman einem Börsenmann, er werde mit der IOS verhandeln, sie wolle ein großes Paket Parvin/Dohrmann-Papiere kaufen. Zusätzlich berichtet er, die Gesellschaft werde ein drittes Hotel-Casino in Las Vegas kaufen. Dazu noch: er selbst, Coleman, werde noch mehr Papiere der Gesellschaft übernehmen und damit seinen Einfluß ausbauen. Der Gesprächspartner kauft 3000 Aktien.

Einem Mister Dunphy erzählt Coleman später in seinem Hotel-Apartment, was er alles mit der Gesellschaft vorhat und wie phantastisch sie 69 verdienen wird. Dieser Dunphy gibt das weiter an einen Mister Hartwell, der große Effektenbestände verwaltet: die Parvin/Dohrmann werde 69 mindestens viereinhalb Dollar pro Aktie verdienen, beziehungsweise neun Dollar, falls in diesem Jahr der Erwerb von zwei weiteren Hotel-Casinos in Las Vegas gelinge. Diese diskrete Information lohnt sich: Hartwell kauft für Hartwell & Co. 16 700 Aktien der Gesellschaft.

Einem Fonds-Verwalter und zwei Bankleuten erzählt Coleman ebenfalls von seinen Plänen: inzwischen kündigt er schon einen Gewinn an von 9 bis 10 Dollar pro Aktie, falls gewisse Erwerbungen getätigt werden könnten. 5 000 Stück werden verkauft.

Naja, und so geht das weiter: mal 3 700 Stück, die Coleman eigentlich für seine Mutter gekauft haben will, dann 10 000 Stück und wieder 5 000. Das läppert sich zusammen, das schaukelt sich hoch.

Allerdings zeigt sich bald, daß es mit dem Gewinn vorerst nicht so günstig aussieht, leider hohe Abschreibungen und so weiter: zweieinhalb Dollar Verlust pro Aktie. Aber das gibt man schlauerweise nicht gleich bekannt, sowas muß richtig plaziert werden, damit wartet man bis April 69, da kann man gleichzeitig einen geringen Gewinn pro Aktie ankünden. Freilich muß Coleman nun selbst tüchtig einkaufen, um den Kurs nicht absacken zu lassen: er kauft 51 000 Stück, teils für sich, teils für seine Familie, teils für eine Gesellschaft im Familienbesitz. Die SEC, die Securities and Exchange Commission, eine Kontrollbehörde des nordamerikanischen Börsenmarkts, schreibt hierzu in ihrem Bericht, diese Käufe seien zur Kursmanipulation durchgeführt worden, sie sollten den Stückpreis hochtreiben.

Weiter geht es: den Gesprächspartnern wird für 1970 großer Gewinn angekündigt; allerdings sind die geplanten Hotelkäufe noch immer nicht abgeschlossen. Trotzdem: Coleman wird mal 12 000 Stück los, mal 19 000. Einem Marktanalytiker der angesehenen Tsai Management wird ebenfalls erzählt, wie hoch man die kommenden Gewinne ansetzt: da kauft Tsai Management 59 000 Stück. Wenn Papiere von bekannten Banken oder Fonds gekauft werden, wirkt sich das günstig aus für das Image der Gesellschaft, für den Börsenwert dieser Papiere.

Bald liegt der Kurs über 100. Das Papier verkauft sich fast schon von selbst. Es genügt zuweilen bereits ein vager Hinweis auf eine Geschäftsreise nach Las Vegas, und der Gesprächspartner denkt, was er denken soll: Bestimmt wird ein Hotel-Casino dazugekauft, sonst würde der Coleman diese Reise gar nicht erwähnen – wir alten Hasen, wir hören das Gras wachsen! Nachweise erwartet man offensichtlich nicht, da verlangt keiner dieser modernen Marktanalytiker, keiner dieser kreativen Bankleute, keiner dieser dynamischen Fondsverwalter: Nun informiert mich mal anhand der Korrespondenz, wie es mit den geplanten Hotel-Käufen aussieht, ich will hier Belege haben; für ungenaue Hinweise auf erwartete Gewinne gebe ich keine paarhunderttausend Dollar aus, ich bin ein ganz harter, ausgekochter Geldmann, mir könnt ihr nur mit Zahlen kommen, die ich eiskalt nachrechne, also

Unterlagen auf den Tisch!

Das ist aber nicht der Fall, man läßt sich tatsächlich mit Puffreis abfüttern: Gewinn soll steigen, wird ganz bestimmt steigen, wird entscheidend steigen, wird dramatisch steigen, und wenn nicht dieses Jahr, so bestimmt nächstes Jahr, übernächstes Jahr, das Management hat allerhand vor, Hotelkäufe, Casinos, da kann man nur drüber munkeln, aber wir kommen groß raus, es fällt hübsch was ab für die Aktien, bestimmt, ihr setzt hier auf ein gutes Pferd! Sowas reicht schon: da werden progressive Anleger jieperig, da sind sie nicht mehr zu halten, da wollen sie ran, da greifen sie zu. Vor allem, wenn sie glauben, sie wären die ersten, die von den Plänen der Gesellschaft hören: da kaufen sie sofort! Und das weniger, weil sie völlig sicher sind, daß die Pläne der Gesellschaft auch ausgeführt werden, sondern weil sie erwarten, daß andere, die solche Insider-Informationen erhalten, genauso handeln, genauso handeln würden wie sie – deshalb sichert man sich gleich einen guten Packen!

Wenn kreative Bankleute und dynamische Makler mal solch eine Fährte aufgenommen haben, da gucken die sich nicht mehr um, da sperren die ihre Ohren nicht mehr auf, da wollen sie nur dranbleiben. Zum Beispiel wird eines Tages von Parvin/Dohrmann eine Feststellung veröffentlicht, nach der das Management niemandem Mitteilung über die finanzielle Entwicklung der Gesellschaft gemacht habe. Bei so einem Dementi müßte es Börsenleuten eigentlich in den Ohren klingeln, so eine Stellungnahme veröffentlicht ja nun keine Firma freiwillig: da muß was hinterstecken, womöglich die SEC, jetzt aber gleich abstoßen die Papiere, sonst kriegt man »nasse Füße«! Aber kaum jemand reagiert auf dieses Dementi – und man ist baff, wenn plötzlich das Papier von der offiziellen amerikanischen Börse nicht mehr gehandelt werden darf. Da saust der Kurs runter, da platzt das bubblegum, da wird der Vorgang zur story: »The Rise and Fall of Parvin/Dohrmann«.

Nach dieser Vorlage werde ich im Roman die Insider-story ausführen. Voraussetzen will ich hier im Entwurf schon dies: auch der Verhandlungspartner von Bloch, das Vorstandsmitglied der Kabelwerke Lyon AG, will an der geplanten Kurserhöhung mitverdienen, will seine nähere persönliche Umgebung mitverdienen lassen. Und so kauft er über Strohmänner oder zuverlässige Börsenhändler Aktien seiner Gesellschaft, gibt Freunden und Familienmitgliedern rechtzeitig den guten und selbstverständlich vertraulichen Rat, Aktien dieser Gesellschaft zu erwerben.

Ganz bestimmt wird sich auch die Hanau Aktien der Kabel-AG kaufen. Je mehr sie zusammenkaufen kann (indirekt, nie im eigenen Namen), desto entschiedener wird auch sie an einem günstigen Bericht über Bilanz und Fusionsplan der Kabel-AG interessiert sein.

Solch ein Bericht muß nach Möglichkeit von einem namhaften Wirtschaftsjournalisten gezeichnet sein, nicht von einem der Hausredakteure: das verbessert die Tarnung und steigert die erwünschte Auswirkung. Ein Mehrfaches des üblichen Honorars wäre hier eine geringe Investition: die historische Hanau soll bis zum Zehnfachen der üblichen Honorarsätze gezahlt haben.

Ein gewiefter Wirtschaftsjournalist wird sich bei diesem Auftrag denken, was er nicht ausspricht. Er wird vielleicht versuchen, rechtzeitig für sich noch Aktien dieser Gesellschaft zu kaufen – natürlich, ohne die Hanau darüber zu informieren. Freilich wird zu diesem Zeitpunkt der Markt für diese Aktie schon eng werden, eine Hanau und ein Bloch lassen sich nicht gern etwas wegschnappen.

Der Artikel über die Kabel-AG wird umgeben sein von Berichten über andere Gesellschaften, über Börsentendenzen, über die Wirtschaftslage. Da wird von geradlinigen oder sprunghaften Entwicklungen geschrieben; da werden Kursausschläge nach beiden Seiten angekündigt; da werden Konsolidierungsphasen vorausgesagt, Anläufe zu Kurserholungen, die kleine Prozentgewinne bringen; da erwirtschaftet eine Konzernholding einen Überschuß, kassiert dabei aus Gewinnabführungsverträgen; da wird von Papieren geschrieben, die zur Schwäche, von anderen, die zur Erholung neigen; da wird festgestellt, daß nur Sonderbewegungen mit großen und kleinen Papieren die Chance für einen überdurchschnittlichen Erfolg bieten; da ziehen Aktien an, büßen ein, legen zu.

Viele Nachrichten, Kommentare dieser Art und darin eingebettet der Bericht über die günstige Jahresbilanz der Kabelwerke Lyon AG, sowie die Ankündigung einer bald schon bevorstehenden Fusion mit Magny/Morand. Hier lassen sich Formeln, Bericht-Fertigteile einsetzen, die ebenso zum Feststellen von Fakten wie zur Steuerung von Kursen benutzt werden können: beispielsweise wird von einem zufriedenstellenden oder überdurchschnittlichen Ergebnis geschrieben, von einer ausgezeichneten Erfolgsstruktur, die zukünftige Tochtergesellschaft wird als überaus expansiv bezeichnet, beide Firmen würden gemeinsam die Angebotspalette vervollständigen, man strebe eine marktbeherrschende Größenordnung an, es werde eine Erhöhung des Grundkapitals in Aussicht genommen, man bereite Vorstöße auf den Markt vor, auf den Binnenmarkt, auf den Auslandsmarkt, man werde Rationalisierungen in den Mittelpunkt der Investitionstätigkeit stellen – und ähnlich so weiter.

Nach solch einem Artikel wird der Aktienkurs der Kabel-AG anziehen: etliche Leser wollen jetzt Aktien dieser Gesellschaft kaufen, schon hebt Nachfrage den Kurs. Marthe Hanau und Lazare Bloch machen Zwischengewinne.

Und nebenbei fördern sie durch diese Aktion das Ansehen der Gazette du Franc: die im Artikel angekündigte Kurssteigerung findet tatsächlich statt, also wird man in der nächsten Ausgabe berichten, die von der Gazette angekündigte Kurssteigerung hätte tatsächlich stattgefunden: das hebt das Image der Zeitschrift. So läßt sich weiterarbeiten.

5

Im bisherigen Buchentwurf herrscht die Ich-Perspektive eines Autors vor, der den Leser am Auswählen und Auswerten von Material teilnehmen läßt; auch kann ihm der Leser beim Schreiben zuschauen, sozusagen über die Schulter.

Ich frage mich nun, ob nicht auch eine andere Methode sinnvoll wäre, und ich spreche im fiktiven Ich einer Rollenfigur? Beispielsweise eines Journalisten, der kurz nach Marthe Hanaus Tod in Frankreich recherchiert, für eine Hanau-Story? Könnten durch diese Methode die Vorgänge nicht erzählbarer werden, und das Buch setzt mehr »Fleisch« an? Der Erzähler wäre der Hanau in diesem Fall (zeitlich) näher, er sieht ihre Umgebung, er kann Freunde, Bekannte, Mitakteure befragen – hier würde eine noch größere Vielfalt von Perspektiven entstehen.

Diese Schreibmethode würde einerseits noch mehr Recherchierarbeit voraussetzen: Zeit, Umwelt, Personen müssen gegenwärtig werden. Andererseits hätte ich hier mehr Spielraum für eigenes Erfinden.

Wenigstens in einem Erzählansatz will ich diese Methode jetzt mal ausprobieren, fingiere dazu ein Gespräch mit einem Concierge im Sommer 1935.

»Ja, dort oben hat sie damals gewohnt«, sagt der Concierge, zeigt hoch zum fünften Stock. Er legt einen Tabaksbeutel auf den Schalenrand des stillgelegten Brunnens, zupft aus schmalem Päckchen ein Zigarettenpapier, knickt es der Länge nach ein, streut Tabak mit nikotinbraunen Fingern, rollt das Papier ein, beleckt einen schmalen Streifen, pappt ihn an, schnippt an beiden Enden mit dem Zeigefingernagel den Tabak fest. Ich reiße ein Streichholz an, er beugt sich vor, saugt die Flamme an, dankt nickend.

Der Brunnen: über der muschelförmigen Schale eine verschnörkelte Steinsäule, eine Diana aufsetzend mit einer Fußspitze. Diese Figur wird die Hanau gesehen haben, wenn sie hier in den Innenhof hinabblickte. Welche Räume an dieser Seite? Der Concierge zeigt mit klobigem Zeigefinger: rechts die Küche, daneben ein Abstellzimmer, danach das Fenster vom Badezimmer, links das Schlafzimmer. Ich sage: Da hat sie morgens nach dem Aufstehen vielleicht als erstes diese Brunnenfigur gesehen. Der Concierge zuckt mit der Schulter: der Brunnen laufe schon seit Jahren nicht mehr; als er kaputtging, hätte niemand von den Herrschaften Wert darauf gelegt, daß er wieder repariert wurde, auch nicht Madame Hanau.

Während wir zur Einfahrt zurückgehen, frage ich, ob es wirklich nicht möglich sei, die Wohnung oben zu besichtigen. Der Concierge bedauert, es geht nicht. Die Herrschaften, die seit einigen Jahren da oben wohnen, wollen nichts von der Vorgängerin wissen, die solche Skandale gemacht und sich vor kurzem auch noch umgebracht hat. Außerdem, meint der Concierge, hatte sie dort oben gewohnt, noch bevor sie »ganz groß herauskam«; dann zog sie ja gleich in die Villa im noblen Vorort Boulogne sur Seine.

Er bleibt am Hofeingang stehen, läßt mich vorgehen. Dünne Wolljacke, die Ärmel hochgeschoben, auf dem rechten Unterarm eine Tätowierung: zwei gekreuzte Schwerter, eine Granate, im Bogen geschriebene Buchstaben und Ziffern – sicher seine Truppeneinheit.

In der Wohnung riecht es nach dem Mittagessen, das gekocht wird; Arbeitsgeräusche in der Küche. Ich gehe zum Telefonschaltbrett, schaue auf Stöpsel und Drähte, lasse mir erklären, wie man hier Sprechverbindungen herstellt, in welches Buchsenloch welcher Stöpsel kommt, frage danach aus scheinbar technischem Interesse. Der Mann beginnt zu erklären, dann zu erzählen: oft mußte er damals für die Hanau abends um zehn, elf Uhr noch Ferngespräche vermitteln, auch ins Ausland, nach Genf zum Beispiel, nach Berlin, London. Freilich war das nur zeitweise so, es gab durchaus ruhige Wochen, oft war sie ja verreist. Aber manchmal häuften sich die Telefongespräche, da kam er vom Schaltbrett den ganzen Abend kaum weg. Ein paarmal hatte das Postamt um Mitternacht keine weiteren Gespräche vermitteln wollen. Wenn er das nach oben weitermeldete, wollte Madame augenblicklich mit dem zuständigen Herrn verbunden werden, heizte ihm offenbar ein, denn meist wurde ihr danach noch ein Ferngespräch zugestanden.

»Ja, sie konnte sehr energisch sein.« Der Concierge dreht wieder eine Zigarette. Ich frage, wie beiläufig, ob es damals schon hier im Haus einen Spitznamen für Madame gab. Der Concierge schnippt mit dem Zeigefingernagel den Tabak an beiden Enden fest, ich gebe ihm nochmal Feuer. Nach drei kräftigen Zügen kann er wieder reden. Einen richtigen Spitznamen hatte Madame damals noch nicht, sie wurde allgemein nur Die Präsidentin genannt. So hatte er die Hanau auch begrüßt, wenn sie morgens aus dem Fahrstuhl kam: Guten Morgen, Frau Präsidentin. Später, bei ihren ganz großen Erfolgen, seien ja noch einige Namen dazugekommen: Napoleonne des finances, Cathérine du Franc, L'Américaine. Aber damals, wie gesagt, war sie noch nicht Napoleonin der Finanzen, Katharina des Franken, Die Amerikanerin, da nannte man sie meist nur Die Präsidentin. Sie hätte auch wirklich wie eine Präsidentin ausgesehen, so resolut. Man müßte aber auch sagen, daß sie sehr freundlich war. Wenn er am Vorabend mehrere Gespräche für sie vermittelt hatte, kam sie morgens in die Wohnung hier, legte ohne Kommentar einen Geldschein vor das Schaltbrett, sprach dann kurz mit seiner Frau, erkundigte sich nach dem Jungen, nach der Schule. Und plötzlich, manchmal mitten im Satz, war Schluß, die Präsidentin dampfte wieder raus. Am Straßenfenster konnte man sehen, wie sie in den damals schon großen Wagen stieg.

6

Die Hanau hat mit verschiedenen Techniken gewinnbringend gearbeitet. Mich interessieren hier jetzt besonders Methoden der Kursmanipulation: das Hochspielen, Hochtreiben, Hochputschen von Börsenkursen verschiedener Gesellschaften, an denen sie offiziell oder geheim beteiligt war. Auch die Beschreibung solcher Methoden gehört zu diesem Buch – so, wie zu einem Kriminalroman die Beschreibung der Tatwerkzeuge gehört oder zu einem Sexroman die Beschreibung von Geschlechtswerkzeugen. Freilich ist bei einem Buch über Wirtschaftsvorgänge das Werkzeug weniger plastisch.

Ich gehe hier aus von meist allgemeinen Hinweisen, die ich in verschiedenen Berichten über die geschäftlichen Aktionen der Hanau finde. Um diese Aktionen genauer zu sehen, genauer zu beschreiben, ziehe ich zeitgenössische Materialien heran, entwerfe so Modellaktionen.

Eine der auslösenden (allgemeinen) Informationen ist diese: die Hanau steuerte mit ihrer Gazette du Franc Aktienkurse künstlich auf Hausse oder Baisse. Wie funktioniert sowas?

Pauschal gesagt, so: ein positiver Bericht über eine Aktiengesellschaft kann Leser anregen, Aktien dieser positiv beschriebenen Gesellschaft zu kaufen – vorausgesetzt, sie haben Vertrauen zu ihrer Zeitung oder Zeitschrift. Je größer dieses Vertrauen, je höher die Auflage, desto stärker die Auswirkungen: wenn viele Leser Aktien einer positiv beschriebenen Aktiengesellschaft kaufen, so wird sich das günstig auswirken auf den Aktienkurs – er steigt an. Solch ein Kursanstieg wiederum bestätigt den positiven Bericht der Finanzzeitung: Rückkopplung.

Umgekehrt kann ein kritischer Bericht über eine Aktiengesellschaft einen Kursabstieg auslösen oder fördern: Leser, die Aktien dieser Gesellschaft besitzen, werden sie vielleicht verkaufen – und Verkäufe beschleunigen den Kursverfall. Je größer das Vertrauen, das die Leser zu ihrer Finanzzeitschrift haben, je höher die Auflage, desto prompter und deutlicher auch hier die Auswirkungen – vorausgesetzt wiederum, die Leser verfügen über Wertpapierbestände und Geldmittel, die groß genug sind, um Auswirkungen auf dem Börsenmarkt erzeugen zu können.

Nun wußte die Hanau bereits vor ihren Lesern, über welche Aktiengesellschaften in der Gazette positiv, über welche negativ berichtet wurde. Wie sich solch ein Informationsvorsprung nutzen läßt, zeigten die Insider-Käufe bei der Kabel-AG.

Grundsätzlich nun: je mehr Aktien die Hanau jeweils von einer AG besaß, die von der Gazette positiv herausgestellt wurde, desto größer die Gewinnmitnahme. Um durch die zweckbestimmten Nachrichten möglichst effektiv arbeiten zu können, pachtete sie im Lauf der Jahre die Finanz- und Wirtschaftsseiten mehrerer Zeitungen, auch gab sie einen Börsenbrief heraus mit direkten Kaufs- und Verkaufstips.

Einige Anmerkungen zu Börseninformationsdiensten allgemein. Wichtig ist (auch) hier ein gutes Image: ein Börsenbrief muß als Blatt erscheinen, das Nachrichten vermittelt aus innersten Wirtschaftsbereichen, aus Dossiers mit dem Vermerk »Vertraulich« oder »Geheim«, aus intimen persönlichen Kontakten mit Wirtschaftsführern, und diese Sonderinformationen werden nur an einen engen, auserwählten Kreis weitergegeben, in jeweils fast persönlicher Beratung – obwohl man nach einer »Insiderfaustregel« mindestens zweitausend Abonnenten haben muß, damit so ein Börsenbrief sich lohnt.

Aufmachen, aufputzen, aufpolieren läßt sich ein Börsenbrief weiter, indem er politischen Background anbietet, dazu Graphiken über Kursentwicklungen, Kurstendenzen, dazu Aktienanalysen, Unternehmensanalysen, dazu Branchenstudien, Länderstudien, kurz: ein bißchen Wissenschaft, aber nicht zuviel davon, grade genug für den guten Eindruck.

Bei den Hinweisen, Empfehlungen, Tips erwarten die Abonnenten dann freilich eine klare, verständliche Sprache: A ist eine hochinteressante Versorgungsaktie. Bei B ist ein Kurs von 390/400 spekulativ denkbar. Vor längerfristigen Anlagen von C wird gewarnt. Wert D schwimmt gegen den Strom. Gesellschaft E besitzt eine ausgezeichnete Verfassung. F reizt die Phantasie. Aktie G ist kaufenswert. Schwache Tage bei I nutzen. H, ein Papier, das wiederkommen könnte. L sollte zu limitiertem Kurs von 280 pöstchenweise zugekauft werden. Eine breite Neuentdeckung der M-Aktien ist zu erwarten. N entwickelt sich unabhängig von allgemeiner Tendenz. Anleger von O sollten die Nerven behalten. Bei P das Pulver für bessere Zeiten trockenhalten. Bei R würde ein Kursanstieg von 210/230 nicht überraschen. Skeptischer dagegen ist S zu beurteilen. Ein guter Kauf ist T. U eignet sich zum Mitspielen. Überdurchschnittliche Gewinnchancen errechnet bei V. Auch W enthält einige Musik. X könnte sich der 400er Kursmarke nähern. Bei Y sollte man vorerst voll engagiert bleiben. An leichteren Tagen Z kaufen.

So kann ein Börsenbrief »durch das pointierte Herausstellen positiver Aspekte so viel Phantasie in eine Aktie pumpen, daß ihr Kurs wenigstens kurzfristig steigt«. Dies lese ich Herbst 71 in einer Artikelserie der Zeitschrift Wirtschaftswoche.

Weiter zu den Beschreibungstechniken von Börsenbriefen, soweit ich sie für die Hanau übernehmen könnte. Hier ist sehr ergiebig der Fall Suez. Bei dieser Story kommt ein Schuß Abenteuer hinzu. Die Suez-Gesellschaft regte schon in den dreißiger Jahren zu Spekulationen an: damals förderten Gerüchte mehrfach die Kurse. So hieß es einmal, die französische Regierung wolle Suez-Aktien kaufen, um sie Mussolini zu schenken. Dann hieß es, Mussolini wolle Suez-Aktien kaufen, um in den Aufsichtsrat zu kommen und damit die Franzosen zu ärgern. Später hieß es, die Kanal-Gesellschaft sei im Abessinien-Krieg tonnenweise zu Gold gekommen. So wurde wiederholt die Spekulation angeheizt.

Und nun, Anfang der sechziger Jahre, wird die Suez-Gesellschaft erneut interessant, da lese ich im Börsenbrief wieder von großartigen Projekten. »Die ehemalige Suez-Kanal-Gesellschaft (z. Z. Holding) bereitet sich auf ihr neues, hochinteressantes Arbeitsgebiet vor: auf den Bau und Betrieb eines Tunnels durch den Ärmelkanal, der Frankreich und England miteinander verbinden soll. Dieser alte Wunschtraum wird wahrscheinlich noch schneller Wirklichkeit, als es nach außen hin den Anschein hat. Die Baupläne liegen bereits vor. Ich höre aus Paris, daß in großen Zügen auch schon das Konsortium feststeht, dem die Finanzierung (rund 1,5 Mrd. DM) obliegen soll. Obwohl die Suez-Gesellschaft als ›reiches‹ Unternehmen gilt, kann sie diese Aufgabe nicht allein bewältigen. Deshalb munkelt man jetzt in Paris, daß bei Suez hinter verschlossenen Türen über eine ungewöhnlich große Finanztransaktion beraten werden soll.« Wann wurde davon berichtet? Am 3. Juli 1962. Und kein Tunnel gebaut in den sechziger Jahren! Da wird das Hörensagen und Munkeln besonders deutlich als Hörensagen und Munkeln.

Doch am 31. Dezember 62 »horcht Paris auf: Auffallend viele Suez-Aktien werden plötzlich für englische Rechnung gekauft. Günstige Beurteilung der Ärmelkanalpläne?« Und Mitte 63 eine Meldung, die ziemlich definitiv klingt: »Der Ärmelkanaltunnel wird gebaut – also nicht die Kanalbrücke. In den nächsten Jahren wird dies die internationalen Börsen fühlbar beeinflussen. Wer rechtzeitig auf die richtigen Pferde setzt, wird gut daran verdienen. Hinter den Kulissen wird bereits eifrig an der Finanzierung des Milliarden-Projekts gearbeitet.« Bei so einem Ding kann man auch nur hinter Kulissen arbeiten.

Noch im September 63 erscheint der Horizont dick versilbert: »Der Kurs steigt. Suez ist aufgrund der erstklassigen Beziehungen zu England und Frankreich Promotor des Milliarden-Projekts. Aus politischen Gründen werden freilich noch viele Monate vergehen, bis der erste Spatenstich erfolgt. Aber die Börsenphantasie wird sich nicht bremsen lassen. Ich sehe in Suez ein Papier mit wirklich überdurchschnittlichen Zukunftschancen. Je länger Sie halten, desto mehr werden Sie verdienen. Ein Kursziel von 1000 F. pro Aktie ist keine Utopie.« Zu dieser Zeit stehen die Aktien bei 660.

Am 25. November 63 heißt es allerdings nur noch knapp: »Gratis-Aktien, Sonderzahlung und Dividenden bei Suez wurden letzte Woche abgeschlagen.«

Ich sehe für eine Hanau große Chancen! Offenbar genügen schon halbe Hinweise, unbewiesene Behauptungen, angedeutete Zahlendimensionen, unbelegte Zitate, allgemeine Flüsterparolen und eine große Portion Hörensagen, um Aktienkurse zu beeinflussen. Hier sind für die Hanau, für ihre Nachfolger Möglichkeiten genug!

Allerdings, trotz der in jeder Hinsicht phantastischen Suez-Story: diese Möglichkeiten sind nicht unbegrenzt. So können zum Beispiel die Aktien ganz großer Gesellschaften zumindest von außen her kaum manipuliert, hochgekitzelt werden, durch Wirtschaftsjournale, Börsendienste, Spekulanten.

Dies erklärt mir Helmuth Kühn, Börsenfachmann, mit dem ich Entwürfe zu diesen Entwürfen durcharbeite, der mir Materialien vermittelt, der mir geduldig Vorgänge des Börsenbereichs, der Wirtschaft erklärt: viel Teamarbeit.

Mein Fachberater nennt nun als Beispiel die American Telephone & Telegraph Co., kürzer: American Tel & Tel, ganz kurz: ATT. Diese Gruppe hat einen Börsenwert von weit über 100 Milliarden Mark. Physikalisch gesehen eine riesige Masse: es müßte sehr viel Bewegungsenergie angesetzt, müßten sehr große Geldsummen investiert werden, um den Kurs solch einer Gesellschaft in Bewegung zu setzen.

Und die ATT ist nur einer der berühmten »blue chips«, der Aktienfavoriten, der Großkopferten unter den Papieren. Diesen Riesensauriern könnten Spekulanten, auch Spekulantengruppen nicht mal den großen Zeh hochstemmen.

Möglichkeiten für Kursmanipulationen haben eine Hanau und ihre Nachfolger nur bei kleineren oder neuen Papieren. Solche Gesellschaften sind leichter anfällig etwa für Falschmeldungen, versehentliche oder gezielte. Denn hier nimmt nicht sofort ein Bankenkonsortium Stellung. Bei kleineren Gesellschaften ist freilich das »schwimmende Material«, ist also die Zahl der im Börsenhandel frei verfügbaren Papiere oft ziemlich gering; wer den Kurs eines Papiers hochkitzelt, hochtreibt, hochputscht, der will aber an möglichst vielen Stücken verdienen.

Eine Hanau erhöhte ihre Gewinnaussichten nun dadurch, daß sie rechtzeitig so viele Aktien wie möglich zusammenkaufen ließ. Außerdem gründete sie eigene Aktiengesellschaften, offiziell oder über Mittelsmänner. So waren ihre Verdienstmöglichkeiten sehr viel größer als bei Spekulanten, die nur auf »schwimmendes Material« angewiesen sind.

7

Oustric, schon dieser Name! Oustric, Oustric! Wenn man das Wort »Bank« davorsetzt, so klingt das auch nicht besser: Banque Oustric – das ist eigentlich schon vom Klang her verdächtig. Dieser Oustric, Oustric ist jemand, den Marthe Hanau nicht ausstehen kann!

Fast gleichaltrig, geboren in Carcassonne, Sohn eines Café-Besitzers – drei Angaben, von denen ihr wohl nur die letzte plausibel erscheint. Denn eigentlich müßte so ein Oustric aus einer anderen Generation stammen, eigentlich müßte man seinen Café-Vater in einer vorderorientalischen Kleinstadt ansiedeln, und er ist am ortsüblichen Haschischhandel finster beteiligt. Ja, das wäre der rechte Herkunfts-Hintergrund für solch einen Oustric, Oustric! Und einen anderen Vornamen müßte er auch haben, etwa »Sacha«: Sacha Oustric – oder etwas ähnliches auf türkisch, das genauso windig klingt. Statt dessen: Albert – das hört sich unpassend bieder und bürgerlich an. Andererseits: der Name Oustric überdeckt, übertönt eigentlich völlig den Vornamen. Wenn man dieses Oustric hört, Oustric und Oustric, wer denkt da überhaupt noch an einen Vornamen? Dies ist Oustric. Das ist der Oustric.

Und dieser Oustric lernte sein Handwerk in einer Bank, na typisch! Marthe Hanau hat seit jeher eine deutlich akzentuierte Abneigung gegen Banken, vor allem gegen große Banken. Und nun erlernte Oustric in einer Bank, was ihn zum bekannten, zum berüchtigten Oustric machte: Umgang, und zwar manipulatorischen Umgang mit Aktien.

Ungefähr zur gleichen Zeit, als Marthe Hanau mit so viel echtem Idealismus ihre Zeitung aufmachte, verließ Oustric die Bank und begann zu spekulieren. In kurzer Zeit wurde

Oustric Experte im schieben, drücken, stoßen, treiben von Aktienkursen: mit Recht sagt hier der Franzose »pousser«. Oustric der Kursschieber, der Kursdrücker, der Kursstoßer, der Kurstreiber – hier machte er sich seinen Namen: Oustric.

Worauf Oustric vor allem setzte, das war eine südamerikanische Silbermine mit klangvollem Namen: Huanchaca. Als sich kaum jemand für die Huanchaca interessierte, kaufte Oustric möglichst viele Aktien dieser Gesellschaft, nahm dazu wohl Kredite auf, womöglich bei der Bank, die vorher sein Arbeitgeber und Lehrmeister war. Nachdem er die Aktienmehrheit besaß (die von mancher Seite freilich Quasi-Mehrheit genannt wurde, und sicher sprach auch die Hanau von einer Quasi-Mehrheit), nachdem jedenfalls Oustric genügend Aktien der Huanchaca beisammen hatte, nahm er Verbindung auf mit Börsenbriefen und Finanzblättern, lancierte hier zum rechten Zeitpunkt die Meldung von der Entdeckung neuer, enorm großer Silber-Lagerstätten im Gebiet der Huanchaca-Mine. Und von mickrigen 40 Francs das Stück schnellten die Huanchaca-Aktien hoch auf runde, satte, silberglanzstrahlende 458.

Bei diesem Kurs war das Papier für Oustric vorerst ausgereizt, er verkaufte seine Aktien wieder, realisierte happigen Gewinn, spekulierte danach auf Baisse, ließ durch die mitarbeitenden Börsenbriefe, Finanzblätter ziemlich entmutigende Nachrichten verbreiten über die Huanchaca – Nachrichten freilich, die nicht unwiderruflich negativ sein durften! Also etwa: geologische, bzw. technische Schwierigkeiten beim Abbau der neuen Lagerstätten; oder: der Staat will auch jetzt, angesichts der prachtvollen Funde, offenbar noch immer nicht die notwendige Straße, die überfällige Eisenbahnlinie in dieses Gebiet bauen; oder: Probleme beim benachbarten Schmelzwerk, personell und technisch.

Durch zweckdienliche Meldungen solcher Art ließ Oustric der Huanchaca immer mehr »Luft raus«, die Aktie notierte schließlich nur noch 105. Nun begann Oustric wieder Huanchaca zu kaufen, rasch, zielstrebig, er wollte möglichst viele dieser Aktien besitzen, wenn es erneut nach oben ging.

Und so begann das Spiel von vorn, zweite Runde: die vorherigen geologischen oder technischen Schwierigkeiten durch eine ganz neue, unerwartete Lösung überwunden; oder: die Straße, die Eisenbahnlinie doch gebaut; oder: das Schmelzwerk mit neuer Geschäftsleitung, mit einer auf den neuesten technischen Stand gebrachten, selbst höchsten Kapazitäten gewachsenen Ausrüstung.

Da konnte es denn losgehen: Silberabbau, Silberschmelze, Silberausstoß, ein Silberstrom! Oustric, dieser Oustric führte die Kampagne sehr zielstrebig durch, trieb das Papier von müden 105 auf delirierende 1445 Francs hoch. Oustric und Huanchaca. Oustric mit Huanchaca. Oustric durch Huanchaca. Nun stand er ganz groß da, dieser Oustric.

Schon vor diesem zweiten Huanchaca-Spiel begann Oustric mit der S.N.I.A. Viscosa-Partie. Durch eine Autorisation des sehr angesehenen Finanzministers Raoul Péret wurden die Aktien dieses italienischen Seidenproduzenten auf dem französischen Börsenmarkt zugelassen, und zwar gleich zu 500 000 Stück. Diese Genehmigung war so ziemlich die letzte offizielle Amtshandlung des Finanzministers Péret: im gleichen Juni 26 gab er sein Amt ab, blieb aber Deputierter, wurde zugleich Justitiar der Banque Oustric, bezog hier vierteljährlich ein Gehalt von 25 000 Francs. Viel Geld bekam auch der französische Botschafter in Italien, René Besnard, der durch Rat und Tat mitgeholfen hatte, die S.N.I.A. Viscosa auf dem französischen Börsenmarkt einzuführen: als er Rom verließ, in Paris wieder Senator wurde, stellte ihn Oustric als Anwalt in einer seiner Firmen ein, zahlte ihm in drei Jahren 440 000 Francs. Nach einiger Zeit wurden diese delikaten Geschäftsverbindungen ruchbar, aber nun war Raoul Perét bereits Staatsanwalt im Kabinett Tardieu, und ausgerechnet bei ihm lief die Anzeige ein – er riet zum rechten Augenmaß, bremste, hintertrieb.

Mit diesem Oustric, Oustric wird die Hanau nun zuweilen in Beziehung gebracht; mehrfach und mit Entschiedenheit muß sie sich durch Erklärungen und Dementis von ihm distanzieren: sie hat mit diesem Oustric nichts zu tun, gar nichts, überhaupt nichts. Weder sind da persönliche Beziehungen, bitteschön, noch sind da Entsprechungen in den Geschäftspraktiken, bittesehr, und man arbeitet entgegen verschiedenen Behauptungen auch nicht mit dem gleichen Börsenmakler, also bitte! Ganz rigoros ist sie gegen diesen Oustric, gegen diese Oustrics allgemein, das gibt sie auch unaufgefordert zu erkennen, mündlich oder schriftlich.

8

Die Gazette du Franc wird von Banken und Zeitungen sehr kritisch beobachtet. Schon im ersten Jahr muß die Redaktion offenbar Ehrenerklärungen und Dementis abgeben – etwa, es bestünden keine Beziehungen zwischen der Redaktion und der Erdölgesellschaft Pétroles de Madagascar. Und bereits im zweiten Jahr, 1926, gibt es Stunk: Chefredakteur Bertrand wird öffentlich vorgeworfen, er habe »zweifelhafte« Aktien empfehlend lanciert. Offenbar ist dieser Vorwurf begründet, denn Bertrand muß sofort die Chefredaktion aufgeben, auch darf er nicht länger Generalsekretär seines Kriegsteilnehmerverbandes bleiben.

Graf Courville wird die Sache brenzlig, er reicht sein Kündigungsschreiben ein. Dieser Rücktritt wäre für das Ansehen der Gazette nun äußerst gefährlich: Marthe wandelt die Gazette du Franc in eine Aktiengesellschaft um, bietet Courville an, mit ihr im Vorstand zu präsidieren, dafür erhält er ein entsprechend großes Paket von Gazette-Aktien, ohne es bezahlen zu müssen. Courville läßt sich einkaufen, zeichnet weiterhin verantwortlich als Herausgeber.

Zwei neue Namen nun in der Gazette: Pierre Descaves, Schriftsteller, auch von Bühnenstücken, wird Generalsekretär der Redaktion, damit Nachfolger von Bertrand. Und Freundin Josèphe, die mal wieder Geld hereinbringt, wird Generalsekretärin der Verwaltung.

Nun kann sich die Hanau wieder stärker auf ihre Finanzgeschäfte konzentrieren. Gemeinsam mit Lazare Bloch arbeitet sie einen Plan aus: Gründung von »Syndikaten«, von Interessen- oder Beteiligungsverbänden nach amerikanischem Vorbild. Die Anteile dieser Verbände in Beträgen zwischen zehn- und fünfzigtausend Francs verkaufen. Laufzeit eines Syndikats ein Jahr. In diesem Jahr mit den Geldern der Kunden arbeiten, und zwar freizügig. (In Artikel 12 des Interessenverbandes Nr. 261 wird später das Recht der Teilnehmer auf »detaillierte Auskünfte über die Geschäfte« eingeschränkt, soweit »zur erfolgreichen Ausführung der Geschäfte Geheimhaltung erforderlich« ist. Mit so einer Regelung läßt sich natürlich vieles machen!) Am Ende der Laufzeit eines Interessenverbandes die Anteile wieder auszahlen, und zwar vermehrt um acht Prozent Zinsen. (Die Banken geben zu dieser Zeit meist nur ein bis zwei Prozent!) Als wichtigster Posten natürlich der Gewinn: klotzige 40 Prozent ankündigen. Die Auszahlungen entweder in bar oder in Papieren, die zum Tageskurs abgegeben werden – wobei es natürlich günstig ist, wenn man sie vorher so weit wie möglich hochkitzelt. Und selbstredend streicht die Syndikatsverwaltung von den Gewinnen zehn Prozent Provision ein.

Wenn derart hohe Gewinnquoten versprochen und nach Möglichkeit auch ausgezahlt werden, so hat das eine gute Werbewirkung für die Syndikate, und es werden in entsprechendem Ausmaß jeweils neue Anteile gezeichnet. Also heißt es Gewinne machen, um jeden Preis! Und damit ist die Technik schon festgelegt: möglichst wenig auf Standardwerte setzen, möglichst viel mit kleineren Spezialwerten operieren, weil hier (auf engem Markt) größere Kurssteigerungen möglich sind, auch Kursmanipulationen.

Die erste Syndikatsbildung soll in der Provinz versucht werden, Bloch entscheidet sich für Rouen. Dort zieht er im besten Hotel ein, erkundigt sich nach den Besitzenden dieser Stadt, sucht die Anwälte und Advokaten, die Ärzte und führenden Verwaltungsbeamten auf, hat aber nicht immer Glück: manchmal wird er überhaupt nicht vorgelassen, öfter wird er nur ein Abonnement der Gazette los, die er überall werbend vorstellt, und wenn mal Gesprächspartner Interesse zeigen an solch einem Syndikat, so fehlen die notwendigen Bargeldmittel: wer Rücklagen machen konnte, der hat sie bereits in Wertpapieren angelegt, weil die Sparzinsen zu mickrig sind.

Natürlich lassen sich die Herrschaften von Bloch nicht dazu überreden, diese Wertpapiere sofort zu verkaufen und das freigewordene Geld in Anteilscheinen des geplanten Beteiligungsverbandes anzulegen.

Das sind nun schlechte Erfahrungen, die Bloch in Rouen macht – was soll man tun? Das Geschäftspaar findet folgende Lösung: wer an einem Syndikat teilnehmen will, der braucht seine Anteile nicht in bar zu bezahlen (was natürlich besonders gern gesehen wird!), der kann seine Wertpapiere oder einen Teil der Wertpapiere hinterlegen.

Nun nützen der Hanau in Umschlägen verschlossene, in Stahlsafes deponierte Wertpapiere gar nichts, sie braucht Geld, flüssiges Geld, um operieren zu können. Frage nun: soll man die deponierten Wertpapiere nicht eventuell verkaufen, selbstverständlich, ohne vorher die Kunden darüber zu informieren? Und wenn die Frist abgelaufen ist, und die Depots werden liquidiert, so bietet man den Kunden Aktien der jeweils gleichen Gesellschaften an oder – im entsprechenden Gegenwert – Aktien aus einer gleichen oder ähnlichen Branche?

Das könnte natürlich zu Schwierigkeiten führen, denn normalerweise notieren Kunden die Nummern ihrer Aktien, die sie in Depot geben – und die gleichen Aktiennummern wird man kaum zum rechten Zeitpunkt zurückkaufen können! Aber würden die Kunden auf den gleichen Nummern oder auf Aktien der gleichen Gesellschaft bestehen, wenn sie nach Ablauf der Syndikatsbildung dicke Gewinne einstreichen? Wohl kaum: da wird ihnen Zufriedenheit das Maul stopfen.

Damit auch hier wieder die entscheidende Voraussetzung für Hanau und Bloch: sie müssen Gewinne auszahlen, sonst gibt es Schwierigkeiten. Und wenn sie diese Gewinne nicht im jeweiligen Syndikat machen, so müssen sie die entsprechenden Gelder woanders abziehen: je mehr Beteiligungsverbände man hat, desto leichter läßt sich dort etwas wegnehmen, hier etwas hinschieben. Schulden werden dann jeweils da gemacht, wo sie im Moment nicht so sehr stören.

Je mehr Verbände und Gesellschaften die Hanau leitet, desto großzügiger kann sie operieren. Ich setze voraus, daß ihre Beteiligungen größer sind, als später bei der Gerichtsverhandlung bekannt wird: daß sie neben ihren Syndikaten also nicht nur Finanz- und Immobiliengesellschaften gründet, sondern durch Mittelsmänner Aktienpakete auch von Gesellschaften anderer Branchen zusammenkaufen läßt, und sie lobt durch ihre Presseorgane die Kurse dieser Gesellschaften hoch, kann entweder Kursgewinne machen oder mit den höher bewerteten Papieren größere Kredite aufnehmen.

Je mehr Aktien sie hier besitzt, desto günstiger ist das natürlich für sie – warum nicht gleich eine Gesellschaft gründen lassen und sie sichert sich über Mittelsmänner von Anfang an die Aktienmehrheit?

Ich erfinde hier ein Unternehmen, das elektrische Kreissägen herstellt für die Landwirtschaft, elektrische Betonmischer für Bauunternehmer, elektrische Rühr- und Knetmaschinen für Bäckereien – und so weiter: Geräte für kleinere Betriebe. Somit ein breitgefächertes Programm, das großen Umsatz bringen kann, mit dem sich aber auch großer Umsatz vortäuschen läßt.

Wichtig für den guten Eindruck, den diese Gesellschaft auf zukünftige Aktienkäufer machen soll, kann schon der Name sein. Ebenso positiv muß dieser Name auf die breitgestreute Kundschaft wirken, die Produkte dieser Gesellschaft kaufen soll. Könnte hier ein Name geeignet sein wie: Distribution Paris (Société Anonyme)?

Marthe Hanau und Lazare Bloch werden solch einen Namen prüfend aussprechen, wiederholt: Distribution Paris. Klingt das gut? Distribution Paris. Ist das knapp, einprägsam, plastisch genug? Distribution Paris. Doch, klingt brauchbar: Distribution Paris. Auch ließe sich diese Firmenbezeichnung für den Börsengebrauch günstig abkürzen: Dis-Paris.

Solch eine Gesellschaft ist sehr darauf angewiesen, daß sie bekannt, ja populär wird. Unter diesem Aspekt läßt eine Hanau beispielsweise den Organisationsstab der Vertretertruppe zusammensetzen. Diese Männer werden dann in einer

Pressekonferenz der neu gegründeten Distribution Paris S. A. der Öffentlichkeit vorgestellt: eine Repräsentationsriege.

Günstig wäre etwa ein damals bekannter und noch dazu beliebter Sportler, sagen wir Sprinter oder Schwimmer, der gerade seine aktive Zeit beendet, der nun endlich mal was verdienen will – diese Möglichkeit soll er in der neuen Gesellschaft haben, wenn er ihr wiederum hilft, ein gutes Erscheinungsbild zu gewinnen. Dazu wird dieser weithin bekannte, auf Anhieb sympathische, so sehr französische Sportsmann gleich bei der ersten Pressekonferenz mit an den Vorstandstisch gesetzt; das bekannte Gesicht, das hoffentlich auf Pressefotos wiedererscheint. Später wird er in Provinzstädte geschickt, etwa wenn Auslieferungslager eröffnet werden: da repräsentiert er die Firma, drahtig als Sprinter oder bullig als Schwimmer – beides wirkt positiv zurück auf das Image der Gesellschaft.

Weiter mag zu diesem Organisationsstab ein pensionierter Offizier gehören, der womöglich als Flieger an irgendeinem Unternehmen beteiligt war, das sich herausheben ließe, etwa als Husarenstück, Husarenflug. So etwas braucht es nicht zu geben, einen »Husarenflug«, aber als Wort könnte es eigentlich ganz wirkungsvoll sein: eine schwarze, energische, sicher siegreiche Bewegung. So eine Assoziation gibt auch der neuen Gesellschaft eine Portion Schwung hinzu: ein Mann hier, der an einem Husarenflug beteiligt war – da wird sicher Mitreißendes geblieben sein. Und wenn er nach der aktiven Fliegerzeit Stabsarbeit machte, so könnte auch dies positive Rückschlüsse zulassen: die Vorstellung, daß er in der Dis-Paris für hervorragend klappende Organisation sorgt.

Zu diesen beiden dynamischen Männern vielleicht noch ein statisch wirkender Herr: etwas Solides, auf das sich bauen läßt, sagen wir: ehemaliger Oberbürgermeister von Lyon. Ein Mann, der vielleicht ein bißchen ausgeleiert aussieht, dafür aber eventuell weißhaarig ist, und er wirkt ruhig, sehr ruhig, demonstriert besonnene Übersicht – wäre das nicht eine notwendige Ergänzung in diesem Organisationstrio?

Jedes Mitglied der Vertretertruppe, die von diesen drei

Männern instruiert und ausgeschickt wird, muß ebenfalls einen sehr guten Eindruck machen, für die Firma. Deshalb wird ihnen beispielsweise eingeschärft: ein offenes Lächeln zeigen, sobald der potentielle Kunde die Türe öffnet, der Bauer, der Bäcker, der Bauunternehmer. Wenn ein Vertreter dieses offene und damit gewinnende Lächeln nicht auf Abruf verfügbar hat, so muß er das einüben, vor dem Spiegel. Dann der sympathische, feste Händedruck! Wer schlabbrig die Pfote reicht, muß sich umstellen, muß Händedruck üben: trocken und fest muß der Händedruck sein, schon hat man den Kunden fast in der Hand.

Über die »stellenweise phantastischen Umsätze«, die durch solch eine Vertretermannschaft erzielt werden, könnte denn zu geeignetem Zeitpunkt die Gazette du Franc berichten, etwa unter Hinweis auf das so außergewöhnliche Führungsgremium – mit derartigen Leuten scheint ja schlechthin alles möglich! Und mal abgesehen davon: wer kann schon die Umsatzsummen überprüfen, die hier angegeben werden?

Das Image der neuen Gesellschaft läßt sich durch weitere Mittel fördern: beispielsweise durch eine besonders soignierte Bank, der die Kunden ihre Rechnungsbeträge überweisen sollen. Wie wär's hier etwa mit einer Rothschild-Bank? Würde dieser Name der Distribution Paris nicht illustren Glanz geben? In den Werbeschriften der Dis-Paris läßt sich der Name dieser Bank deutlich hervorheben. So kann der Kunde den Eindruck gewinnen: wenn die Rothschilds der Dis-Paris die Hand reichen, so muß es sich um ein solides Unternehmen handeln. Diesen Eindruck sollen natürlich auch die Aktionäre haben!

Als zusätzliche Maßnahme direkte Aktionärs-Werbung: Prospekte, die sich durch Druck, Papier, Layout schon äußerlich empfehlen. Hier wird denn von einem »offensichtlich konkurrenzlosen Angebot« geschrieben; hier wird versichert, der Marktanteil der Gesellschaft werde sich kontinuierlich, wenn nicht sprunghaft vergrößern; hier wird auf die Aufsichtsratsmandate »sehr prominenter Persönlichkeiten« hingewiesen; hier ermittelt man eine frühe Gewinnschwelle; die Ertragsvorausschau aufgegliedert in Ertragssteigerungen und Kostensenkungen – und so weiter. Damit werden auch die Fachleute angesprochen.

Und immer wieder positive Berichte über die Dis-Paris in der Gazette du Franc. Anlaß eines Artikels könnte etwa ein Kooperationsvertrag sein zwischen der Distribution Paris und der Firma Magny/Morand (die, wie bereits gemeldet, in Kürze mit den Kabelwerken Lyon fusionieren werde). Nach diesem Vertrag (der auch nach dieser Fusion gültig bleibe), liefere Magny/Morand sämtliche zur Geräteproduktion notwendigen Elektromotore, und zwar nach einer für beide Seiten günstigen Regelung. – Solch ein Bericht kann sich für die Kurse beider Gesellschaften positiv auswirken.

Dann, etwas später, eventuell eine Notiz über weiterhin steigende Umsatzziffern. Und nach berechneter Zwischenzeit ein Artikel über die sehr guten Gewinnaussichten der Gesellschaft: ein mit dem Umsatz wachsendes Produktionsvolumen; eine breitere Angebotspalette; nach detaillierten Vorausplanungen des Vorstands würden die Jahresumsätze der Gesellschaft jährlich um dreißig Prozent ansteigen; für das zweite Geschäftsjahr werde bereits eine knappe Verdoppelung des Reingewinns in Aussicht gestellt. Noch ein paar Formeln dieser Art, und es kann zu weiterem Kursanstieg der noch jungen Dis-Paris-Aktien kommen.

Später wird man allerdings einen Geschäftsbericht herausgeben müssen – aber das macht eine Hanau nicht bang. Zwar mögen die faktischen Umsatzzahlen der Distribution vorerst enttäuschend sein, aber faktische Zahlen wird der Geschäftsbericht dann eben nicht bringen. Es gibt ja verschiedene Techniken, magere Zahlen zu Gewinnen aufzupumpen. So ließe sich eine spezielle Abschreibungstechnik einführen, mit der man beispielsweise voraussetzt, daß die Lieferwagen der Dis-Paris länger laufen als Lieferwagen sonst allgemein; meist werden die nach, sagen wir mal, fünf Jahren abgeschrieben, bei der Aufstellung der Bilanz setzt man hier aber acht Jahre ein – so verringern sich die Abschreibungsquoten erheblich. Das gleiche bei Lagergebäuden, Büromaschinen und so weiter.

Dazu eventuell Mogeleien bei der Gewinnverbuchung.

Zum Aufschönen einer Bilanz wären weiterhin Tochtergesellschaften sehr geeignet, vor allem ausländische »Töchter«. So ließen sich an solch eine Tochtergesellschaft alte Lagervorräte verkaufen, mit »Gewinn«: auch das fördert die positive Bilanzierung der Muttergesellschaft. Denn bitte, wer fragt schon am Bilanztag bei der Tochtergesellschaft an, was von den Beständen noch auf Lager ist, um dann verbuchte Verkaufsgewinne abzubuchen? So eine Tochtergesellschaft ist ja nicht der einzige Kunde der Muttergesellschaft! Außerdem läßt sich noch etliches zusätzlich verschleiern durch Preisgestaltung: man könnte sich innerhalb der eigenen Gesellschaften offiziell Marktpreise anrechnen, die mit den faktischen Verrechnungen nicht übereinstimmen müssen.

Sehr günstig für eine undurchsichtige Bilanz wäre auch eine Fusion: da lassen sich Buchgewinne machen, und mit diesen Buchgewinnen werden bereits entstandene, aber noch nicht buch- oder bilanzmäßig ausgetragene Verluste abgedeckt.

Dieses Aufschönen, dieses Dekorieren einer Bilanz wird heute »window dressing« genannt: Schaufensterdekoration also mit aufgerundeten Zahlen, durch sprachliche Dekorationsgegenstände.

Solch ein »window dressing« muß natürlich Entsprechung finden in einer Dividende. Sollte die Dis-Paris eine hohe Dividende nicht aufbringen können, so könnte die Hanau von einer ihrer anderen Gesellschaften neue Aktien emittieren lassen und man überweist diskret einen Teil der nun einlaufenden Gelder an die noch stützungsbedürftige Firma, die nun Dividenden auszahlen kann und vielleicht noch zusätzlich einen Bonus, damit die schwache Firma recht stark und vertrauenswürdig und attraktiv erscheint. Da werden denn schon die Kurse anziehen!

Damit niemand allzu kritisch die Geschäftsberichte der Distribution Paris prüft, muß weiterhin die Image-Bildung gefördert werden: ein gutes Image auch als Schutz. Beispielsweise könnte die Hanau ihren Vertrauensmännern vorschlagen, weniger mit der Bezeichnung »Aktiengesellschaft« oder

»Kapitalgesellschaft« zu arbeiten als mit dem Begriff »Publikumsgesellschaft«. Ob das nun juristisch so hundertprozentig zutrifft, mag die Hanau sagen, das ist gleichgültig, wir wollen uns nicht mit Spitzfindigkeiten aufhalten – Hauptsache, dieser Begriff wird werbewirksam herausgestellt. Die Aktien dieser Gesellschaft deshalb in geringen Nennbeträgen ausgeben, damit soll das »breite Publikum« die Möglichkeit haben, sich an dieser dynamischen, expansiven Gesellschaft zu beteiligen. Warum etwa sollen kleine Unternehmer, die bei der Dis-Paris ein Gerät erwerben, nicht auch gleich ein paar Aktien dazukaufen? Und diese Gesellschaft wird damit »ihre Gesellschaft«? Man muß der Öffentlichkeit ja nicht unbedingt auf die Nase binden, daß eine Großaktionärin von Anfang an die Mehrheit der Aktien besaß. Ein paar Sprachregelungen könnten das vor der Allgemeinheit verschleiern helfen; die Hanau schlägt über ihre Mittelsmänner etwa vor, daß bei Aktionärsversammlungen die Vorstands- und Aufsichtsratsmitglieder nicht von »unserer Firma« reden, sondern stets von »Ihrer Gesellschaft«: das schmeichelt denen, die sowieso keinen Einfluß haben auf den Geschäftsgang. Image-Bildung.

Weiter kann das Ansehen der Gesellschaft und der Kurs ihrer Aktien gefördert werden durch inoffizielle Nachrichten, die sich herumsprechen – auch das läßt sich steuern. Beispielsweise trifft der Vorstandsvorsitzende der Distribution Paris einen reichen, entsprechend angesehenen Bankier, segelt mit ihm vor Nizza: was bahnt sich da an? Günstiger Gesprächspartner wäre natürlich auch ein Mitglied des englischen Oberhauses, ein Industrieller, mit dem der Chef der Dis-Paris mehrfach Gespräche führt, teils in einem Club, in dem man sich nur leise unterhält, teils auf einem Landsitz, den Jagdhunde umkläffen: will die Dis-Paris nach England expandieren?

So oft wie möglich muß der Name der neuen Gesellschaft ausgesprochen, geschrieben, gedruckt werden. Dauernd bahnt sich was an, rührt sich was, tut sich was. Kapitalerhöhung? Umsatzsteigerungen? Fusionsabsichten? Man vermutet in Finanzkreisen ... Wie man aus zuverlässiger Quelle erfährt ...

Wie Gewährsleute mitteilen ... Paris rechnet damit, daß ...

So wird der Kurs der Dis-Paris-Aktien hochgesprochen, hochgetrieben, hochgeputscht – hier gibt es ja bezeichnenderweise viele Tätigkeitswörter. Unablässig die Aktie als »Wuchs-Aktie« bezeichnen, als »Favorit«, als »Spitzenwert«, bis das völlig selbstverständlich klingt. Und von einem »hochinteressanten Wert« schreiben, von »glänzenden Aussichten des dynamischen Unternehmens«. Und die Nachfrage nach dieser Wuchs-Aktie, nach diesem Favorit, nach diesem Spitzenwert als so massiert bezeichnen, daß die Wuchs-Aktie, der Favorit, der Spitzenwert durch gesteigerte Nachfrage erneut bestätigt wird als Wuchs-Aktie, als Spitzenwert, als Favorit.

9

Anregung zu diesem Kapitelentwurf durch eine Karikatur aus dem Jahr 1928: eine Straße, an einer Wand ein riesiges Plakat, auf diesem Plakat ein maskenhaftes Gesicht mit weit geöffnetem Maul, in dem sich Geldsäcke häufen; ein Mann mit Hut wirft aus einigen Metern Entfernung in diese Maulhöhle weitere Geldsäckchen, die er aus seinem bereits schlaffen Sparstrumpf zieht. Unterschrift: »Der Traum der Madame Hanau.«

Ich werde in diesen Roman auch einen der vielen namenlosen Mitspieler einführen: denn eine Hanau kann nur Erfolg haben, wenn viele ihr Spiel mitspielen. Als Mitspieler scheint mir beispielsweise ein Arzt geeignet. Warum?

Das hat zuerst mal einen privaten Anlaß: durch einen Bekannten erfuhr ich, daß ein hiesiger Arzt vor einiger Zeit von einem Agenten für ungefähr 40 000 Mark brasilianisches »Naturland« gekauft hatte. Das erworbene Gebiet wurde auf einer Auszugskarte rot schraffiert, die durfte der Kunde behalten. Dazu ein Dokument mit wohl fragwürdiger notarieller Beglaubigung aus Brasilien. Das Grundstück konnte von diesem Agenten eventuell schon mehrfach verkauft worden sein. Oder es war überhaupt unverkäuflich, weil beispielsweise Staatsbesitz. Oder es war wertloses Anschwemmungsland im Amazonasdelta. Das alles konnte der Arzt nicht nachprüfen. Er hatte das Land auf die bloße Zusage des Agenten hin gekauft, es werde im Preis rasch ansteigen – irgendwelche Projekte wurden genannt. Der Arzt hatte vor diesem Kauf niemand um Rat gefragt, hatte keine Erkundigungen eingezogen über die Agentur: er hatte Angst, man könnte ihm dieses so verlockend scheinende Geschäft ausreden, eventuell aus Neid.

Das sagte er jedenfalls dem erwähnten Bekannten, als die Sache geplatzt war.

Dieser Vorgang erschien mir erst ein wenig unwahrscheinlich, zumindest in der Darstellung vereinfacht. Aber dann las ich, einige Zeit später, in der Zeitung einen Bericht über einen Verkaufsagenten einer Investmentgesellschaft; er gab – unter anderem – an, seine besten Kunden seien Rechtsanwälte und Ärzte gewesen. Ohne hier gleich eine Parallele zu ziehen zwischen jenem Immobilienagenten und einem Investmentvertreter: die fast blinde Kaufbereitschaft des Arztes erschien mir nun zugleich als privates Kuriosum wie als soziologisches Beispiel.

Zweiter Grund, weshalb ich einen Arzt als Mitspieler einführen will: ich kenne einen Arzt, der hier als Modell sehr geeignet wäre. Und zwar ist es ein Veterinärarzt – durch gemeinsame Wahl in eine Schulpflegeschaft bekam ich für kurze Zeit Kontakt mit ihm, mußte ihn auch mal aufsuchen.

Ein robuster Mann mit krulligem Haar, grauem, flauschigem Hemd, breiten Hosenträgern, speckiger Lederhose, grünen Wollstrümpfen. Auf seinem Schreibtisch Papiere, Prospekte, Aktenordner. In einem Regal Medikamente, höchstens zwei Dutzend Sorten, aber jeweils große Portionen. Hinter ihm ein weißer Tisch, darauf ein Cellophanbeutel mit Fleischproben einer Kuh – Pansen, Leber, Niere, Muskelstrang.

Der Tierarzt trank und maulte: die Tiere immer weniger gepflegt, Knechte knapp, die Familienbetriebe mehr als ausgelastet, das meiste Geld wird angelegt für Maschinen, die sich nach sechs, sieben Jahren amortisieren müssen. Und Züchter lassen die Sauen zwei- bis dreimal decken, sie werfen nun mindestens zehn, fünfzehn Ferkel, im Optimum sind freilich nur zehn Zitzen brauchbar. Wir leben in einem Spitzbuben- und Verbrecherstaat, nirgends wird Ordnung geschaffen! Zum Beispiel werden Arzneimittel für Tiere vielfach von Futterspezialisten im Unterpreis angeboten, so doktern die Bauern selbst herum. Wenn sie etwas vermurkst haben, wird der Tierarzt gerufen. Sie wollen gute Arbeit bei geringer Bezahlung. Für eine Rinderbesamung zehn Mark. Wenn aber beispielsweise bei einer Kuh eine dreifache Besamung nötig wird, hat er kaum noch Gewinn. Allein die Fahrtkosten! Zwölfhundert Rinder in seinem Bezirk, demnach ein fester Satz von 12000 Mark, das wäre ungefähr ein Siebtel seines Umsatzes, würde aber ein Drittel seiner Arbeitszeit fordern. Er hatte Assistenten dafür angelernt, aber die würden den Samen nur so in der Geographie herumspritzen.

Soviel zu seiner Berufsarbeit. Ich will kein Psychogramm dieses Mannes entwerfen, nur noch ein Punkt, den ich wohl in das Buch aufnehmen werde: dieser Tierarzt lehnt energisch jede Staatsform ab, die nicht erhalten kann, was er unter Ordnung versteht. Als ihm einmal der Wagen aufgebrochen und eine Aktentasche gestohlen wurde, fuhr er zur nächsten Polizeidienststelle und beschwerte sich schreiend. Er führt sich autoritär, patriarchalisch auf. Widerspruch beispielsweise verträgt er nicht. Das merkte ich, als ich einen Vorschlag machte, der ihm nicht gefiel: er schloß die Augen, solange ich sprach, ging dann sofort zum Gegenangriff über.

Dieser Mann ließe sich ohne weiteres in Frankreich ansiedeln – abzüglich Lederhose und grüner Wollstrümpfe. Dafür könnte er eine Baskenmütze tragen, eine ausgebeulte Flanellhose. Er würde in einem der damaligen Wagen herumfahren mit Kulissenschaltung, Lederfaltdach und Steckfenstern: sein Bezirk in der Ile de France, in der Normandie, der Bretagne oder im Süden – der Wohnort ist hier gleichgültig. Denn die Gazette du Franc läßt sich wohl überall in Frankreich abonnieren. Dazu kann ihm ein Bekannter raten, beispielsweise Steuerfachmann: die Berichte und Analysen dieser Zeitung hätten sich als sehr zuverlässig erwiesen, die Prognosen würden meist zutreffen. Nach Hinweisen dieser Zeitung will nun auch der Veterinärarzt Effekten kaufen und verkaufen. Denn dies muß ich voraussetzen: er hatte schon vor der Inflation finanzielle Rücklagen, angelegt etwa in festverzinslichen Papieren, in Staatsanleihen und Schatzbriefen, die durch die inflationäre Entwicklung auch in Frankreich oft große Werteinbußen erlitten. Und nun, etwa im Jahre 1927, will der Veterinärarzt die Verluste endlich ausgleichen, will er Rücklagen aus seinen erneut wachsenden Einkünften in Effekten anlegen – und hierbei soll ihm die Gazette helfen.

Denkbar, daß der Tierarzt dabei gute Erfahrungen macht: positive Berichte über Aktiengesellschaften künden hier öfter Kursanstiege an, und wenn man es lernt, aus solchen Berichten Konsequenzen zu ziehen durch entsprechende Käufe, so kann man Kursgewinne machen; umgekehrt können kritische Berichte zum Verkauf von Papieren führen und damit vor Verlusten schützen.

Vielleicht läßt sich der Tierarzt hier noch direkter beraten durch den Börsenbrief, der von der Gazette herausgegeben wird – da kostet ein Jahresabonnement zwar 1000 Francs, aber wenn man ein paar gute Tips realisiert hat, so können diese Kosten schon wieder gedeckt sein.

Nach so manchen guten Erfahrungen kann der Tierarzt nun bereit sein, hier noch mehr zu riskieren, sich noch direkter zu engagieren: beispielsweise, wenn ein Agent ihm vorschlägt, seine bisherigen Effekten zu verkaufen und sich an einer der neuen Investmentgesellschaften, der »Syndikate« der Gazette-Gruppe zu beteiligen. Falls er seine Wertpapiere nicht verkaufen will, so kann er sie bei der Investmentgesellschaft deponieren und ist dann in der Höhe des Tageskurses beteiligt.

Wichtig für den Entschluß, hier mitzumachen, wird auch der »persönliche Eindruck« des Agenten auf den Tierarzt sein. Ebenso wichtig könnte die Vorstellung sein, die sich der Veterinärarzt von Madame Hanau macht, die, wie man weiß, hinter der Gazette du Franc und hinter den Beteiligungsverbänden steht. Sicher hat er sie noch nicht direkt gesehen, aber er könnte von ihr gelesen haben, kennt vielleicht Fotos von ihr. So könnte er sich ein Bild von ihr machen: etwa als resolute, fast bäuerlich robust wirkende Frau, deshalb nach seiner Vorstellung zuverlässig, vertrauenswürdig – eine Frau, die zupacken kann, die weiß, was sie will, eine Frau von Format.

Möglicherweise wird er auch etwas hören über ihren Lebensstil, oder er liest darüber Zeitungsberichte, sieht hierzu Bilder: die Hanau in einem teuren Wagen, die Hanau in einem berühmten Hotel, die Hanau im Kreis bekannter und reicher Persönlichkeiten. Wie wird er da über sie urteilen? Wohl so: Das ist eine Frau, die es zu was gebracht hat, eine Frau, die überall Anerkennung findet, eine Frau, die zu Recht einen gewissen Lebensstil entfaltet. Und weiter: Hier ist Geld, viel Geld, da lohnt es sich, sein Geld beizulegen, da wird es sich rascher vermehren als anderswo – wer möchte nicht mitschwimmen, wo andere so sichtbar in Geld schwimmen?

So folgt er wohl dem Vorschlag des Agenten, beteiligt sich an einer Investmentgesellschaft. Zwar soll hier nicht alles ganz sauber zugehen, mag ihm ein Bankmann sagen, aber hinter solchen Äußerungen wittert der Veterinärarzt vielleicht bloß Neid. Außerdem ist ihm sicher egal, wer ihn aus den Inflationsverlusten herausholt und wie das geschieht – wenn es nur wieder bergauf geht!

10

Ich will nun versuchen, den Tagesablauf einer Hanau zu entwerfen; das könnte in der gegenwärtigen Phase noch am ehesten erträglich werden. Wenn die Hanau erstmal ins ganz große Geschäft kommt, wird die Sache ziemlich großkotzig: die Villa mit Garten in der Rue de la Tournelle, das repräsentative Gebäude der Gazette du Franc in der Rue de Provence – ich will hier nicht das Drehbuch zu einem Ausstattungsfilm über die große Geldwelt schreiben! Da setze ich also besser ein im Jahr 1925 etwa, versuche hier, ihre Tätigkeit, ihre Aktionsweise zu beschreiben – mal sehen, wie weit ich dabei mit dem Erzählen komme, wie weit hier Erzählen überhaupt noch einen Sinn haben kann.

Am einfachsten beginne ich wohl mit einem Morgen. Wo wacht sie auf und wie? Ihr Schlafzimmer, sagen wir mal, ist fast vollständig dunkel, wenn sie wach wird: draußen freilich ist es seit Stunden hell, ein Junimorgen. Aber beide Fenster geschlossen, schwere Samtgardinen zugezogen, bis auf einen zufälligen Spalt: die Hanau, setze ich voraus, möchte es nachts dunkel haben wie in einer Höhle. So könnte sie eventuell auch eine besondere Schlafhöhle angelegt haben: etwa ein Durchbruch zu einem kleineren, fensterlosen Nebenraum, in dem ihr Bett steht, eine breite französische Liege, und dieser Bettraum ebenfalls abgeschlossen durch einen Zwischenvorhang aus schwerem Stoff. Hinter diesen doppelten Vorhängen ist es in ihrer Schlafkoje fast vollständig dunkel; Außengeräusche nur noch dumpf.

Hier könnte die Hanau wachwerden, und sie patscht auf einen Lichtschalter, schaut auf eine Empire-Uhr: ungefähr halb acht. Sie dreht sich auf den Rücken, räkelt sich. Jemand neben ihr, eine Freundin? An diesem Morgen zumindest wird sie allein im Bett liegen müssen: die Beschreibung der ersten Stunde könnte sich sonst zu sehr ausdehnen. Außerdem: wenn schon so eine Höhle, dann will man auch allein da reinkriechen.

Wenn sie ihre Augen ans Lampenlicht gewöhnt hat, wozu sie vielleicht zwei, drei Minuten braucht, nimmt sie von einer Marmorplatte ein Buch, klappt es am Lesezeichen auf: sie liest morgens gern etwas Spannendes, Buntes, um den Kreislauf in Schwung zu bringen. So könnte man nun mitlesen, wie ein Pierre eine Schloßtreppe hochkeucht, durch einen langen Flur hastet, aber schon sieht er vor sich einen Trupp heranstampfen, hört er hinter sich einen zweiten Trupp herantrampeln: da stößt er, während die Hanau mit der freien Hand das Kopfkissen höherstaucht, die nächstbeste Türe auf, weiblicher Aufschrei, er läuft zum Fenster, ohne näher auf das Fleisch zu schauen, dafür ist jetzt keine Zeit. Gelenkig klettert er eine Dachrinne hoch, während Marthe Hanau gewissenhaft das rechte Nasenloch mit dem kleinen Finger zu reinigen beginnt, hartgewordenen Nasenschleim abschlenkert: die Nasenlöcher müssen frei sein, wenn der Tag beginnt, da stört sie alles, was an Nasenhärchen herumhängt. Pierre steigt im Buch vor ihren Augen in ein glücklicherweise offenstehendes Fenster. Hier sitzt schon wieder eine Hofdame: sie erfaßt sofort die Situation, empfindet spontan Sympathie für den verfolgten Fremden, schließt das Fenster, schlägt das Bett auf, er springt rein, sie kommt nach, während die Hanau nun, das Buch in die rechte Hand überwechselnd, mit dem linken kleinen Finger das linke Nasenloch ausschält. Schon Schritte vor der Türe: gleich simulieren die beiden Lustgekeuche. So kriegen die draußen keinen Verdacht, schauen gar nicht erst rein, derart rasch kann sich ein Verfolgter wohl nicht umstellen – sie trampeln weiter. Nun sagt er uff! und sie seufzt: ach! Und weil sie schon mal im Bett liegen, vollziehen sie gleich einen recht ausführlichen Geschlechtsakt für die Leser solcher Bücher, die überall ihre Nasen und Finger drin haben müssen; denen zuliebe machen es die beiden so rum und dann so rum, lassen kaum etwas aus – schließlich sagt sie uff und er sagt ach.

Natürlich kann dieser Pierre nicht im Schloß bleiben. Er wird in einem Wäschekorb rausgeschmuggelt: muffige, säuerliche Laken, die den Korb auspolstern, die Luft verknappen. Die Hanau beschaut den Fingernagel links außen, löst Nasenpopel heraus. Liest weiter, wie nach etlichem Gewackel der Korb wieder geöffnet wird, und da steht prompt, und solche Promptheit läßt Rückschlüsse zu auf die Art des Buchs, prompt also steht da eine kräftige, aber schöne Wäscherin, dicke Arme, dicke Brüste, und gleich beginnt ein Rubbeln, Kneten, Wringen, Plätten.

Aber noch in dieser ersten Nacht, liest Marthe Hanau, mit angelecktem Zeigefinger umblätternd, klopft jemand am Wäscherhaus, meldet, Trupps mit Hunden wären nah, keine Flucht mehr möglich. Unverzüglich leitet Pierre Maßnahmen ein: Fensterläden verrammeln, Wasserkessel erneut unter Dampf setzen, Schränke auf Speckschwarten vor Türen schieben, Schußwaffen laden – schon bellt und schreit es draußen, das Haus ist umstellt. Marthe kann hier nicht mit dem Lesen aufhören, obwohl sie ihr Seitenpensum schon erreicht hat, jetzt muß sie wissen, wie es weitergeht. Der Romanmann, der nicht nach allen vier Seiten gleichzeitig kämpfen kann, braucht nun eine rettende Idee, und die schreit er gleich hinaus: wer von außen Fenster oder Türen zu öffnen versucht, der löst damit eine sinnreiche Vorrichtung aus – Schnur, Röllchen, Gewehrhahn, Schuß! Nun will keiner der erste sein, es könnte ja stimmen. Freilich, das ist nur eine vorläufige Lösung, und so fällt der verliebten Wäscherin endlich ein Geheimgang ein, auf den die Hanau als erfahrene Leserin solcher Romane längst schon gewartet haben wird: das Haus einst als erotische Absteige eines in der Nähe wohnenden Fürsten. Durch diesen längst vergessenen, weithin verfallenden Gang laufen sie Hand in Hand, bleiben öfter stehen, weil es im Feuchtdunkeln raschelt und klatscht, sie preßt sich an ihn, hat allerhand zum Hochatmen, das streichelt er beruhigend, sowas verschönt die Spannung, endlich klettern sie durch einen hohlen Baum hoch, stehen in der klaren Nacht; Stille, Frischluft.

Da klappt die Hanau das Buch zu. Einerseits ist sie jetzt völlig wach geworden. Andererseits erscheint ihr die Umwelt nun farbloser, spannungsärmer. Bei einem richtigen Abenteuer muß ja wohl gerannt, gekeucht, geschossen werden. Was dagegen erlebt sie? Ihre Aktionen werden geplant und ausgeführt in Büro- und Konferenzräumen: ist das eine Umgebung für Abenteuer? Einer Hanau, die solche Bücher liest, werden diese Unternehmungen aufregend, aber nicht spannend erscheinen. Diese Spannung bringt ihr solch ein Buch als Ergänzung.

Die Hanau drückt auf einen Knopf, räkelt sich nochmal. Rasch kommt eine häusliche Angestellte. Die kann 25 oder 45 sein, mag aussehen und heißen, wie sie will. Zum verschlossenen Vorhang sagt sie: Bonjour Madame, zieht an beiden Fenstern die Vorhänge auf, öffnet nun den Zwischenvorhang zur Schlafkoje, steht in der hellen Fläche als Umriß, meldet den Wetterzustand. Ist schönes Wetter, so sagt die Hanau: Na gut, und steht auf. Wird schlechtes Wetter gemeldet, so braucht sie zum Aufstehen etwas länger. Fett und Wasser vertragen sich schlecht, wird sie sagen.

Ich setze voraus, daß dieser Tag freundliches Grau zeigt, also steht sie verhältnismäßig rasch auf. In ihrem Nachthemd schlurft sie erst mal zum Fenster, schaut in den Garten, drömelt noch ein bißchen herum, rückt ein Bild grade, geht ins Bad. Bei einem Film könnte hier ein Schnitt folgen: denn wie sie auf der Kloschüssel hockt, wie das Waschen, Zähneputzen, Kämmen vor sich geht – das alles kann übersprungen werden. So wird sie gleich, nachdem sie das Badezimmer betreten hat, an den Frühstückstisch gesetzt. Und da bestreicht sie eine Scheibe Weißbrot mit Butter, mit Marmelade, legt Eischeiben drauf, salzt sie. Wer sie näher kennt, wundert sich nicht mehr darüber. Wenn eine neue Freundin mit ihr am Frühstückstisch sitzt, wird die sich wundern. Und die Hanau sagt, was sie in solchen Fällen schon wiederholt gesagt hat: daß man Brot zum Frühstück nicht einfach in einen Kaffeepott stippt, sondern in Scheiben schneidet, die man bestreicht, das hätte sie bei einem Aufenthalt in Deutschland gelernt. Und die Eier auf dem Marmeladenbrot? Hier spricht sie von Rationalisierung: seit vielen, vielen Jahren zuerst stets das Marmeladenbrot, dann die Eierschnitte. Seit sie aber schwerer wurde, will sie nicht mehr so viel Brot essen: sie hat das Gefühl, das quillt im Magen unzulässig nach. Darum legt sie die Eischeiben, auf die sie morgens nicht verzichten will, gleich auf die Marmelade, hat dadurch eine Brotschnitte gespart. Außerdem: im Magen käme sowieso alles durcheinander. Und das sagt sie als Gourmet? Darauf mag die Hanau antworten, morgens wären ihre Geschmacksnerven noch weitgehend betäubt, zumindest beim Kauen. Anders wäre es beim Trinken: hier legt sie Wert auf sehr guten Tee. Den läßt sie von einer kleinen Firma in Glasgow mischen. Das sieht zwar ein bißchen aus wie eine Marotte, kann sie sagen, das ist vielleicht auch eine Marotte, aber wenn ihr dieser Tee besser schmeckt, warum nicht die umständlichere Bestellung, der höhere Preis? Diese Marthe-Hanau-Spezial-Mischung schlürft sie hörbar, ihre große, weiche Unterlippe am Tassenrand eingewulstet, die Augen halb zugekniffen. Sie hat am Frühstückstisch keine Zeitung, will das grundsätzlich nicht, wird sich erst im Büro informieren: führende Persönlichkeiten dürfen sich den Kopf nicht zu sehr vollstopfen, sonst haben sie dort oben zu wenig Bewegungsfreiheit – dies etwa kann die Hanau zur Begründung sagen. Denn selbstbewußt wird sie sein.

Mit dem Lift fährt sie ins Erdgeschoß: Furnierholz, Messing, Milchglasscheiben. Sie nickt dem Concierge zu, der hinter dem Fenster zum Treppenhaus steht, neben dem Telefonschaltbrett. Vor dem Eingang der Wagen, ein Hispano-Suiza, dessen Türe der Chauffeur öffnet. Sicher trägt eine Hanau keine Tasche, schon gar keine Aktentasche: sie hat ihren runden Kopf dabei, das genügt. Höchstens pendelt ein Damentäschchen neben ihr, aber was dort drin ist, kann sich jeder vorstellen: das hat nichts mit ihrer Tätigkeit zu tun.

Trotz der damals noch ziemlich lauten Motore findet während der Fahrt wohl ein Gespräch statt. Ich werde sie allerdings nicht fragen lassen: Was macht die Familie? So eine Frage formuliert sich von selbst, dazu muß niemand im Fond sitzen. Es wäre besser, wenn der Chauffeur etwas erzählt, das sie interessieren könnte, beispielsweise von einem Grundstücksmakler, der vor Paris Land verkaufen wollte, das, nach seiner Auskunft, in näherer Zukunft Bauland würde, die Stadt wachse bekanntlich sehr rasch – aber er wurde die Wiesen nicht los. Daraufhin ließ er eine Baubude in der Nähe aufstellen, einen Bagger auffahren. Und bei der nächsten Besichtigung wurden die Wiesen sofort gekauft. Die Baubude wieder demontiert, der Bagger abtransportiert. Darüber wird die Hanau lachen.

Nach rascher Fahrt hält der Hispano-Suiza vor der Villa in »ruhiger, vornehmer Wohnlage«: viel Grün, Kindermädchen mit Kinderwagen. Die Hanau wartet nicht, bis der Chauffeur um den Wagen herumkommt, sie stößt die Türe auf, geht mit energischen Schritten durch den Vorgarten, während hinter ihr die Wagentüre zugeschlagen wird, steigt die Treppe hoch, betritt ihren Arbeitsraum, legt das Handtäschchen auf einen Stuhl, öffnet ein Fenster, schaut aber nicht weiter auf das Wiesengrün, in das Baumgrün, setzt sich gleich an den Schreibtisch, blättert eine Mappe durch, hingelegt zur Durchsicht: Presseausschnitte, Werbematerial. Etwa der Geschäftsbericht einer Aktiengesellschaft der Elektrobranche – ein Unternehmen, an dem die Hanau vielleicht nicht einmal beteiligt ist, aber sie will sich über Werbetechnik, Werbetaktik der Konkurrenz informieren. Zuerst befühlt sie den Umschlagkarton, biegt ihn, beschnuppert das Papier, schaut dann in den Bericht des Vorstandsvorsitzenden: Rationalisierung, Mehrkosten, Volumenssteigerung, Aufrechterhaltung, Ertragskraft, Auftragsbestand, Reichweite, Lieferzeiten, Beschäftigtenzahl, Lieferlage, Teilbereiche, Marktchance, Anlagenzugänge, Investitionsrate, Wachstum, Kapitalerhöhungsrhythmus. Genauer liest sie solche Texte nur, wenn sie gehört hat, hier sollen Verluste abgepolstert oder höhere Gewinne kaschiert werden. Auf jeden Fall aber beguckt sie Kreise mit beschrifteten Segmenten, Säulen aus verschiedenfarbigen Abschnitten. Graphische Darstellungen, die ihr gefallen, kreist sie mit grünem Stift ein, ebenso Formulierungen, die ihr für eigene Werbung brauchbar scheinen.

Dann die Presseausschnitte. Marthe Hanau wird dem zuständigen Redakteur gleich zu Beginn ihrer Zusammenarbeit erklärt haben, was sie hier sehen will: »besondere Nachrichten«. Sicher dauerte es etwas, bis seine Auswahl ihren Erwartungen entsprach.

Passende Meldungen ließen sich hier bestimmt aus damaligen französischen Wirtschaftszeitungen oder Wirtschaftsseiten von Zeitungen heraussuchen – warum aber nicht weiterhin zeitgenössische Meldungen übernehmen und später für den Roman modifizieren?

Übernehmen und übertragen ließe sich eventuell diese Meldung: eine Gesellschaft für Kapitalanlagevermittlung offeriert eine Aktie, die nirgendwo registriert ist; dieses Papier wird, einschließlich Emissionsgebühr, für knapp 80 Mark angeboten und verkauft, wobei sich die Gesellschaft bereiterklärt, die Aktie auf Verlangen innerhalb von drei Jahren zurückzunehmen, allerdings nur noch zu einem Stückpreis von 7,40 Mark! Wieviele Chancen hätte eine Hanau heute noch auf einem Markt, auf dem selbst solche windigen Angebote möglich sind, ja Aussicht haben auf Erfolg?

Oder eine Meldung zum regelmäßig auflebenden Apfelsinenhandel, beispielsweise in Mittelamerika. Es wird eine KG gegründet, »zwei vermögende Bundestagsabgeordnete« werden als Komplementäre angegeben, das soll den Käufern Mut machen, die kleingestückelten Anteile zu kaufen, obwohl wiederholt Fälle bekannt werden, die sich eigentlich herumsprechen müßten: so gab es Mitte der sechziger Jahre eine Gesellschaft für Zitrus-Früchte, über eine Million Mark wurde von Anteilskäufern an eine Bankers International Investment Corporation (doller Name!) in Britisch-Honduras überwiesen. Nach einiger Zeit jedoch erhielten die Anteilseigner ein Schreiben: »Die wenigen bereits gepflanzten Bäume sind zum größten Teil wegen mangelnder Pflege vom Urwald überwuchert worden und eingegangen.«

Nach Durchsicht solcher Presseausschnitte wird sie den Wirtschaftsredakteur kommen lassen, zur ersten Redaktionsbesprechung. Er setzt sich an ihren Schreibtisch, seitlich, nimmt – das mag fast schon rituell sein – die Ausschnittmappe an, die sie ihm zuschiebt. Vielleicht bietet sie ihm nun aus einer Tüte ein Bonbon an, beispielsweise Eukalyptus; sie selbst will sich (mal wieder) das Rauchen abgewöhnen, und beim Redakteur hat sie die Erfahrung gemacht, daß er knapper spricht, rascher arbeitet, wenn er nicht raucht während der Besprechung: da will er möglichst bald fertig werden, um wieder rauchen zu können.

So lutscht sie, lutscht der Redakteur: mittlerweile braucht er das Wort »Eukalyptus« nur zu lesen oder zu hören, schon sieht er Marthe Hanau vor sich an der spiegelblanken Schreibtischplatte, beide Ellbogen aufgestützt, das runde Gesicht unter der Bubikopf-Frisur bald zu ihm gewendet, bald zum Typoskript, das er ihr vorgelegt hat. Denn wichtige oder ihr wichtig erscheinende Artikel und Kommentare, daran hat er sich bald gewöhnen müssen, will sie sich »anschauen«, noch im »Arbeitsstadium«: die gehen sie gemeinsam durch, streckenweise Zeile für Zeile. Besonders langsam gleitet ihre Bleistiftspitze jeweils an den ersten Zeilen entlang. An manchen Wörtern bleibt die Bleistiftspitze hängen, pendelt hin und her, tippt auf das Papier: jetzt, weiß der Redakteur, jetzt ist die Hanau mal wieder fündig geworden! Die Überschrift nimmt sie zuletzt vor: manchmal werden ein paar Wörter eine Viertelstunde lang durchvariiert. Bei solchen Redaktionsbesprechungen will sie nicht gestört werden: wehe, wenn vom Vorzimmer ein Telefongespräch durchgegeben wird, das nicht so wichtig ist, wie das der vermittelnden Dame erscheint: gleich stampft die Hanau raus, schlägt mit der Faust irgendwo drauf, brüllt. Und sie brüllt, wenn sie schon brüllt, sicher recht ausführlich.

Bei dieser Besprechung nun mag sie einen Artikel prüfen, der einen möglichen Kursanstieg von Aktien französischer Schiffswerften andeutet und damit vielleicht auslöst. (Gewiß verrät die Hanau ihrem Wirtschaftsredakteur nicht, daß sie inzwischen Werft-Papiere gekauft hat.) Mit schwebender Bleistiftspitze liest sie, daß seit Wochen die Kurse französischer Werft-Aktien stabil seien. Beim Wort »stabil« bleibt ihre Bleistiftspitze hängen, gleitet zurück an den Satzanfang, tastet sich nochmal vor: »Seit Wochen liegen die Kurse französischer Werft-Aktien stabil.« Ihre Bleistiftspitze tippt nun auf den Zwischenraum der Wörter »Aktien« und »stabil«, hier scheint ihr was zu fehlen. Könnten wir das nicht ein bißchen genauer bringen? fragt die Hanau – und nicht etwa: Könnten Sie das nicht ein bißchen genauer bringen? Denn der Redakteur soll nicht den Eindruck haben, sie würde hier seine Arbeit kontrollieren und redigieren, sondern: er hat eine Arbeitsvorlage mitgebracht, daraus entwickeln sie gemeinsam einen Artikel. Nach dieser ersten Frage mag dem Redakteur allerdings das Eukalyptus-Bonbon noch mehr nach Hanau schmecken als bisher schon: eigentlich mag er das Zeug nicht, schon gar nicht am Vormittag, aber kann man sowas ablehnen, einfach ablehnen? Sie könnte hierin empfindlich sein – also mitlutschen!

Und lutschend überlegen: was ließe sich noch einfügen? Die Stabilität dieser Kurse soll betont werden, ist klar. Sollte man schreiben, sagt er, die Kurse lägen »besonders« stabil? Das würde wohl nicht ganz den Fakten entsprechen, antwortet die Hanau, andere Papiere wären zur Zeit mindestens ebenso stabil, die Werft-Papiere nähmen keine Sonderstellung ein: deshalb dürfe man hier auch keine allzu prononcierte Heraushebung machen. Es sei eher so, fügt sie hinzu, daß diese Papiere früher wenig Neigung zeigten, stabil zu sein, natürlich auch infolge der allgemeinen Wirtschaftskrise, daß sie jetzt hingegen eine größere Tendenz zur Stabilität aufweisen, und eben dies, meint sie, muß zum Ausdruck kommen.

Auch wenn sie vielleicht schon weiß, welches Wort hier am besten hinpassen würde – sie läßt erst nochmal den Wirtschaftsredakteur einen Vorschlag machen. Soll er sagen: »auffällig«? Nein, dieses Wort könnte Rückschlüsse zulassen, die nicht erwünscht wären, an diesem Artikel soll nichts auffällig wirken, nicht mal dieses Wort. Und rasch, ziemlich rasch, findet er ein anderes Wort: »bemerkenswert«. Während sie nickt, schreibt er das Adjektiv ins Typoskript. Dann liest sie den Eröffnungssatz halblaut nochmal vor: »Seit Wochen liegen die Kurse französischer Werft-Aktien bemerkenswert stabil.« Oft bringen Nuancen Geld ein, und so ist die Hanau darauf trainiert, Nuancen einzubringen: Ja, so ist der Satz gut, das kann so bleiben.

Und gleich der nächste Satz: »Das ist weniger eine Folge ständiger Käufe als die einer gering gewordenen Abgabebereitschaft.« Wieder gleitet die Bleistiftspitze zurück an den Satzbeginn, tastet sich vor zum Wort »gering«. Ich weiß nicht, sagt sie, das klingt nicht sehr gut: gering, gering gewordene Abgabebereitschaft, hört sich etwas an nach »geringschätzig« oder so, das hat keinen guten Beigeschmack. Dazu sagt der Redakteur vorerst gar nichts, das wird ihm sicher zu spitzfindig erscheinen: er wickelt das nächste Eukalyptusbonbon aus, das die Hanau ihm zugeschoben hat über die spiegelnde Schreibtischplatte. Er lutscht sehr lange an einem Bonbon, um nicht gleich das nächste zu kriegen, lutscht deshalb auch möglichst lautlos, während sie manchmal zwitschernd die Luft einsaugt, das Bonbon gegen die Zähne schlagen, zwischen den Zähnen knirschen und dann recht bald zersplittern läßt. Natürlich, sagt sie, die Abgabebereitschaft hat nachgelassen, aber trifft das Wort »gering« hier genau zu? Ist die Abgabebereitschaft nicht schon geringer als gering geworden? Und sie macht nun selbst einen Vorschlag: Wie wärs mit »minimal«? Hier zeigt er sich nicht ganz zufrieden: Ist die Abgabebereitschaft wirklich so minimal geworden? In der letzten Zeit war ja nun immer noch etwas Bewegung in diesen Papieren. Ja doch, sagt die Hanau, das ist schon minimal geworden, sie hätte gestern noch mit einem Makler gesprochen. Also gut: »minimal«. Der Redakteur notiert das. Die Hanau liest den Satz nochmal halblaut durch: »Das ist weniger eine Folge ständiger Käufe als einer minimal gewordenen Abgabebereitschaft.«

Sie liest nun gleich den folgenden Satz: »Zu den jetzigen

Kursen will sich niemand von diesen Papieren lösen.« Sie sei auch für kurze Sätze, sagt sie, aber dieser Satz wäre wohl allzu knapp geraten. Und sie prüft mit der Bleistiftspitze noch einmal Wort für Wort. Der Redakteur wird deshalb nicht ungeduldig, weil er etwa ausrechnet, daß man den halben Vormittag an diesem Artikel arbeiten wird, wenn das so weitergeht: die Hanau liest meist nur den Anfang und den Schluß der Artikel genau durch, weil sie weiß, daß Journalisten hier das Wichtigste schreiben, daß Leser hier am ehesten hinschauen. Freilich ist ihm bewußt, daß die Hanau nicht bloß stilistische Korrekturen wünscht: sie schlägt andere Wörter vor, weil sie die Lage anders einschätzt oder anders eingeschätzt sehen will.

Also, sagt die Hanau, mir gefällt das »will« nicht: »will sich niemand von diesen Papieren lösen«. Das klingt ein bißchen so, als wären das persönliche Marotten dieser Aktionäre: die wollen nicht verkaufen, weil sie sich an die Papiere gewöhnt haben oder weil Gesellschafter von Werften besonders stur sind, oder was weiß ich! Den Anlaß für das Beharren und Behalten muß man hier wohl positiver zum Ausdruck bringen, differenzierter. Denn das hat ja nun Gründe, sagt sie, weshalb man sich von diesen Papieren nicht löst – zumindest, läßt sich hier sagen, haben viele Aktionäre ein nicht ganz ungutes Gefühl, was die Zukunft dieser Gesellschaft betrifft.

Darauf der Redakteur: man könne die Lage dieser Gesellschaften für die nähere Zukunft wohl nicht allzu positiv einschätzen – gewiß, eine Aufwärtsbewegung sei möglich, das bringe er ja auch zum Ausdruck, vor allem gegen Schluß des Artikels, aber allzu rosig schaue es in dieser Branche nun doch nicht aus, wenigstens nicht zum gegenwärtigen Zeitpunkt.

Ob er sich da nicht täusche? fragt die Hanau, und sie verweist auf neue, wenn auch noch inoffizielle Informationen: Rationalisierungsmaßnahmen, verbesserter Auftragsbestand. Offensichtlich hätten hier viele Aktionäre einen guten Riecher, wenn auch vielleicht keine Ahnung. Da lacht der Redakteur – einen Riecher haben, aber keine Ahnung! Die Hanau bringt ihn in solchen Situationen gern mal zum Lachen, weil sie die Erfahrung gemacht hat, daß er dann fast achselzuckend (Was halten wir uns hier mit ein paar Worten auf, so genau liest ja doch keiner!) eine gewünschte Änderung einfügt: »Zu den jetzigen Kursen sieht niemand mehr die Notwendigkeit, sich von diesen Papieren lösen zu müssen.« Sehr gut, wird die Hanau sagen, das trifft die Sache genau! Und sie belohnt ihn mit einem Bonbon, das eine kleine Strafe für ihn ist. Während er das auswickelt, liest sie den Satz halblaut nochmal vor: ja, das entspricht genau ihren Erwartungen. Das hört er auch am vibrierenden Beiklang ihrer Stimme; jetzt hat sie Fährte gefaßt!

Sie lehnt sich zurück in ihren Schreibtischsessel, zerkaut krachend ein Bonbon, weist mit der linken Hand auf das Typoskript. Das heißt: er soll ihr das weitere vorlesen. Sie nickt gelegentlich, spricht Zustimmung aus etwa bei diesem Satz: »Mit einem Kurs/Gewinn-Verhältnis von 4 auf Basis der Gewinne und einer Dividendenrendite von 8 Prozent werden die Werftgesellschaften zu niedrig bewertet.« Eben, sagt sie, genau meine Auffassung! Im Vorjahr seien die Gewinne bereits gestiegen, der günstige Abschluß des Geschäftsjahrs sei in den Kursen dieser Gesellschaften aber nicht genügend zum Ausdruck gekommen, weil die Vorstände den Mehrverdienst weitgehend als Rücklage nahmen, statt ihn auszuschütten in erhöhten Dividenden. Die Dividendenhöhe habe erfahrungsgemäß große psychologische Auswirkungen auf den Aktienmarkt, und so sei es bei den gegenwärtig geringen Dividenden kein Wunder, daß die Werft-Papiere fast eingefroren schienen. Die mittlerweile positiveren Aussichten müßten in dem Fall vorsichtig zum Ausdruck gebracht werden: wenn man eingefrorene Gliedmaßen rasch auftaut, kann das äußerst schmerzhaft sein. Bei dieser Äußerung mag der Redakteur aufhorchen: wer redet hier von Auftauen?

Weil sie mit ihren Äußerungen zufrieden ist, braucht er den Hauptteil des Artikels nicht weiter vorzulesen – nur in den Schlußabschnitt möchte sie nochmal reinschauen. Und findet hier gleich wieder was: die hohe Verzinsung »zieht den Notierungen Korsettstangen ein«? Den Ausdruck findet sie gar nicht gut: wie kann man Kursen Korsettstangen einziehen? Das könne sie sich technisch nicht vorstellen, auch sei ein Korsett mit Stangen eigentlich ein Bekleidungsfossil. Der Redakteur lächelt, streicht den Satz, will dafür etwas anderes schreiben. Das findet sie angebracht.

Sie liest weiter mit vortastender Bleistiftspitze, macht grundsätzliche Äußerungen, von denen sie erwartet, daß der Redakteur sie entsprechend zum Ausdruck bringen wird. So notiert er: eine Neubewertung stehe bevor. Freilich, sagt die Hanau, darin sind wir uns einig, daß hier kein Anlaß besteht zum Überschwang, das kann höchstens eine gedämpfte, eine durch Vorsicht und Skepsis gedämpfte Erwartung sein, die hier zum Ausdruck kommt: noch kein allgemeiner Durchbruch der Kurse nach oben zu erwarten, die Kursgewinne der nächsten Zeit könnten bescheiden sein. Ob man hier aber nicht die alte Börsenweisheit zitieren sollte, nach der durch Gewinnmitnahmen an der Börse noch niemand gestorben sei? Na gut, der Redakteur notiert das. Und er wird schreiben, daß diese Weisheit bei den Werft-Papieren in der nächsten Zeit besondere Bedeutung gewinnen werde. Mit diesem Vorschlag ist die Hanau einverstanden, so mag der Artikel enden: allzu optimistische Stellungnahmen würden gerade bei diesen Papieren derzeit unglaubwürdig klingen! Die vorsichtig formulierte Aussicht auf Kursanstieg hingegen könne die gewünschte Auswirkung haben.

Aber nun die Überschrift! Der Redakteur schreibt in Blockbuchstaben: NEUBEWERTUNG DER WERFT-PAPIERE? Die Hanau beschaut die Buchstabenreihe. Ja, das trifft den Sachverhalt schon, sagt sie. Und der Redakteur weiß, daß sie noch nicht zufrieden ist, so weit kennt man sich bereits. Die Einschränkung folgt denn auch gleich: Neubewertung der Werft-Papiere, das klingt ihr ein bißchen zu akademisch, selbst mit dem Fragezeichen. Das muß bildhafter sein, griffiger, plastischer, dann prägt sich das besser ein, hat stärkere Wirkung. Aha, wird der Redakteur hier denken, so langsam kommen wir dem Anlaß näher!

Die Hanau macht nun etwa folgenden Vorschlag: VOR

DEM GROSSEN SPRUNG NACH OBEN? Sie weiß selbst, daß sie hier ein bißchen dick aufträgt, da soll der Redakteur ruhig etwas wegnehmen, das versöhnt ihn dann wieder mit den Korrekturen, die er in seinem Text anbringen mußte. Gleich beißt er an: ob man wirklich sagen könne, jetzt schon, der Sprung werde groß sein? Man hätte sich im gesamten Artikel recht vorsichtig ausgedrückt, das müsse sich auch in der Überschrift widerspiegeln – das Wort »groß« würde er hier lieber weglassen. Die Hanau ist einverstanden. Und er schreibt in Blockbuchstaben: VOR DEM SPRUNG NACH OBEN? Er schaut sich die Buchstabenreihe an, prüfend, abwägend. Sie meinen, so könnte das bleiben? fragt die Hanau. Ja, doch, so kann das bleiben. Wahrscheinlich ahnt er hier: die Hanau selbst ist bereit zu einem Sprung, den sie sich groß wünscht. Aber dennoch: spiegelt dieser Artikel nicht gegenwärtige Tendenzen? Kann er als Redakteur das Geschriebene verantworten? Doch, ja, eigentlich schon.

Die Hanau käut ein bißchen wieder, was sie bisher gesagt hat, verspeichelt die Berührungsstellen alter und neuer Textpassagen, während der Redakteur sich bequem zurücklehnt, was er ja nun verdient hat. Dann spricht er über Vorgänge auf dem Aktienmarkt – zur Erholung jetzt meist Beiläufiges. Ein Kollege hat ihm telefonisch berichtet, er hätte den Chemie-Konzern Morat in einem Artikel als »Chemie-Konzern Morat« bezeichnet. Darauf erhielt er von einem Vorstandsmitglied dieser Gesellschaft ein Schreiben: im offiziellen Sprachgebrauch heiße es nicht »Chemie-Konzern Morat«, sondern »Haus Morat«. Die Hanau lacht: Ah, wie soigniert! Der alte, ehrwürdige Familienbesitz! Der Redakteur lacht mit: Was die sich einbilden! Haus Morat! Produzieren die vielleicht Champagner? Diese eingebildete Blase! ruft die Hanau und erzählt von einem Morat, der bei einer Fasanenjagd einem Attaché eine Schrotladung in den Rücken gepfeffert hat, glücklicherweise war der aber wetterfest angezogen! Dem lachenden Redakteur fällt gleich noch etwas ein zu einem anderen Morat, und das ist auch nicht sehr schmeichelhaft für diese Familie, für das Haus Morat. Wirklich, die sollen Champagner herstellen, nach jahrzehntealten Rezepten, das würde diesem »Haus« am ehesten entsprechen!

Die Hanau möchte gern noch ein bißchen ausführlicher über das Haus Morat lachen, aber sie müsse leider ein Telefongespräch führen, wichtig, dringlich. Da steht der Redakteur auf, steckt das korrigierte Typoskript in einen Schnellhefter, führt hinausgehend den raschen, elastischen Schritt eines aktiven Mannes vor, wird dann in seinem Büro erst einmal eine Zigarre oder Zigarette anstecken und zeremoniell Rauchringe blasen in alle vier Zimmerrichtungen, falls er nicht durch Sekretärin oder Telefon gestört wird.

II

Dauernd Anregungen, Aufmunterungen, Verlockungen, sich als Persönlichkeit herauszustellen, durch Image-Bildung. Das zeigen mir nicht allein Bücher, die ich in dieser Zeit lese, etwa aus der Manager-Literatur, das zeigen auch Annoncen in Wirtschaftsjournalen: wie oft werden da Waren angeboten, die dem Käufer bestätigen sollen, was »Persönlichkeit« genannt wird oder »individuelle Besonderheit«. Beispielsweise ein Füllfederhalter, der einer Schrift erhält, was sie vor allen »anderen Schriften« auszeichnet: »individuelle Besonderheit«. Das gleiche wird einem Kugelschreiber dieser Firma zugeschrieben, der zudem eine »repräsentative Großraummine« enthält, »für problemlose 10 000 m Schriftlänge«.

Nicht bloß, weil ich mit einem Kugelschreiber arbeite, weist mich solch eine Anzeige auf meine Schreibtätigkeit zurück: da erschreckt mich erst mal die Zahl. Ich schreibe nicht mit Großraumminen, aber selbst bei meinen normalen Fünfzigpfennigminen werden es ja doch jeweils einige tausend Meter ganz gewiß nicht problemloser Schriftlänge sein. Und wieviele Minen habe ich bisher für dieses Buch leergeschrieben, werde ich noch für dieses Buch leerschreiben, auch wenn ich es so knapp halten will wie möglich? Wieviele Kilometer insgesamt bei allen Vorarbeiten, Entwürfen, Kapitelentwürfen? Bestimmt mehr Schriftlänge, als ich in einer Tageswanderung schaffen könnte – falls ich Interesse hätte an einer Tageswanderung. Aber nur mal das Bild ausspinnen: die geschriebenen Buchstaben auseinanderziehen zu purem Schriftlängenstrich, und der zieht sich von meinem Arbeitstisch durch das Fenster, hinweg über abgelagerte, verrostende Heizungsrohre ein Stockwerk tiefer, über gestapelte Plastik-Torfsäcke, über den

Blumenerdhaufen der benachbarten Gärtnerei, durch den Pflaumenbaum, von dem jährlich die Pflaumen abfaulen, dann weg über die mehrfach täglich rausgetragenen Abdeckpapiere der Autolackiererei in der Senke, über rausgeworfene Kotflügel und Autotüren, über das heraklitgraue Welldach mit den summenden Exhaustoren, danach über die geschlossene, dreistöckige Häuserreihe, dann vorbei am Turm der Annakirche, deren Glockenspiel stündlich Volksweisen und Kirchenlieder klimpert, dann über die Stadtgrenze hinaus südwestlich zu den Feldern vor der Stadt, die zumindest Bauerwartungsland sind, dann über Felder, die noch als Ackerland gelten, und weiter in purer Schriftlänge vorbei an den Dörfern Birgel und Gey, den Nordhang der Eifel hinauf, den ich, wenn ich mich recke, in schmalem Streifen über den Dächern sehe: da schreibt sich das hoch zum Endpunkt des Rennwegs auf dem Höhenrücken, Forstabfuhrweg, für andere Fahrzeuge gesperrt, und weiter in der Luftlinie purer Schriftlänge Richtung Großhau, Kleinhau, Hürtgen, dort sind an einigen Häusern heute noch Einschußnarben, Splitterlöcher im Klinker, und weiterschreibend vorbei an Vossenack, weite Sicht von diesem Dorf in die Nordeifel ringsum, und fortschreibend geht es weiter zur Radarhöhe, zuweilen im Tiefflug von Düsenjägern angeflogen, die fast die Baumwipfel ansengen; weiter durch die Eifel bis zur belgischen Grenze, und möglicherweise reicht die Gesamtschriftlänge noch rein ins Hohe Venn, vierzig Autominuten entfernt, und wer weiß, bis in die Ardennen, durch die wir August 70, von der Bretagne kommend, mit dem Wagen fuhren: wieviele Schriftmeter eventuell noch an dieser Straße entlang?

Das will ich nicht ausrechnen, nicht mal überschlägig: diesen ausgeworfenen Faden werde ich nicht weiter ausspinnen, diese Abschweifung muß ich im Roman streichen: soll ich mich als Figur in dieses Gebiet hineinschreiben, mich hier im Auto fahren lassen? Da könnte schon Image-Bildung des Autors anfangen: was für ein Auto fährt er denn? Etwa einen Mercedes, und sei es ein älteres Modell? Oder einen Opel, einen Ford der Mittelklasse? Schon wären Rückschlüsse möglich:

Übertragung des Marken-Image, des Käufer-Image. Oder fährt er einen 2 CV, einen Austin? Das könnte jeweils Vorstellungen auslösen: der langsame Fahrer, rauchend, ihm ist egal, wie oft er überholt wird; der Fahrer, der rasch und wendig sein will, und parken kann er fast in jeder Lücke. Oder fährt dieser Autor einen VW? Wenn ja, bitte Typenangabe, zur Differenzierung möglicher Rückschlüsse. Ein Variant? Aha, und in welchem Zustand? Rückschlüsse, überall könnten sich Rückschlüsse anbieten.

Und die ließen sich bestätigen durch weitere Beschreibung: denn irgendwo wird der Autor ja mal aus dem Wagen steigen, draußen in der Eifel oder drinnen in der Stadt, und er zeigt wer weiß welche Kleidung, wer weiß welchen Haarschnitt, während er bei seinem Buchhändler Bücher bestellt, die er für dieses Romanprojekt braucht, oder er spricht in der Stadtbücherei mit der Bibliothekarin, leiht sich nochmal einen Packen Bücher aus. Etwa ein Buch über deutsche Unternehmerinnen, »die ihren Mann stehen«, und er liest im Vorwort vom Wesen der modernen, durch zwei Weltkriege hindurchgegangenen Frau, und vielleicht könnte manche weibliche Komponente der Bewährung, des Ausgleichs, der menschlichen Atmosphäre auch in Büros und Werkhallen positive Auswirkung zeigen, und so weiter. Oder er liest in einem anderen Buch Äußerungen eines Akademiepfarrers, tippt sie ab, weil sich sowas eventuell einem der im Buchentwurf erwähnten Abbés zuschreiben ließe: der Unternehmer, der mit dem Politiker, dem Künstler, dem Theologen Umgang pflege, trage zur sozialen Konsolidierung unseres gesellschaftlichen Gefüges mehr bei als der Nur-Wissenschaftler, der Nur-Theologe, und so wird Integration gefordert, Integration als moderne, sachliche Form der Nächstenliebe, in der die heutige Führungsschicht sich ihrer Nächsten annimmt, ein sachliches Dienen und Sichdienenlassen zugleich: deshalb gelte es, die Integration in der Wettbewerbswirtschaft zu pflegen.

Der Autor im Materialkontakt: verschiedenartige Reaktionen könnten hier ebenfalls seine »Person« zeigen oder zeigend entwerfen: ein Autor, der gar nicht genug von solchem

Druckmaterial bekommen kann, und er wendet sich sogar an die Wirtschaftsvereinigung des CDU-Kreisverbandes, läßt sich einen Stapel Broschüren zuschicken, und beim Lesen wie beim Herausschreiben erweist er sich als ruhig, nüchtern, sachlich. Oder: der Autor tippt Exzerpte runter, vor sich hinschimpfend, läuft nach ein, zwei Seiten ins Nebenzimmer, trinkt einen Klaren, legt eine Platte auf: besänftigt er sich mit Klassik, muntert er sich auf mit Pop, reagiert er sich ab mit Free Jazz? Ein Autor, der durch Detailangaben sein Bild verdeutlichen, sein Image herausstellen möchte, könnte auch hier ansetzen.

Ebenfalls ließe sich seine Umgebung in die Beschreibung einschließen, Personen können konturiert und koloriert werden, mit denen er Wirtschaftsfragen diskutiert, und er blickt dabei auf eine Tankstelle, in der Autofetischisten noch abends um zehn ihre Wagen lackieren, oder er schaut auf den kleinen Ausschnitt eines Sees zwischen Häusern und haushohen Weiden, die so alt sind, daß sie mit Zement plombiert, mit eisernen Bauchbinden zusammengehalten werden müssen. Selbst das Ferment des Pfeifentabaks ließe sich benennen, das während solch einer Besprechung den Raum füllt: raucht der Autor, raucht sein Fachberater?

Angebote zu Rückschlüssen: hier könnte der Autor ein Bild herstellen, das ihn erkennbar, wiederkennbar macht, und dies wiederum könnte der Literaturmarkt durch rascheren, häufigeren Zugriff honorieren: sich also herausheben, betonen durch starke Details, durch auffällige Fixierungen?

12

Ich lese verschiedene Bücher über »Wirtschaftsgrößen«, um zu prüfen, wie man das Verhältnis von Person und Wirtschaftsstruktur beschreibt: meist sehe ich nur Personen, kaum Strukturen. Beispiele lassen sich auswürfeln. Der Würfelwurf trifft hier Mattioli, Vorstandsvorsitzender der Banca Commerciale Italiana, wie ihn Joseph Wechsberg beschreibt in seinem Buch »Hochfinanz international«. Da steht in der ersten Zeile ein alter Türsteher in azurblauer Uniform und öffnet eine dunkle, polierte Mahagonitüre. Da betreten in der zweiten Zeile der Verfasser und mit ihm der Leser das Büro des Presidente. In der dritten Zeile erhebt sich dieser Presidente, der in der vierten Zeile auf den ersten Blick aussieht wie eine Figur von Michelangelo. Dieser Eindruck wird einige Zeilen lang bestätigt durch Angaben wie: hochgewachsen, breitschultrige Figur, hohe Stirn, scharfe, gebogene Nase, zynische Lippen, volles, graues Haar. Und die Augen werden als tiefliegend und nachdenklich bezeichnet, zugleich als höchst lebendig. Seine Gesten werden charakterisiert als besonders dramatisch. Seiner Stimme wird zugeschrieben eine Vibration innerer Musik. Und plötzlich zeigen seine Gesichtszüge den stillen Ausdruck eines Botticelli-Heiligen. Bei so viel klassischer Verzierung gucke ich verdattert auf den Buchumschlag: doch, es muß ein Mitglied der Hochfinanz sein.

Wenn ich weiterlese, werde ich hier wieder unsicher. So wird sehr Positives geschrieben von seinen Übersetzungen: Kubla Khan von Coleridge, Shakespeare-Sonette, Keats. Weiter lese ich, er sei Inhaber eines renommierten Verlags, der vorzügliche Editionen italienischer Klassiker herausbringe. Und die Weinberge dieses Herrn seien bekannt wegen der Qualität ihres Chianti classico. Dann erst kommt heraus, daß dieser mit allen klassischen Wassern gewaschene Mann »getreu seinen Renaissancevorbildern« Vorstandsvorsitzender der BCI ist, die er zum Zeitpunkt der Beschreibung seit 31 Jahren leitet und allen Geschicken zum Trotz zu einer der größten, solidesten, angesehensten Banken Europas gemacht habe. Jetzt hole ich erst mal Luft.

Und die brauche ich. Denn die Überschrift des nächsten Abschnitts lautet: »Philosoph und Bankier«. Dieser Mann, lese ich hier, sei nicht nur führender Bankier, sondern auch Historiker und Nationalökonom von Rang. Er hätte einen sehr menschlichen, philosophischen Zug in die kühle Welt der Bankiers gebracht. Mattioli bestätige Stendhals Ausspruch, ein guter Philosoph könne jederzeit auch ein guter Bankier werden – was laut Mattioli umgekehrt nur sehr selten zutreffe. Er sehe denn auch gar nicht aus wie ein Bankier, lese ich weiter, verhalte sich auch nicht wie ein Bankier. Er fühlt sich beispielsweise am wohlsten in verdrückten Flanellanzügen, seine Krawatte zeigt einen unordentlichen, dicken Knoten, sein Hut ist so breitkrempig, daß auch sein Beschreiber automatisch an Künstlertum denkt.

Dieses Prachtexemplar von Bankier spricht gern so, daß seine Umwelt denkt, denken soll, hier äußere sich ein philosophischer Geist. In einem Geschäftsbericht kann er beispielsweise schreiben: »Wir betreiben eine praktische Tätigkeit von rein intellektueller Prägung: ein Versuch, die Abstraktheit einer mechanischen Ordnung mit der Realität einer biologischen Ordnung zu vereinen.« Kapier ich nicht! Kapier ich auch nicht, wenn ich das zweimal lese, oder gar zwölfmal, wie das Mattioli seinen Mitmenschen anrät, wenn sie einen seiner Aussprüche rätselhaft finden.

Dies erklärt mir auch Wechsberg nicht, er führt mich lieber in den großen, holzgetäfelten Arbeitsraum des Presidente zurück – und was registriert er hier? »Eine atemberaubende Atmosphäre von Kunst und schöngeistiger Wissenschaft, von Gelehrsamkeit und Unordnung, von Literatur und totalem Chaos.« Das soll man schon daraus ablesen können, daß hier überall Bücher herumliegen, auf dem riesigen Schreibtisch, auf fast allen Stühlen, sogar auf dem Fußboden. Hier arbeitet dieser Mann, dieses Mannsbild mit Blick auf die Mailänder Piazza della Scala. Nach bekannter Künstlersitte beginnt er mit der Arbeit erst so gegen elf, hört abends auch erst reichlich spät auf, nachdem er sich mittags tüchtig ausgeschlafen hat. Mit dem Wort »arbeiten« säkularisiere ich natürlich seine Tätigkeit, denn er liest, plant, meditiert vielmehr. Und was dabei herauskommt, ist – na, was mag das wohl sein? Ich lese: Kunst. Dazu meint Mattioli persönlich: »Als Bankier wird man ein Mann der schönen Künste, ein Kritiker und ein Schöpfer.«

Das ist nun eine außergewöhnlich hochtrabende Formulierung, aber so ganz überrascht bin ich von diesem Kunst-Anspruch hier nicht mehr. Denn von Kunst reden sie meist recht gern, die Geldmänner. Selbst Bernard Cornfeld, nein: erst recht Bernard Cornfeld, seinerzeit Konzernchef der großen, betrügerischen Investors Overseas Services (IOS) sagte »Kunst«, wenn er »Geschäft« meinte. So finde ich in einem zweispaltigen SPIEGEL-Interview einmal das Wort »Kunst« und dreimal das Wort »Künstler«: »Ein erfolgreicher Portefeuille-Manager ist zugleich Techniker und Künstler. Wir versuchen Künstler zu finden – und darin waren wir sehr erfolgreich... Erfolgreiche Portefeuille-Verwaltung ist eher eine Kunst als eine Wissenschaft... Wir haben die großen Künstler...« Hier sind zugleich Wunschvorstellungen und Verschleierungstechniken.

Und jetzt wieder Wechsberg; er zitiert nochmal Mattioli, der kaum einen Unterschied sehen will zwischen einem Shakespeare-Sonett und einer Bilanz: »Im besten Fall sind beides Kunstwerke, und ich gehe an beide mit der gleichen Einstellung heran!« Dann stapelt er noch höher: »Im Grunde genommen ist die Commedia Divina ein Produkt aus Geist und Intellekt. Das was ich vollbringe, ist auch ein Produkt aus Geist und Intellekt – die gleiche Dimension, nur eine andere Größenordnung.«

Nach all diesem hochgestochenen Pudding hoffe ich, daß

ich nun endlich was zu beißen kriege – die nächste Überschrift macht mir da Hoffnung, ein bißchen, denn sie lautet: »Vom Journalisten zum Bankier«. Jetzt will ich endlich Genaueres erfahren über seine Arbeitsweise. Aber was mir jetzt angeboten wird, ist auch nur Wabbelgallerte. Er hat Volkswirtschaft studiert, weil sie, wie er sagt, teils Geschichte und teils Philosophie sei, eine Philosophie, bei der die zentrale Rolle der Mensch spiele. Als er nach diesem hochgeistigen Studium Privatsekretär des Vorstandsvorsitzenden Toeplitz wurde, geschah das ebenfalls aus allerhöchsten Motiven: er wollte hier die »Philosophie des Bankwesens« studieren. 1931, während der Weltwirtschaftskrise, übernahm er dann die Leitung der Bank.

So, und jetzt möchte ich endlich wissen, wie er gearbeitet hat! Aber ich kriege nur wieder zu lesen, die Leitung der Bank sei in dieser Zeit eine aufreibende Arbeit gewesen, die solide Kenntnisse des Bankwesens, starke Nerven und eine unendliche Geduld erforderte; es habe Zeiten gegeben, in denen er nicht wußte, ob die Bank in der Lage sein würde, weiterzumachen; es erfülle ihn heute mit Stolz und Befriedigung, daß die Banca Commerciale Italiana die große Krise und später auch den Zweiten Weltkrieg überstand, ohne daß die Sparer geschädigt wurden; es sei manches Mal Millimeterarbeit gewesen; er sei in diesen schweren Jahren klüger und trauriger geworden, aber auch reicher.

Das ist ein Nachruf, aber keine Beschreibung seiner Tätigkeit! Zeigt mir doch ein paar Millimeter seiner Millimeterarbeit! Statt dessen erfahre ich nur wieder, daß es für diesen Mann weder Sonntage noch Feiertage gibt. Daß er höchstens mal für ein paar Erholungstage zu seinem Weingut fährt, sich dort mit alten Männern unterhält und das Wachstum der Reben beobachtet: ein bißchen »einfaches Leben«, oder wie? Zugleich autoritäres Verhalten: seinen Mitarbeitern gewährt er grundsätzlich keinen Urlaub – nach der Pensionierung könnten die sich genug erholen, meint er. Aber geliebt und geschätzt werde er trotzdem, lese ich. Er ist ja auch so plastisch, so ein Pfundskerl, so eine Bombenfigur! Wie einprägsam zum

Beispiel, daß er tagsüber, während das Wirtschaftsleben immer rascher rotiert, einfach mal was von Johann Sebastian Bach hört, im voll aufgedrehten Radio, und wenn da einer reinkommt, mit geschäftlichen Absichten, so wird der aufgefordert, sich hinzuhocken, mitzuhören, aber aktiv, bitte: »Setzen Sie sich mit der Musik auseinander. Versenken Sie sich gefühlsmäßig hinein. Die Musik ist eine physische, geistige und emotionale Übung.« Western-Filme guckt er sich auch gern an. Und dann, nochmal erwähnt, seine Verlagsarbeit, denn am meisten liebt er seine Bücher, und deshalb widmet er seinem Verlag, der Casa Riccardo Ricciardi, viel Zeit: ein »hochangesehenes Unternehmen, das sich aus dem Dschungel zeitgenössischer Publikationen heraushält«. Bravo! Bis zum Schluß des Kapitels wird dann von einer bibliophilen Rarität erzählt, die er schließlich Einaudi schenkte, und Mattioli darf selbst berichten über die unendliche Befriedigung, die er bei dem »kurzen Aufleuchten in Einaudis Augen« empfand, bei »dem kleinen, dankbaren Lächeln, das mich so reich für mein kleines Opfer belohnte«. Schlußakkord des Kapitels, dieses Lobgesangs auf die Persönlichkeit im Wirtschaftsbereich.

Im Mittelpunkt, nicht wahr, die Persönlichkeit, der Mensch als Maß und Mitte, nicht wahr? Lauter frei über sich verfügende, sich frei ausgestaltende Individuen, vollreife Persönlichkeiten. Denn, nicht wahr, die Personen sind viel interessanter als die Organisationsformen, die sind langweilig, unanschaulich, kompliziert, wir aber wollen das Lebendige, und sei es auf Kosten der Einsicht!

13

Marthe Hanau wird mit ihrem Redaktionsstab versuchen, das Ansehen der Gazette du Franc ständig zu heben und damit zugleich die Auflage zu steigern. Denn nur mit einer weit verbreiteten und angesehenen Zeitung kann sie Aktienkurse wirkungsvoll manipulieren, kann sie Abonnenten und Leser zu weiteren, höheren Einzahlungen von Spargeldern bei den Interessen- oder Beteiligungsverbänden ermuntern, die nun offen der Gazette zugeordnet sind als »Finanzabteilung der Gazette du Franc«. Dabei könnte man sich auf die Formel berufen, mit der die Gazette sich vorstellte: sie sei »ein unabhängiges Organ zur Verteidigung des Franc und zur Schaffung neuer Möglichkeiten im Bereich der Wirtschaft und der Finanzen«.

Günstig wäre es für das Ansehen der Zeitung, wenn ihre Verantwortlichen über solch eine Formel hinaus Grundsatzerklärungen veröffentlichen, die weithin überzeugend wirken. Beispielsweise: durch sachliche Information, durch klare Analyse den Wirtschaftsbereich durchsichtig und damit zugänglich machen. Als Leitwort hier etwa: Partizipation. Diese Partizipation als Teilnahme größerer Bevölkerungskreise an den Gewinnchancen des Effektenmarkts; Partizipation bedeute damit Bestätigung und Sicherung der kapitalistischen Wirtschafts- und Gesellschaftsform; Partizipation sei nicht nur ein Programm, sondern eine Verpflichtung.

Damit solche rhetorisch-demokratischen Impulse in höheren Wirtschaftskreisen nicht Unbehagen wecken, ließe sich das Programm ergänzen durch ein Leitwort wie: Edukation. Information hier als Form der Öffentlichkeitserziehung: indem die Zeitung den Bereich von Produktion und Distribution durchschaubar mache, könne sie Vorurteile breiterer Bevölkerungsschichten etwa gegen die Unternehmerschaft ausräumen; Edukation heiße somit, die wirtschaftliche und gesellschaftliche Bedeutung jener Männer und Mächte herausstellen, die schließlich und endlich den größten Teil des Sozialprodukts schüfen. Also: Edukation. Und nochmal: Edukation. Immer wieder: Edukation.

Neben dem Programm muß natürlich der Inhalt der Gazette du Franc überzeugen. Den Lesern, die das nicht selbst überprüfen können, müssen dafür Belege angeboten werden. So ließe sich schon in einer der ersten Ausgaben ein Pressespiegel veröffentlichen: positive Berichte verschiedener Presseorgane zum Neuerscheinen der Gazette du Franc. Dazu ruhig auch eine negative Stellungnahme, die sich leicht und elegant kontern läßt: so wirkt die Redaktion der Gazette erstens objektiv, denn sie nimmt sogar kritische Gegenstimmen auf, und zweitens könnte die Selbstsicherheit, mit der sie solche Kritik auffängt, ebenfalls Eindruck machen.

Zusätzlich ließen sich Stellungnahmen bringen von »führenden Köpfen des Wirtschaftslebens«. Hier genügt eigentlich schon, wenn die sich pauschal über die Notwendigkeit einer sachlichen Information auch und gerade im Wirtschaftssektor äußern – wichtiger als solche Stellungnahmen sind für die Gazette die Namen dieser führenden Persönlichkeiten.

Sehr günstig wäre hier natürlich eine Stellungnahme des Wirtschafts- oder Handelsministers, oder womöglich ein Interview mit ihm. Natürlich wird er die Gazette nicht direkt loben können, aber auch er wird sich gern äußern über die Notwendigkeit objektiver Information gerade im Wirtschaftsbereich. Vielleicht wird er sogar auf die Öffentlichkeitsarbeit verweisen, die hier von manchen Publikationsorganen dankenswerterweise geleistet werde: näher wird man ihn wohl kaum heranführen können an ein Lob der Gazette.

Am wichtigsten ist, daß sich solch ein Minister überhaupt in der Gazette äußert. Je ausführlicher er das tut, desto positiver ist dies für das Ansehen der Gazette du Franc.

Was weiter für die Gazette werben könnte: daß alle Artikel, Kommentare, Analysen knapp, möglichst knapp gehalten werden. Leser von Wirtschaftszeitungen neigen ja »bekanntlich« kaum zu ausführlicher Lektüre, die wollen sich schnell informieren, möglichst »auf einen Blick«. Dieses Bild vom Leser läßt sich dem Leser der Gazette gelegentlich vorhalten: das wird er dann rasch akzeptieren.

Gewiß läßt sich dem Leser auch soufflieren, er hätte inmitten der objektiven Berichte und nüchternen Analysen gern eine Lese-Insel, auf der sich zwei, drei Minütchen entspannen läßt. Also deshalb ein bißchen über Weinbau: die vergangene und die bevorstehende Ernte. Ein bißchen über Gartenbau: wie hat man früher Gärten angelegt, was läßt sich da heute empfehlen? Ein bißchen über Jagd: zunehmende Vermehrung von Wasservögeln irgendwo, ein Krankheitsbefall bei Rotwild andernorts. Und ein Häppchen Kulturleben: ein paar Balletteusen vorbeigewirbelt, ein Buch rasch aufgeblättert, ein Schauspieler mit Szenenapplaus, ein Klaviersolist verbeugt sich.

Natürlich wird sich die Hanau nicht ausschließlich mit der Image-Förderung der Gazette du Franc befassen: zur gleichen Zeit führt sie Geschäfte immer größeren Stils durch. Ihre geschäftliche Strategie wird sie allerdings nicht allein entwickelt haben – viele Mitarbeiter verhelfen einer Hanau zum Erfolg. Beispielsweise ließe sich ein Jurist in den Roman einführen, besser: ein Wirtschaftsjurist, der etliche Jahre als Wirtschaftsprüfer tätig war. Mit seinen Kenntnissen, die er bisher legal einsetzte, kann er nun die Geschäftsaktionen der Hanau unterstützen – gegen eine angemessene Beteiligung, versteht sich. Verschiedene Motive ließen sich angeben für solch eine Mitarbeit: auf jeden Fall wird der Mann Geld brauchen, viel Geld, immer mehr Geld, und das hat er als Wirtschaftsprüfer nicht in erwünschter oder benötigter Höhe verdient. Mit solch einem Mann könnte die Hanau Besprechungen führen in ihrem Direktionsbüro oder in einem Separatraum eines (führenden) Hotels.

Da säße er mit ihr an einem Tisch. Auf der Tischdecke Papiere, Akten, Gläser. Während er nachdenkt, wippt er mit dem Stuhl, kaut an einem Bleistift herum, und das nicht zufällig: die Bleistifte, die neben seinem Block liegen, ein locker hingeworfenes Bündel, sind alle am stumpfen Ende angekaut, Lack abgesplittert, Zahnkerben: am Nachdruck, mit dem dieser Mann seine Backenzähne, Eckzähne in das Holz schlägt, kann Marthe Hanau die Intensität seines Nachdenkens ablesen. Vielleicht bringt sie ihm bald schon Bleistifte mit, fabrikneu, wirft sie ihm mit spaßiger Bemerkung zum Kauen vor, und er lacht, bedankt sich für den frischen Lack, das glatte Holz, preßt seine Zähne rein. Das wird er natürlich auch in seinem Büro tun, dort erst recht, und dabei wippt er auf seinem alten, mit splissigem Leder bezogenen Schreibtischstuhl, den er, wie er gelegentlich erzählen mag, seit Beginn seiner Tätigkeit besitzt, und bei jedem Bürowechsel hat er ihn mitgenommen: er braucht diesen Stuhl, um gut arbeiten zu können, das bezeichnet er selbst als Marotte. Dieser Schreibtischstuhl knarrt, quietscht, wenn sein massiger Körper darauf schaukelt. Dabei wölben sich seine Lippen unter dem buschigen Schnurrbart vor, saugen ein Bleistiftende an, fassen es weich ein, während er kaut. Der Kopf dieses Mannes ebenso massig wie sein Körper. Die Nasenlöcher weit: sie blähen sich auf, wenn er eine neue geschäftliche Finte entdeckt hat, sie entwickelt. Seine Augen blicken dabei fast schläfrig drein, unter tief herabgezogenen Lidern: so konzentriert er sich. Seine Augenbrauen buschig, gegen den Strich gebürstet, da wirken sie noch buschiger. An den großmuschligen Ohren fleischige Läppchen, sinnlich hängend.

Natürlich ißt solch ein Mann gerne gut und gerne viel; das läßt sich an seiner Erscheinung ablesen. Ebenso bekannt ist er, schon vom Erscheinungsbild her, für seinen Konsum von vorwiegend sehr jungem Mädchenfleisch: Auch Spargel, sagt er, kann man nur in einer bestimmten Wachstumsphase genießen; ältere Frauen bezeichnet er als holzig. Die Hanau sieht er freilich nicht als Frau, sie ist Auftraggeberin.

Während der Besprechungen mit ihr zeichnet er gern Rechtecke, reiht sie wie Truppenkarrees auf Schlachtplänen. In jedes Rechteck schreibt er den Namen einer Aktiengesellschaft, dazu als Zahl das Aktienkapital. Zwischen den beschrifteten und bezifferten Rechtecken zieht er Verbindungslinien mit Pfeilspitzen: Beteiligungen.

Über eine Reihe von beispielsweise fünf solcher Rechtecke zeichnet er in Mittelposition ein sechstes Rechteck: eine Holding-Gesellschaft. Er trägt hier eine Zahl ein: ihr Aktienkapital. Es beträgt die Hälfte des gesamten Aktienkapitals der fünf Gesellschaften darunter; sie werden nun von der Holding-Gesellschaft beherrscht. Dann zeichnet der Wirtschaftsjurist über das Rechteck dieser Holding-Gesellschaft ein siebtes Rechteck, noch ein Stück höher, schreibt darein die Zahl, die wiederum das Aktienkapital der ersten Holding-Gesellschaft halbiert: damit beherrscht diese neue Holding-Gesellschaft die erste Holding-Gesellschaft, damit wiederum die fünf Gesellschaften unter ihr. Noch ein drittes Rechteck kann über die beiden Rechtecke der Holding-Gesellschaften gezeichnet werden: eine dritte Holding-Gesellschaft. Als Zahl eingetragen wiederum die Hälfte des Aktienkapitals der zweiten Holding-Gesellschaft, ein Viertel des Aktienkapitals der ersten Holding-Gesellschaft: das genügt, um die Gesellschaften darunter zu beherrschen.

Dieses System wird weiterhin gefestigt durch wechselseitige Beteiligungen: hin und her zieht der Wirtschaftsprüfer Verbindungslinien zwischen den acht Rechtecken mit Namen und Ziffern, zieht punktierte Linien zu punktierten Rechtecken am Blattrand – ein immer dichteres Geflecht. Der Wirtschaftsprüfer nennt dabei generelle Vorteile von Holding-Gesellschaften: sie kaschieren beispielsweise Besitzverhältnisse. So kann er, nun schnaufend vorgebeugt über den Zeichenblock, die Gründung einer ausländischen Holding-Gesellschaft vorschlagen, etwa in der Schweiz oder in Deutschland: wer kann dort ahnen, oder gar herauskriegen, daß hinter dieser deutschen oder schweizer Gesellschaft französisches Kapital steht? Außerdem hat so eine Gründung steuerliche Vorteile: das

Kapital als Auslandskapital.

Und es gibt hier noch weitere Möglichkeiten: warum nicht eine Auslandsfiliale gründen als Verkaufsgesellschaft einer eigenen Gesellschaft? Zum Beispiel könnte solch eine Auslandsfiliale von einer Hanau-Gesellschaft produzierte Elektroartikel auf dem schweizer oder auf dem deutschen Markt absetzen. Oder auf einem überseeischen Markt, dort sind noch sehr große Marktlücken! Und auch hier wieder: steuerliche Vorteile!

Der dicke, bleistiftkauende Mann mag beim Entwickeln solcher Pläne verstärkt Achselschweiß absondern, den die Hanau gern riecht – mon dieu, was läßt sich alles machen! Zum Beispiel, wenn man eine offene Handelsgesellschaft in eine Aktiengesellschaft umwandelt: Da wäre es ratsam, Madame, die Grundstücke und Betriebsgebäude im Eigentum der OHG zu lassen, auf diese Weise kann man Grunderwerbssteuer sparen. Die OHG wird in diesem Fall Grundstücks- und Gebäudepächterin, die neue AG Betriebsgesellschaft. Zusätzlich spart man dabei übrigens noch Kapitalverkehrssteuer sowie Gewerbesteuer. Ja, es ist eine Lust, mit so einem Mann zu arbeiten!

Zum Beispiel ließe sich eine Warenhaus-AG gründen. Das macht man am besten so: die Warenhausgesellschaft kauft das Grundstück für das neue Warenhaus nicht selbst, sondern gründet eine Kapitalgesellschaft, die das Grundstück erwirbt und das Gebäude errichtet. Die Warenhausgesellschaft mietet nun das Gebäude von der eigenen Tochtergesellschaft. Dabei sparen wir einmal einen Teil der Gewerbesteuer. Außerdem, Madame, lassen sich hier die Bilanzen leicht in erwünschtem Sinn korrigieren.

Auf dem Hotelstuhl schaukelnd oder auf seinem alten, knarrenden, lederbezogenen Schreibtischstuhl wippend, könnte er bleistiftkauend noch weitere Vorteile nennen bei der Gründung von Tochtergesellschaften. So etwa ließe sich eine Tochtergesellschaft mit sehr geringem Kapital ausstatten, und die nötigen Mittel werden ihr von der Muttergesellschaft durch Kredite zur Verfügung gestellt: beispielsweise 60 000

Francs Gesellschaftskapital und das Zehnfache an Krediten, oder das Zwanzigfache, Dreißigfache, Fünfzigfache, Siebzigfache, warum nicht? Außerdem, wenn so eine Tochtergesellschaft im Ausland gegründet wird, kann ihr die Muttergesellschaft besonders kulante Preise gewähren, kann dadurch den Gewinn weitgehend auf die ausländische Gesellschaft verschieben: auf die Weise könnte man auch wieder Steuern sparen.

Und über diese Gesellschaften ließe sich dann in einer möglichst auflagenstarken und angesehenen Gazette du Franc Positives berichten, das sich günstig auswirkt auf die Aktienkurse dieser Gesellschaften.

Um Abonnenten beim Abonnement zu halten, um freie Käufer regelmäßig an den Kiosk zu ziehen, um also mit der Auflage das Ansehen zu steigern, könnte die Gazette du Franc zum Beispiel auch einen Fortsetzungsroman bringen, etwa über die Rothschilds, bei denen sich Fortsetzungen von selbst anbieten, und Spannungsumbruch ist hier ebenfalls möglich: Zäsur am Höhepunkt, Fortsetzung in der nächsten Ausgabe.

Das erste Kapitel natürlich über den Stammvater in Frankfurt, der noch im Haus mit dem roten Schild wohnte, der über den Münzhandel langsam ins große Geldgeschäft kam, der fünf berühmte Söhne hatte, Konzentrat aus insgesamt zwanzig Zeugungen. Für jeden dieser Söhne mindestens zwei Fortsetzungen, für Nathan vielleicht vier, weil der ja nun am bekanntesten wurde, weil sich über den am meisten erzählen läßt. Erst mal kauft Nathan für den Fürst seines Vaters in London Staatspapiere, es folgen Geschäfte auf eigene Rechnung, das Umsatzvolumen »wächst gewaltig«, wie ich lese – nur erfahre ich leider nicht, wie Nathan dabei im Detail vorging: plötzlich ist er steinreich, ist entsprechend angesehen, macht weiterhin Riesengeschäfte. Wenn man seine Aktionen und Transaktionen schon nicht genau beschreibt, dann wenigstens den Mann, die Person, und hier ist Nathan ergiebig: er ist dick, und dicke Leute gelten sowieso schon als einprägsame Persönlichkeiten. Dieser dicke Nathan hat zu Hause eine Pistole unter dem Kopfkissen liegen, und von Kunst hält er überhaupt nichts, er sieht zum Beispiel nicht ein, wozu man Bilder kaufen soll – so ein Mannsbild läßt sich ganz gut mit Erzählungen garnieren!

Ausführlich muß im Fortsetzungsroman der Gazette natürlich sein berühmter Coup nach der Schlacht von Waterloo erzählt werden, Kernstück des Rothschild-Mythos. Da warten die Politiker und vor allem die Geschäftsleute in London auf Nachricht über den Ausgang der Schlacht bei Waterloo: wenn Napoleon gewinnt, fallen englische Papiere, vor allem Staatspapiere; wird Napoleon geschlagen, so gibt es eine Hausse in London. Die entscheidende Nachricht wird Rothschild erhalten über einen der bekannten Rothschild-Boten: die sind schneller als alle anderen Boten, schneller auch als Regierungs- und Militärkuriere, die haben eigene Schiffe, segeln bei jedem Wind, bei jedem Wetter, so auch Nathans Bote, der in einem Buch Rothworth heißt und in einem anderen Roworth, und einmal kommt er am 20. Juni 1815 morgens in England an, mit einer erstaunlicherweise noch immer »druckfeuchten« Zeitung, und in einem anderen Buch trifft er abends ein. Und einmal saust Nathan sofort zur Börse, das andere Mal fährt er erst am nächsten Tag hin, stellt sich an seine mittlerweile berühmte Säule, Hände in den Taschen, Zylinder auf dem Kopf, die rothschildsche Unterlippe vorgeschoben, Bauch raus. So steht er da mit selbstverständlich »unbewegtem Gesicht«, verkauft, verkauft, verkauft, vor allem englische Staatspapiere. Natürlich laufen in London widersprüchliche Gerüchte um über den Ausgang der Schlacht, und nun verkauft Nathan Rothschild englische Staatspapiere: Also bitte, da kann die Schlacht nur verloren sein, jetzt aber weg mit dem Zeug, ebenfalls verkaufen, verkaufen, verkaufen! Nun fallen, nun stürzen, nun purzeln die Kurse, und Nathan verkauft immer weiter: »Auf jede seiner Handbewegungen reagierte die Börse mit einer Erschütterung, die sich jedesmal in Zehntausenden von Pfunden ausdrückte. Die Consols (die Staatspapiere) fielen, fielen immer weiter – bis Nathan plötzlich ein großes Paket von Papieren zum niedrigsten Preis kaufte, zu einem Preis, den er praktisch bestimmt hatte. Unmittelbar danach wurde die sensationelle Siegesnachricht allgemein bekannt, und die Consols kletterten aufs neue in die Höhe.« So wurde das immer wieder erzählt, so wird das auch heute noch erzählt, hier bei Frederic Morton. Warum soll die Hanau das nicht ähnlich in ihrer Zeitung erzählen lassen? Die Konturen müssen stark, die Abläufe müssen klar, die Farben müssen kräftig sein.

Imagebildung, um Auflage und Wirkung der Zeitung zu steigern; Imagebildung, um Spargelder anzulocken für die Syndikate; Imagebildung zugleich als Schutz: man muß sich durchsetzen, muß sich halten können gegen andere Interessen, gegen andere Gruppen.

Da sind etwa Wirtschaftszeitungen, Wirtschaftsressorts angesehener Zeitungen, da sind Informationsdienste, Börsenbriefe, die andere Meinungen verbreiten als die Gazette und ihr Börsenbrief. Da sind vor allem Banken, bei denen die geldabwerbenden Investmentgesellschaften der Hanau Unmut wecken, Konkurrenzgefühle, auch Mißtrauen.

Hier ließe sich denn ein Gegenspieler entwerfen und in den Roman einführen: der Präsident einer Pariser Bank beispielsweise, der sich in jeder Beziehung als Gegenbild der Hanau sieht, die, wie man weiß, hinter dieser Zeitung, hinter diesen »Syndikaten« steht. Dieser Bankdirektor mag als fein, als zurückhaltend, als nobel gelten – von diesen positiven Eigenschaften sieht er nichts bei der Hanau. Was diese Frau, dieses Weibsbild in seinen Augen zu bestimmen, zu prägen scheint, bis in die womöglich abgenagten Fingernägel, das ist Hektik. Er hingegen hat stets Ruhe gezeigt, überlegene Ruhe bei aller Aktivität. Zu dieser Ruhe kommt als sein Leitbegriff die Ordnung: klare, nüchterne, rationale Ordnung. Ordnung erstmal im privaten Bereich: seine Bücher alphabetisch aufgestellt, die Weinflaschen im Keller durchnumeriert, und womit er sich sonntags besonders beschäftigt, ist die Pflanzenordnung von Linné – man kann ihn nach dem lateinischen Namen, auch der Gattung fast jeder Pflanze fragen, die nennt er auf Anhieb, und zwar mit Vergnügen.

Dieser Mann könnte sich weiter dadurch charakterisiert sehen, daß er sich gelegentlich für ein, zwei Tage zurückzieht, um nachzudenken, zu projektieren. Da fährt er in seine Jagdhütte in den Vogesen, sitzt stundenlang auf dem Hochstand, hockt stundenlang an Fenster oder Kamin, raucht seine Pfeife – der bekannte Geruch seines fermentierten Tabaks. So denkt er nach.

Unwohl, fast physisch unwohl fühlt er sich, wenn er an so eine Madame Hanau denkt. Das ist in seinen Augen eine Person, die alles nur durcheinanderbringt, durcheinanderwirbelt. So werden in der Gazette beispielsweise ganz neue Thesen propagiert, etwa von der »Partizipation« – ein in seinen Augen verdächtiger Begriff. Zwar wird in der Gazette auch von »Edukation« geschrieben, aber sollte das mehr sein als nur ein Schlagwort, mit dem man beruhigen, gar einschläfern will? Überhaupt werden in der Gazette nach seinem Geschmack zu viele Schlagwörter aufgegriffen, in Umlauf gesetzt. Äußerst zweifelhaft erscheinen ihm auch die Prinzipien, nach denen Unternehmer durch porträtierende Artikel herausgehoben werden – da seien andere Personen des Wirtschafts- und Finanzlebens weitaus wichtiger.

Am schlimmsten aber ihr Aufhetzen gegen die Banken, als wäre dort alles längst in pompöser Feierlichkeit erstarrt, als würde dort nur noch nobel geflüstert, als wäre man dort zu fein für richtig klotzige Geschäfte: unter diesem Vorzeichen lockt sie Ersparnisse vieler Leser und Abonnenten an! Und diese Einlagen sollen so unglaubwürdig, ja verdächtig hohe Renditen einbringen in den Syndikatbildungen – das geht doch nicht mit rechten Dingen zu!

Und zu all dem soll diese Hanau und ihr Kreis auch noch inoffiziell beteiligt sein an verschiedenen Aktiengesellschaften, sogar im Ausland! Hier wäre es allerdings wünschenswert, wenn man Belege in die Hand bekäme; er hat »das berechtigte Gefühl«, daß hier einiges »nicht stimmt«. Man wird auf diese Clique sehr scharf aufpassen und gegebenenfalls sofort etwas gegen sie unternehmen müssen, etwa durch Strafanzeige.

Damit würde er seiner Umgebung zeigen, daß er durchaus noch alert ist, daß er immer noch handeln und, wenn nötig, auch zuschlagen kann. Er weiß oder ahnt zumindest, daß er unter vielen seiner Mitarbeiter als Zauderer, Zögerer gilt; er sei in den letzten, gewiß sehr aufreibenden Jahren sichtlich gealtert; er ziehe sich mehr und mehr zurück in Fragen der Betriebsorganisation, drücke sich damit vor dem täglichen Geschäft mit der Vielzahl anstehender Entscheidungen. Soll er jetzt nicht mal zeigen, daß er noch agieren kann, rasch und energisch? Da kommt ihm so eine Hanau gerade recht: die hat er jetzt im Visier. Ein paar falsche Bewegungen, und er knallt sie ab!

Um die öffentliche Toleranz ihren Aktionen gegenüber zu erweitern, um ihre Geschäfte zu fördern, versucht auch die Hanau, ihrer Person Gewicht, Bedeutung, Ansehen zu geben. Dazu gibt es verschiedene Methoden, diverse Tricks.

So könnte öffentliches Engagement im unpolitischen Bereich günstig sein, Beteiligung an gemeinnützigen Aufgaben. Und Marthe Hanau läßt sich etwa in das Aufsichtskuratorium eines Altersheims wählen, übernimmt hier als diesbezüglich erfahrene Frau die Kassenführung: sowas wird sich schon herumsprechen, wenn man dafür sorgt.

Falls sie ihr Image freilich nicht einfärben lassen will durch den Umgang mit alten und oft ziemlich gebrechlichen Leuten, so ließe sich eine andere, ebenfalls gemeinnützige Aufgabe übernehmen, beispielsweise in einem Kuratorium für ein Waisenhaus. In dieser Umgebung kann auch eine robuste Lesbierin ziemlich mütterlich wirken.

So läßt sich ein Bild aufbauen, das Vertrauen schafft. Zur Ausgestaltung solch eines positiven Persönlichkeitsbildes könnte ich der Hanau eventuell noch einen Persönlichkeits-Berater geben – hat es damals schon sowas gegeben? Wenn nicht, so müßte ich auf die Einführung dieser Figur auch nicht verzichten, ich schreibe ja keinen historischen Roman.

Diesem Image-Designer könnte ich den Vorschlag zuschanzen, für gemeinnützige Institutionen tätig zu werden – aber so, daß man es in der Öffentlichkeit merkt, sonst ist alles umsonst! Also: in der Funktion etwa der Kassenführerin des Waisenhaus-Kuratoriums eine öffentliche Rede halten über die finanzielle Situation der Waisenhäuser, und dann eine Petition vorschlagen.

Damit solche gemeinnütze Aktivität auch optisch sichtbar wird, für Pressefotos, könnte der Persönlichkeitsberater etwa eine Begegnung mit einem französischen Erzbischof vorschlagen: die Übergabe eines Schecks für diesbezüglich wohltätigen Zweck könnte hier die gewünschte Begegnung herbeiführen. Und ein Erzbischof sieht auf Fotos fast so wirkungsvoll aus wie ein Papst.

Sowas würde der Hanau offiziellen Glanz geben. Dazu bräuchte sie, nach Meinung eines Image-Designers, sicher noch private Farbe. Er könnte beispielsweise Kontakte vorschlagen mit bekannten Künstlern, die ja stets als »farbige Persönlichkeiten« gelten, da könnte etwas auf sie abfärben. Natürlich muß man hier vorsichtig sein: nichts Schmuddeliges, Anrüchiges, das könnte wie Krätze rasch übergreifen auf ihr Öffentlichkeitsbild. Aber warum nicht zu den Persönlichkeiten gehören, die bei einer Premiere vor Magnesiumblitzen Hände schütteln und Wangen küssen dürfen?

Solche Publizität läßt sich ausbauen. Beispielsweise könnte ihr der Persönlichkeitsberater zusätzlich vorschlagen, einen Preis auszuschreiben für begabte Nachwuchskünstler: den Marthe-Hanau-Preis. Kostet ein paar tausend Francs pro Jahr, bringt aber automatisch Presseberichte oder zumindest Pressenotizen anläßlich der Preisverleihung. Auch so etwas macht einen Namen namhaft, färbt ihn positiv ein, wenn man ein bißchen achtgibt auf die Auswahl der Preisträger.

Und bei allem stets persönliche Züge herausheben: empfehlenswert mag einem Image-Designer bei dem äußerlich so aufwendigen Lebensstil der Dame eine Spur von Melancholie erscheinen, als Komplementärfarbe. Und er kann herausarbeiten oder herausstellen, daß die Hanau trotz oder wegen ihrer Betriebsamkeit gern mal allein ist, »fernab von allem Getümmel«. Das wäre nebenbei eine günstige Erklärung für zeitweises Verschwinden mit einer lesbischen Freundin, die ihr wohltut.

Strich um Strich kann auf diese Weise ein Persönlichkeitsberater ein Persönlichkeitsbild der Madame Hanau entwerfen. Wen interessiert dabei, wie diese Dame nun »wirklich« ist? Wirksames wird zusammengefügt zu einem Öffentlichkeitsbild, das »ankommt«, »sich verkaufen läßt«: Madame Hanau als energische, vitale, ja robuste Frau mit ausgeprägtem Verantwortungsbewußtsein für soziale Belange, mit hochentwickeltem Sinn für Künste, zusätzlich etwa noch ausgezeichnet durch Witz, der sich (für das Ausland) mal wieder als »gallischer Esprit« bezeichnen ließe.

Natürlich wird es einem Image-Designer nicht genügen, wenn die Hanau das zurechtgeschneiderte Erscheinungsbild in einem begrenzten Kreis von Insidern vorführt. Er wird beispielsweise vorschlagen, sie soll in der Gazette du Franc eine Ecke einrichten, in der sie regelmäßig schreibt, und zwar unter eigenem Namen, ganz persönlich. Diese Beiträge sollen sich auch optisch vom sonstigen redaktionellen Teil abheben, sollen eingerahmt werden, als Kasten. Unten rechts ihre faksimilierte Unterschrift, ausgeführt in energischen Buchstaben, die beste Rückschlüsse ermöglichen sollen bei all den Laien, die von Handschrift nichts verstehen. Links oben in diesem Hanau-Reservat ein Foto, und zwar stets das gleiche Foto.

Was für ein Foto nimmt man dazu am besten? Ein Foto, auf dem sie einen Telefonhörer ans Ohr hält? Nicht sonderlich originell, aber nach wie vor wirkungsvoll. Und: soll es nur ein Kopfbild sein, oder wäre nicht günstig, man zeigt noch was von ihrer Umgebung? Details, die sich positiv einfärben in das Bild, das man sich in der Öffentlichkeit von ihr machen soll? Also noch etwas Schreibtischfläche dazu, spiegelblank, demnach aus kostbarem Material? Und nicht zuviel Papier darauf, denn eine überlegene Persönlichkeit disponiert frei auf leeren Flächen? Noch ein paar Blumen auf diesem Schreibtisch? Schließlich ist sie Frau. Und vielleicht ein Signal für Reichtum, Glanz? Etwa ein Sektkübel? Auch nicht originell, aber brauchbar als Bestätigungssymbol für die breitere Leserschaft.

In diesem »Hanau-Kasten« nun keine Artikel zu speziellen Wirtschaftsfragen, sondern persönliche Stellungnahmen zu übergeordneten Problemen, etwa zur Bildung einer europäischen Gemeinschaft oder zur Sanierung des französischen Franc. Dabei deutlich als Persönlichkeit schreiben, die sie sein soll, dazu bei jeder Gelegenheit Signale setzen: Während der Rückreise von Montenegro habe sie Gelegenheit gehabt, auf dem Schiff mit einem führenden italienischen Industriellen über die Frage der ... Bei einem Diner in einem bekannten Hotel habe sie mit einem hohen Mitarbeiter des deutschen Wirtschaftsministeriums über das Problem der ...

So würde Madame Hanau immer deutlicher zu einem Markenartikel, der »sich durchsetzt«, wie es verschleiernd heißt: denn hier soll als natürlicher Vorgang erscheinen, was Ergebnis zielgerichteter Aktivität ist: jemand durchsetzen, etwas durchsetzen! Durchgesetzt würde hier das Arrangement einiger klarer, faßbarer, merkbarer Signale, in ständigen Wiederholungen eingeprägt als Stereotype.

Und diese Stereotype können sich, rückwirkend, der Hanau selbst wieder einprägen: mit der Persönlichkeit identifizieren, die der Persönlichkeitsberater von ihr entwirft, maßgeschneidert? Wie lange würde die Hanau brauchen, bis sie sich sagt: Ja, ich neige in der Tat zur Melancholie, zu einem sanften Vergänglichkeitswissen, zeitweise? Und eigentlich habe ich auch einen Hang zu Künstlerkreisen, zu diesem bunteren, freieren Leben, besitze seit jeher auch direkte Neigung zur Musik, nur wurde dieser Ansatz im Verlauf der oft wirren, überaus anstrengenden Jahre weitgehend verschüttet? – So ungefähr könnte eine zunehmende Angleichung stattfinden an das Design eines Persönlichkeitsberaters.

Wenn ich so jemand in den Roman einführe, hätte das natürlich Rückwirkungen auf das Buch. Da müßte ich noch enthaltsamer sein in der Ausstattung der Figuren mit Persönlichkeits-Emblemen. Durch solche Ausstattung nämlich könnte ein Prozeß gefördert werden, der von Public-Relations-Leuten bewußt betrieben wird: Vorgänge schmackhaft und konsumierbar machen durch Personalisierung.

14

L., zum Beispiel, Marthes Zeitgenosse, großer Finanzmann, kauft ein Palais in Brüssel, repräsentativ in der Rue Ducale, da sieht man viele vornehm livrierte Diener, da fahren elegante Equipagen vor und große Autos, da zeigt L., wie schön es ist, mit Geld zu leben, mit sehr viel Geld: steht nicht allzu früh auf, dieser L., treibt dann Gymnastik, arbeitet sich warm am Punchingball, duscht oder badet sodann, zelebriert ein Frühstück nach englischer Art, ißt gerne gut: Forellen läßt er sich einfliegen aus Schottland, Austern aus Odessa, berühmt ist sein Geschmacksempfinden für Kaviar.

C., zum Beispiel, mein Zeitgenosse, auffällig in Erscheinung getreten vor allem gegen Ende der sechziger Jahre: er zeigt ebenfalls, wie schön es ist, mit sehr viel Geld zu leben; da ist in Genf die Villa Elma, für sich, und die Villa Bella Vista für seine Gesellschaft, und für sich wieder das Schloß de Pelly in der Haute Savoie und ein Apartmenthaus in Paris und ein Townhaus in London und in New York Apartments und in der Schweiz wiederum das Château de Prangins. Und vor diesen Häusern und Schlössern die teuersten Autos, Cadillac, Sting-Ray, Lamborghini, Rolls-Royce, sein spezialgefertigter Lincoln. Und aus weiteren, ebenfalls teuren Wagen steigen die feinsten Leute der besten Gesellschaft, die sein Ansehen hebt: die Modeschöpfer Laroche und Cassini, die Schauspielerherren Harvey und Curtis, auch Delbert Coleman von der Spielkasinofirma Parvin/Dohrmann.

L., Marthes Zeitgenosse, kauft sich als erster ein eigenes Flugzeug, kauft zu diesem Flugzeug drei weitere hinzu, fliegt mal eben von Brüssel nach Paris, von Paris nach London, von London nach Berlin, von Berlin nach Brüssel, und auf jedem

Flugplatz, damals noch holprige Graspisten, stehen seine Wagen bereit, Chauffeure am Schlag, und gleich geht es los; solche Betriebsamkeit mit großem technischem Aufwand macht Eindruck, der günstig ist für die Kurse seiner Aktiengesellschaften. Und günstig unter diesem Aspekt auch der Kauf eines Schlosses in der Grafschaft Leicester: Melton-Mowtray, gotisch, mit modernen sanitären Installationen, mit kostbaren Möbeln aus vergangenen Zeiten, mit teuren Bildern, für die er gerne viel ausgibt, ohne lang hinzugucken, Kunst hat ihren Preis, zumindest echte Kunst. Rings um das Schloß die bekannt sanften Grasmatten, und viele, viele Hektar Wald, in denen er jagt, etwa mit seinem Nachbarn, dem Prince of Wales, auch mit anderen Gästen, die gute Namen haben: Fuchsjagd mit Halali. Und abends Streichquartett, seine Frau bestimmt das erlesene Programm, das die Herren meisterhaft darbieten, in einem Nebensaal eine Jazzband im Stil dieser zwanziger Jahre, für alle, die tanzen wollen. Riesige Maskenbälle: enorm teure Dekorationen im Schloß, viele Kostüme später abgebildet in Zeitungen für Leser, denen die Zunge lang gemacht wird nach Reichtum, und sie sollen in die Sparstrümpfe, unter die Matratzen greifen und gewinnbringend anlegen, was sie dort zurücklegten.

C. demonstriert vor Gästen und Pressekameras, daß ein reicher Mann sich auch jede Menge hübscher Frauen leisten kann: ständig umgeben sie ihn, jung, glattschenklig, mit feinsten Konsumbrüsten, mit Haaren, die lang und glatt Ergebenheit anzeigen: Mannequins aus einem seiner Modesalons, die er zusätzlich erwirbt, Schauspielerinnen aus einer Schauspielschule, die ebenfalls ihm gehört, Sekretärinnen ganz selbstverständlich, und bei Empfängen, auf Festen, umgeben sie ihn als Dekoration, und möglichst auch im Auto eine Mieze, die auf Verlangen schnurrt, und Miezen selbstverständlich in seinem Privatflugzeug, einer dreistrahligen BAC 1–11, Miezen in seinem Gefolge beim Einzug in die Hotels, und abends bestimmt er: Du kommst mit auf mein Zimmer! Wie gerne schreiben Presseleute vom »potenten Geschäftsmann«:

Fickpotenz soll sich hier konsequent verbinden mit Geldpotenz, alles so plastisch!

Ja, und L.s repräsentative Villa in Biarritz! Heißt Villa Begonia, liegt hoch über dem Meer an der Steilküste: Rosen, Orangen, Palmen, selbstverständlich Begonien, Bougainville. Mit großem Troß hält L. hier Einzug, seine Familie, zehn Sekretäre, etliche Sekretärinnen, dazu Piloten, Chauffeure, Köche und viele, viele Diener. Und täglich schwimmt L., fährt Motorboot, spielt Golf und Polo, reitet, segelt, saust mal was herum in einem Rennwagen, fliegt mit einem seiner Flugzeuge, die auch hier bereitstehen: Geld, das sichtbare Früchte trägt! Später, als die geschäftliche Lage brenzlig wird, verschwindet L. während eines Flugs über den Ärmelkanal aus seinem Flugzeug, keiner kann sich erklären, wie: so macht L. sich zum Mythos L.

Ah, und C.s Empfänge! Etwa auf dem Château de Pelly, Speisesaal dreizehntes Jahrhundert, Schwimmbad Jetztzeit, und bei einem Weihnachtsfest werden Haufen von Kaviar verputzt, es werden geleert 3000 Flaschen Moët et Chandon brut, sämtliche Damen werden beschenkt mit Flacons allerteuersten Parfüms, goldene Uhren für die Herren, eine halbe Million Dollar kostet dieses Fest, über das die Presse berichtet in Wort und Bild, und die Öffentlichkeit kann sich mal so richtig eine Vorstellung davon machen, was es heißt: reich zu sein, und wie gut es ist, sein Geld in die Hände solcher Leute zu geben, denn was sie berühren, das wird ja sofort zu Geld. Und wenn so eine riesige schillernde Blase platzt, dann haben sie eben Pech gehabt, die kleinen Sparer!

15

Viel Material aus dem damaligen Frankreich, viel Material aus dem heutigen Nordamerika: ob nicht bei Lesern der Eindruck entstehen könnte, ich hätte zu wenig Material aus der Bundesrepublik? Ich sollte hier wenigstens einen Hinweis bringen, einen Namen nennen, etwa: Kronenberg. Werner Helmut, dann Vernon H. Kronenberg war vorzugsweise in der Bundesrepublik tätig, zwischen 1949 und 1962. Rund 600 Millionen vorwiegend fiktiver D-Mark hatte er in Bewegung gesetzt, vor allem durch Scheckbetrug, Wechselreiterei, Gründung von Scheinfirmen, Ausgabe von Aktien einer Scheinfirma. Als ob es bei uns sowas nicht auch gäbe!

Um den Besitz von Geldern vorzutäuschen, die weiteres Geld anlocken sollen, wurde mit üblichen Mitteln das Image eines »millionenschweren« Konzernherrn geschaffen. Zum Beispiel: im Cadillac fahren, auch wenn er nur geliehen ist. »Wenn man mit solchen Geschäften zu einer Bank kommt, da kann man doch nicht im Goggomobil vorfahren.« Und bei besonders wichtigen Konferenzen Anflug in einer Chartermaschine. Und immer mit Gefolge auftreten: der Pilot, der Chauffeur, der Masseur, der Butler. Und eine arabische Zofe für seine kleine, robuste Frau – eine leidenschaftliche Roulette-Spielerin, die vorher schon Hochstapelei nach alten Mustern getrieben hatte, als Prinzessin, Herzogin, Marquesa. Zu diesem Operettenhofstaat natürlich der Rechtsanwalt, ohne den kein Wirtschaftsverbrecher auskommt: der hieß in diesem Fall Dr. Oskar Ruisinger.

Schmale finanzielle Basis der Kronenbergs war eine Schuhfabrik in Mailand, aber damit ließ sich kaum angeben. Wichtiger war schon der Faktor Lizenzbeteiligung und Auswertung von Patenten. Zum Beispiel ein Patent für auswechselbare Damenschuhabsätze, ein Patent für schraubenlose elektrische Klemmverbindungen, ein Patent für garantiert wasserfestes Papier, das Kaye-Papier. Für diese und weitere Patente konnte Kronenberg sehr schöne Gutachten von Patentanwälten vorlegen: enorme Zukunftsperspektiven! Sehr erfreuliche Gutachten auch über den wirtschaftlichen Stand seiner zahlreichen Firmen, rund dreißig Stück insgesamt. Allerdings waren das nur Briefkastenfirmen in den Briefkastenfirmenländern Liechtenstein und Panama. Die Unterlagen des »Konzerns Kronenberg« in Hotelzimmern und Kofferräumen von Personenwagen. Ein Verkaufsleiter, der Millionen Bananenstecker verkaufte, die nie geliefert wurden: »Ich glaubte alles, was Frau Kronenberg erzählte, ich hatte damals noch keine Übersicht. Eine Fabrik oder einen Büroraum sah ich allerdings auch nicht. Alle Zusammenkünfte fanden nur in Hotels statt.« Das waren dann natürlich repräsentative Hotels, in denen Kronenberg auftrat, als »führende Persönlichkeit«. Sein schwerer Schädel, sein Haarkranz, der seine Stirn enorm betonte, seine elegante, soignierte Garderobe: »Ein gewisser Magnetismus geht von Herrn Kronenberg aus.« Es ging aber auch ohne Magnetismus: »Wenn ein solcher Millionenkunde daherkommt ... ja, ich habe mir eigentlich gar keine Gedanken gemacht«, sagte vor Gericht ein Bankier, der Kronenberg in einem Charterflugzeug eine Menge Bargeld nach Zürich gebracht hatte.

Kronenbergs Brückenkopf auf dem Kapitalmarkt war die Allgemeine Wirtschaftsbank in Berlin, er hatte sie für etwas über eine halbe Million gekauft. Dr. Ruisinger war zeitweise Aufsichtsratsvorsitzender der AWB. Über verschiedene Konten dieser und anderer Banken (etwa der Bank für Gemeinwirtschaft in Stuttgart) wurde der Scheckkreislauf erzeugt, die muntere Wechselreiterei. Hier half tüchtig Dr. Ruisinger, er hatte zum Beispiel einen guten Freund, einen »Bundesbruder« im Vorstand der Volksbank in Stuttgart-Zuffenhausen (VBZ): der zapfte man rund 3,3 Millionen ab. Weitere Banken zahlten weitere Gelder aus. Verlockt von der Aussicht auf hohe Rendite investierten auch Privatpersonen hohe Beträge in den »Konzern Kronenberg«.

Ergiebig war auch in diesem Fall der Aktienmarkt. Eine der Scheinfirmen, die Kronenberg gründete, war die Kaye Chemical Company of Panama. Kronenberg wollte die Einführung der Firmenaktien an der New Yorker Börse beantragen, mußte dazu nachweisen, daß er nicht selbst Besitzer dieser Gesellschaft, dieser Aktien war, brauchte deshalb einen Mittelsmann, der hieß Dr. Otto Stahl: er kaufte pro forma 250000 der frisch in Stuttgart gedruckten Aktien zum Stückpreis von 4,60 Dollar, gab Kronenberg einen Wechsel in entsprechender Millionenhöhe, der wurde auch gleich wieder in Umlauf gebracht im allgemeinen Wechselreiten; die Aktien gingen danach an die Stinnes-Bank, die sich den Kram wohl nicht genauer anschaute, na und so weiter!

Es wäre also durchaus kein Problem, Vorgänge dieses Buchs auch mit Personen und Institutionen der Bundesrepublik darzustellen. Zufällig bin ich über amerikanische Vorgänge detaillierter informiert – und die Details sind hier ja nun wichtig. Wiederum: ob man wegen solcher Details mit einem Kronenberg nicht mal Kontakt aufnehmen sollte? Er sitzt ja noch ein bißchen im Gefängnis, hätte also Zeit, könnte Branchenmechanismen erzählend verdeutlichen. Nur schwierig, an den Mann heranzukommen; muß mich mal umhören, wie man das anstellt. Sich zuerst nach seinem gegenwärtigen Aufenthaltsort erkundigen, etwa bei der Staatsanwaltschaft Stuttgart? Dann einen Brief an das Gefängnis schicken oder gleich dahin fahren? »Guten Tag, Herr Kronenberg, ich heiße Dieter Kühn, ich arbeite an einem Romanentwurf über Imagebildung und Wirtschaftsverbrechen, könnten Sie mir nicht mal ein bißchen erzählen, mit welchen Tricks und Methoden Sie im einzelnen gearbeitet haben?«

(Nachtrag Januar 73: Herr Kronenberg ist nicht zu sprechen, ist schon vor einiger Zeit aus der Strafanstalt Bruchsal in die Vereinigten Staaten »verschubt« worden.)

16

Warum eigentlich nicht nach Paris fahren und in der Nationalbibliothek die Jahrgänge der Gazette du Franc zumindest durchblättern? Wie zum Beispiel sieht der Zeitungskopf aus? Schreibt Marthe Hanau selbst in dieser Zeitung, liefert auch Lazare Bloch Beiträge, wenigstens gelegentlich? Und gibt es, zum Beispiel, tatsächlich einen Fortsetzungsroman in der Gazette?

Lange Zeit bleibe ich streng mit mir, sage mir, das wäre bloß private Neugier: nur gucken, wie groß oder gering die Distanz ist zu den Entwürfen? Selbst, wenn sich zeigen sollte, daß meine Entwürfe sich ziemlich nah herangearbeitet haben an die faktische Gazette du Franc – auf diese Bestätigung wären die Kapitelentwürfe nicht angewiesen. Denn »frei erfunden« ist hier kaum etwas: sehr viele Anregungen, Vorlagen wurden aufgenommen und umgesetzt, Materialien vor allem aus dieser Zeit.

Zum Beispiel schreibe ich der Gazette einen »Hanau-Kasten« zu, Text mit Bild und Signatur: den werde ich aus dem Entwurf nicht herausnehmen, falls ich ihn in der historischen Gazette du Franc nicht finde; solche Herausgeberkästen sehe ich nämlich heute recht häufig, auch in Wirtschaftsjournalen; das ist Motivation genug.

Also doch nicht in die Bibliothèque Nationale fahren? Oder könnte mein scheinbar so konsequentes Beharren nicht eine faule Ausrede sein, eine wortwörtlich faule Ausrede, weil ich die Arbeit an diesem Buch endlich abschließen will, weil es mich manchmal wirklich »schafft«, und in Erschöpfungsmomenten ist eine Fledermaus im Gehirnraum, die harten Flügelspitzen gegen beide Trommelfelle schlagend, ein schwarzer Geräuschblitz? Andererseits wiederum: ich habe nun so viel Zeit und Energie in dieses Buch investiert, nun kommt es auf ein paar Wochen oder Monate auch nicht mehr an.

Der Entschluß, für ein paar Arbeitstage nach Paris zu fahren, wird gefördert durch eine Einladung zum Deutsch-Französischen Autorentreffen in Mondorf les Bains: von Luxemburg aus ist es nicht mehr so weit mit dem Wagen nach Paris. Viele gesottene Fische essen und viel Riesling trinken und vorlesen und diskutieren und rumspazieren, sehr warme Oktobertage, Ausgleich für den verpißt kühlen und quallig schwülen Sommer 72. Und weiter nach Paris, als Zielvorstellung diesmal kaum ausgestattet mit Boulevards, Kirchen, Schlössern, Brücken: als Fixpunkt der Vorstellung vielmehr der große Lesesaal der Nationalbibliothek, den ich von Fotos und einer Katalogbeschreibung her kenne, bekannte Jugendstilarchitektur, zumindest innen: sehr hohe, entsprechend schlank erscheinende Gußeisensäulen, Gitterträger, Glaskuppeln, Fayenceauskleidung und mehrstöckig Bücherregale und eiserne Galerien und Wandmalereien, die Ausblicke vortäuschen in Baumgeäst und Himmelsblau und zentral die portalartige Glaswand zum Magazin. Das alles erkennen Gisela und ich wieder, sobald wir – nach bürokratischen Vorschleusen – den Saal betreten: nur ist er viel weiter, höher, imposanter als vorgestellt. Aber die Aufmerksamkeit verengt sich bald auf den ersten Jahrgang der Gazette du Franc, der als Folio endlich auf der grünen Arbeitsfläche liegt.

Erste, wichtige Information: es hat tatsächlich zwei Zeitungen mit dem Titel La Gazette du Franc gegeben, und die Hanau hat demnach wirklich die erste Gazette übernommen oder hat ihren Titel gekauft, gab dann die Zeitung neu heraus.

Die erste Gazette führte auch bereits den gleichen Untertitel: Journal d'Information et d'Economie Politique. Dieses Wochenblatt im üblichen Zeitungsformat; die erste Nummer erschien am 5. Februar 1925. Herausgeber oder Chefredakteur sind nicht genannt, nur die Anschrift der Redaktion: Paris 17, Rue Philibert Delorme 24. Ein Blatt, das einen ziemlich langweiligen, unprofilierten Eindruck macht – ein Reinfall wohl schon mit der ersten Nummer.

Dann die erste Nummer der neuen Zeitung unter gleichem Titel, erschienen am 21. März 1925. Erstaunlich kurzer Abstand – die Hanau muß sofort zugegriffen, muß rasch gearbeitet haben mit ihren Leuten. Denn diese neue Gazette präsentiert sich entschieden anders. Schon das Format hat sich geändert, ist etwas kleiner, das Layout hat sich verbessert. Auch steht nun ein Name unter den Titeln: M. de Courville als Directeur. Die Hanau nennt sich nicht.

Natürlich auch eine andere Anschrift: aus Paris 17 wurde Paris 2, also ganz zentrale Lage, Nähe der Börse: Place Boieldieu 1. Da spazieren wir nach dem ersten Arbeitstag hin: ein kleiner Platz, das vierstöckige Gebäude direkt gegenüber der Komischen Oper. Keine Erinnerungstafel an Haus Nr. 1 für die Gazette du Franc, aber eine für Alexandre Dumas den Jüngeren, der hier geboren wurde.

Und das hat man in einer der ersten Ausgaben der Gazette denn auch ausgespielt: »Alexandre Dumas fils et la Gazette du Franc.« Nicht nur im gleichen Gebäude wurde 100 Jahre zuvor der Verfasser der Kameliendame geboren, sondern aller Wahrscheinlichkeit nach sogar in einem der jetzigen Redaktionsräume der Gazette du Franc, schreibt die Gazette du Franc in einem Bericht über einen kleinen Festakt vor geladenen Gästen: die Erinnerungstafel wurde angebracht, und man feierte Dumas als Moralist, als Dramatiker, als Journalist.

Diese Tafel ist noch zu sehen, rechts vom Eingang. Die Hausnummer stimmt auch noch. Der Platzname wurde nicht geändert in der Zwischenzeit: die Opern und Konzerte von Boieldieu werden gelegentlich noch aufgeführt. Wir schauen zwischen gußeisernen Kandelaberlampen hoch zum vierten Stockwerk: allzu repräsentativ war das noch nicht. Im Bistro nebenan trinken wir dann Gin-Tonic, glotzen auf den Platz. Wie oft war die Hanau nebenan vorgefahren? Wie oft war hier Bloch aufgekreuzt, wie oft Courville? Schlürfend überlege ich, ob ich nun den Kapitelentwurf umkrempeln muß, in dem ich der Gazette-Redaktion als erstes eine Villa zuschrieb, in vornehmer Industriellen-Wohnstraße. Aber ist nicht das eine so wahrscheinlich wie das andere? Natürlich, hier ist die Börsennähe, das war praktisch – aber müßte ich deshalb schon den Entwurf ändern?

Wichtiger ist mir die Aufmachung und Gestaltung dieser Zeitung – wir schauen sie uns genau an. In der ersten Ausgabe, auf der Titelseite, ein Interview mit François-Marsal, ehemaliger Finanzminister, ehemaliger Ministerpräsident – das wird in der Überschrift natürlich angegeben. Er wird im Interview denn auch als »Monsieur le Président« angeredet, und man erläutert ihm erst einmal die Ziele der Gazette du Franc: das allgemeine Vertrauen im Lande wiederherstellen, die Sanierung des Franc anstreben, nach finanziellem Heilmittel suchen. Nach diesen einführenden Worten erweist sich der ehemalige Ministerpräsident als noch höflicher und gastfreundlicher, er bietet (offenbar nun erst) ein großes Sofa an, man setzt sich. Seine Physiognomie wird als »wohlwollend« bezeichnet, sein Blick als »offen heraus«. Dieser mit noch weiteren Wörtern als positiv beschriebene Mann macht nun drei Vorschläge zur Rettung des Franc, aber die schreibe ich nicht ab.

Auch Graf Courville gibt schwungvolle programmatische Erklärungen ab, und die sind politisch genauso rechts, wie ich das erwartet habe. Nicht mit antinationaler Einstellung Industrie und Handel erschüttern. Panikmache regiere. Mißtrauen wirke sich wie Giftgas aus. Kaltes Blut sei vonnöten, klare Überlegung, gerade in diesem schwierigsten Moment des Wirtschaftskampfes. Den Franc verteidigen. Vertrauen haben in die Zukunft Frankreichs. Die Gazette du Franc abonnieren!

Diese Zeitung preist sich überhaupt enorm an. Zum Beispiel durch Zeichnungen, die nur dem Stil, nicht der Absicht nach Karikaturen sind – sie machen nicht Kritik sichtbar, sie verherrlichen. Gleich die erste Ausgabe zeigt auf dem Titelblatt einen Diskuswerfer nach antiker Vorlage, er schwingt kraftvoll und elastisch eine Diskusscheibe mit der Aufschrift

»Franc«. Und auf dem Sockel dieser Statue steht was? Gazette du Franc.

Fast in jeder Ausgabe dann auch eine Zeichnung, die einen Gallier zeigt, und was für einen! Jeder Zeichenstrich soll Energie sichtbar machen, Entschlossenheit, geballte Kraft: energische Brauen, quergezogen, energisch dreinblickende Gallieraugen, ein energischer Doppelstrich für die Nase und ein gewaltiger, spannenlanger Schnauzbart. Selbstverständlich steht dieser enorm breitbrüstige Recke breitbeinig da, er hat eine Streitaxt im Gürtel stecken, hat ein Schwert neben sich aufgesetzt. Seine unheimlich muskulösen Beine unter dem Kampfrock sind mit betonenden Gurten umwickelt. Und was hält dieser Recke in seiner Rechten? Einen mächtigen, rechteckigen Schild. Und was mag wohl auf diesem Schild stehen? Erraten: La Gazette du Franc.

Immer, wenn in einer Ausgabe ein Eckchen frei ist, wird dieser Hausgallier da aufgepflanzt. Und dazu stets eine verherrlichende oder zumindest aufmunternde Zeichnung auf dem Titelblatt. Die Nummer 3 zum Beispiel läßt ein hübsches nacktes Mädchen mit Marianne-Kappe aus einem Ziehbrunnen hochschweben und als strahlenden (Toiletten-)Spiegel hält es einen Franc hoch. Oder: ein energischer gallischer Hahn mit der Federaufschrift Gazette du Franc verteidigt mit hackendem Schnabel den frisch aus dem Ei geschlüpften Franc gegen eine preußische Pickelhaube, gegen den Zylinder des Onkel Sam, gegen die englische Bulldogge. Oder: ein Bauer sieht in seinem Getreidefeld auf hohem Halm einen gesunden Franc heranreifen. Der Franc auch als kräftiger Bergsteiger, Dollarhöhen schaffend. Und ein hübsches Sport-Ballett-Mädchen im Balanceakt, Brustaufschrift Gazette du Franc, es hält einen Waswohl? hoch, während England als Bulldoggengesicht, Amerika unter einem Zylinder, Deutschland mit Pickelhaube zuschauen, sichtlich mißgünstig, neidisch. Aber: »Meine Herren, er wird nicht fallen.« Oder: ein Polizist, der typisch »typische Flic«, hält verkehrsleitend den Knüppel waagrecht, auf dem Knüppel steht Gazette du Franc, so bekommt ein Schuljunge namens Franc »Vorfahrt«

vor den Limousinen der Amerikaner, Russen, Engländer, Deutschen. Noch ein Bildchen? Bitteschön: ein riesiger Franc als Freiballon steigt auf, ein Fähnchen dran: Gazette du Franc. Im Ballonkorb wirft Marianne Zettel ab, als Ballast, gewinnt so Höhe. Und was steht wohl auf diesen Zetteln? »Inflation ... Staatsmonopole ... Einkommensteuer ... Linkskartell ... Sozialismus ...« Alles klar jetzt?

Kann man, muß man noch deutlicher werden? Die Gazette wird es. Zum Beispiel fegt in einer weiteren Zeichnung die französische Marianne mit großem und starkem Besen russisch-chinesisches Gelichter weg, das Fahnen hochhält und ein Schild mit der Aufschrift »Vive Lenine!«. Inzwischen ist die Marianne so oft mit der Gazette identifiziert worden, zeichnerisch, daß man als Leser die Gazette hier gleich mitfegen sieht.

Daß dieser Eindruck entstehen soll, bestätigen Texte im redaktionellen Teil immer wieder: man zeigt deutlich die Interessenverbindung von Kapital und rechtsgerichteter Politik. Beispielsweise läßt man in einem der wöchentlichen Interviews den ehemaligen Marineminister Maurice Bokanowski zu Wort kommen, und der meint: erst, wenn man aufhöre, das Kapital zu bedrängen, werde das allgemeine Vertrauen wiederhergestellt.

Neben dem Leitwort »Vertrauen« findet man auch häufig die Wörter »Ordnung« und »Einigung«, vor allem als »nationale Einigung«, die natürlich nur von rechts kommen darf. Und zusätzlich als heilsames Trio: »Arbeit, Sparen, Disziplin«.

Ja, die Gazette du Franc bezeichnet ihre Interessenlage klar, unmißverständlich. Chefredakteur Bertrand zum Beispiel, unter dessen Name immer die Bezeichnung »Deputierter« steht, stellt eine simple Alternative auf, die für Leser und Abonnenten der Gazette wohl klar zu entscheiden ist: »Gegen den Sozialismus und für den Franc oder für den Sozialismus und gegen den Franc.« So einfach ist das.

Dieser Charles Bertrand schießt in seinen Leitartikeln denn auch gern nach links. So schreibt er gruselig von den »Giften

Moskaus«, von der »bolschewistischen Gefahr am Horizont«, und man müsse »nationale Zellen« bilden gegen die internationalen Zellen, man dürfe nur ja nicht den Kampf aufgeben, man müsse den revolutionären Ruf »Keine Besitzer mehr!« beantworten mit der Parole »Alle als Besitzer!« Und er beschimpft das regierende Linkskartell, dessen »politische Teufelei« nicht gerade ein Element der Beruhigung sei für die französischen Besitzer; trotz seiner Leugnungsversuche sei Herriot ein Opfer der sozialistischen Genossen und »ihrer katastrophalen Experimente«.

Diese politische Einstellung zeigt sich auch vielfach im Detail. Zum Beispiel wird später, Anfang 26, über eine Massenversammlung zur Gründung einer »Union für den Franc« berichtet – nicht direkt organisiert von der Gazette du Franc, nehme ich an, aber zumindest von ihr »inspiriert«, das zeigen schon personelle und prinzipielle Verbindungen.

Als erster wurde da natürlich ein »neutraler Mann« vorgeschickt, der aus »höherer Warte« sprechen sollte, der Sache einen noblen Anstrich gebend: Georges Lecomte, Mitglied der Academie Française, Präsident des französischen Schriftstellerverbandes, wies auf negative Folgeerscheinungen des Geldverfalls hin für Frankreichs Geist und Kultur.

Nach ihm trat André Boulard auf, »unser Freund«, wie die Gazette schreibt, denn dieser Kriegsinvalide, Mitglied einer Organisation von Kriegsveteranen, leitet die Sportredaktion der Gazette. Er nun weist seinerseits hin auf negative Folgen der Geldentwertung für die Kriegsteilnehmer, die offenbar in großem Prozentsatz an dieser Versammlung vertreten sind; der Ordnungsdienst, zusammengestellt aus Frontkämpfern, wird von der Gazette als perfekt und energisch gepriesen.

Als dritter Mann steht Charles Bertrand am Rednerpult des Wagram-Saals, »unser Chef«; es werden kurz seine Verdienste für die Gazette angedeutet, dann wird berichtet, daß auch er die Bedeutung dieser Unionsbildung betont, und man müsse sich hier ohne Unterschied von Klasse und Meinung zusammenschließen.

Vierter Redner dann Maurice Bokanowski, bekannt als Sprecher von Großindustrie und Hochfinanz. Als 1924 der Sozialistenführer Renaudel in der Deputiertenkammer forderte: »Sie müssen von dort Geld herholen, wo welches ist!«, da hatte Bokanowski entgegnet: »Uns wurde gesagt, man müsse das Geld dort hernehmen, wo es ist. Ich behaupte dagegen, daß man es zuerst dort belassen muß, wo es ist!« Auf diese wohl mittlerweile bekannte Formulierung spielt er bei dieser Versammlung wieder an: »Renaudel hat gesagt, nehmen wir das Geld von daher, wo es ist. Aber als man das Geld an der angegebenen Stelle suchte, da war es nicht mehr dort.« Das zitiert die Gazette und berichtet über Gelächter im Saal: aus diesem Gelächter schließt die Gazette erfreut, daß »sich der französische Geist von der Politik des Schwarzen Mannes erholt«.

Damit wären politische Position und Zielrichtung skizziert. Und jetzt zum Aufbau der Zeitung. Auf der Titelseite, wie schon erwähnt, der Leitartikel, die Zeichnung, das Interview der Woche, der Beginn eines fachlichen Berichts. Auf der zweiten Seite vielfach allgemeinere Betrachtungen – in der ersten Nummer über »Die Wirtschaft und die Moral«. Dann die Finanz- und Wirtschaftsseiten – darüber will ich erst nach diesem Überblick berichten. Und der zeigt: die Gazette will sehr viel bieten. Zum Beispiel bringt sie von der dritten Ausgabe an eine Literaturbeilage. Eine fett gedruckte Erläuterung in eigener Sache: man wolle auch hier eine Aufgabe erfüllen, die dem Ziel der Zeitung besonders entspreche, nämlich: jegliche Falschmünzerei des Denkens wie der Kunst zu bekämpfen; es gehe darum, die »echten Werte« herauszustellen.

Und dann eine Liste von Mitarbeitern, die für diese Literaturbeilage Berichte, Erzählungen, Essays, Kritiken schreiben sollen. Bekannte Namen unter vielen Namen: Jean Cocteau, Max Jacob, Marcel Jouhandeau, Henry de Montherlant, Jean Schlumberger, François Mauriac.

Zwar finde ich bei weiterem Blättern (noch) keine Beiträge dieser Autoren, aber immerhin, die Gazette schmückt sich mit ihren Namen. Je mehr ich mich in diese Zeitung einlese, desto stärker der Eindruck: die Hanau und ihre Mannschaft, die gingen ran!

Neben Besprechungen und Essays findet sich auch eine Klatschecke: »Schon gehört...?« Schon gehört, zum Beispiel, daß »unser Kollege«, die Zeitschrift Comedia, eine Enquête durchführt zur »Misere der französischen Schriftsteller«, und das Ergebnis soll als offener Brief an Monsieur Poincaré publiziert werden?

Dann eine Theaterseite, zumindest Theaterspalten. Und allgemeine Kulturberichte – die Bildenden Künste, zum Beispiel, sollen auch nicht übergangen werden. So wird etwa der Kunsthändler Vollard interviewt, der durch Regierungschef de Monzie ausgezeichnet wurde, und man schreibt hier vom Menschen wie vom Händler Vollard, von seinen Beziehungen zu Cezanne oder Renoir, und er darf berichten, daß er die erste Picasso-Ausstellung arrangiert hat, kurz nach dessen Ankunft in Paris, und früh schon hat er Gemälde von Bonnard oder Vlaminck gekauft, und er hat Rouault angeregt, Keramiken zu produzieren, und er verweist auf seine graphischen Bucheditionen, zu beschauen in Halle 15 der gegenwärtigen Kunstgewerbeausstellung – und so weiter.

Und in fast jeder Nummer ein Kurzbericht über eine zeitgenössische französische Malerin, jeweils mit Porträtskizze. Das fällt beim Durchblättern sehr auf: ein Frauenkopf nach dem anderen, meist enorm profilierte Köpfe, »kantig«, »kraftvoll«, »interessant«: manche sehen aus wie Peitschenlesbierinnen. Hinter dieser Serie steht bestimmt die Hanau, hier prägen sich persönliche Vorlieben aus.

Neben der Kultur natürlich auch Sport. Und hier sollen nicht bloß Ergebnisse vermittelt werden aus den besonders betonten Sportarten Tennis und Pferderennen, man will auch erzieherische Aufgaben wahrnehmen. Beispielsweise schreibt Sportredakteur André Boulard, daß Arbeit, Aufopferung, Entsagung die guten und notwendigen Qualitäten seien, die man im Sportleben brauche. Sind das nicht auch Tugenden, die zur Sanierung des Franc führen sollen?

Zusätzlich eine Familienecke, die auch einen höheren Sinn hat: unter der Spartenbezeichnung »Die französische Familie« steht als Fußleistenschmuck: »Die Familienpolitik ist die Grundlage der Politik des Franc und die Grundlage aller Politik überhaupt.« Das reimt sich zum Beispiel so: es wird über die Frage geschrieben, wie man es erreicht, daß Kinder freiwillig gehorchen. Wenn allzu viele Kinder nicht gehorchen, steht da geschrieben, so liege das daran, daß allzu viele Eltern nicht richtig befehlen könnten; man müsse hier richtig vorgehen. Im Krieg zum Beispiel gebe es den direkten Angriffsbefehl, der müsse von der Truppe ohne Zögern und Murren durchgeführt werden; bei militärischen Sonderaktionen hingegen, etwa bei gefährlichen Stoßtruppunternehmen, könne man nicht einfach Soldaten vorkommandieren, dazu brauche man Freiwillige – und die würden denn auch nicht versagen! Also, liebe Mama, lieber Papa, züchtet euch Freiwillige heran fürs Haus!

Große Sorgen macht sich dieser Familienteil beispielsweise auch über den Geburtenrückgang: wie soll später mal die wirtschaftliche Lage aussehen, wenn immer weniger Steuerzahler geboren werden?

Bei soviel sozialem Gewissen gibt es natürlich auch einen medizinischen Teil: Ratschläge zur Babypflege beispielsweise. Und einen Modeteil. Und einen Möbelteil. Und eine Sparte »Pariser Leben«. Und ein Eckchen »Frivolitäten«. Jeden Winkel der Gazette durchstöbernd, finde ich unter der Sparte »Von allem etwas« sogar einen Vorschlag, wie man ein Gemüsesüppchen für Kranke kocht. Erstaunlicherweise wird das aber nicht in Beziehung gebracht zur Sanierung des Franc.

Ferner gibt es einen Immobiliendienst. Und Filmberichte. Und eine Ecke für Leserbriefe. Warum sind die Banken zwischen 12 und 14 Uhr geschlossen? Die Gazette ist auch dagegen, sie wird sich in dieser Frage entschieden für die Leser einsetzen!

Schließlich, das darf ich nicht verschweigen, gibt es in der

Gazette auch eine Rätselecke. Dominierend das Kreuzworträtsel, und das hat nach Möglichkeit einen besonderen Pfiff. So ergeben etwa die schwarzen Leerräume zwischen den Buchstabenfeldern ein riesiges G und ebenso riesiges, innig mit dem G verschlungenes F. Was könnte damit wohl abgekürzt sein, ihr Leser und Rätsellöser? Und was zum Beispiel mag aus Silbenrätsel Nummer 54 herauskommen? Jawohl, buchstabengenau: Gazette du Franc.

Die lieben Leser sollen nicht bloß solche Rätsel lösen, sie sollen eigene Kreuzworträtsel austüfteln, einschicken, und wenn so ein Vorschlag angenommen wird, erhält man als Belohnung was wohl? Ein Jahresabonnement der Gazette du Franc, versteht sich.

Noch attraktiver werden die Rätsel gemacht durch Preisausschreiben: an denen dürfen aber wohlweislich nur Abonnenten teilnehmen. Wer's noch nicht ist, sofort anmelden! Denn die Geldpreise, die für die Denkanstrengungen der Rätsellöser ausgesetzt werden, sind verlockend: 10 000 Francs werden in einem Kreuzworträtselwettbewerb ausgeschrieben, dann 20 000, schließlich sage und schreibe 100 000 Francs. Wo man auch hinschaut: Speck wird ausgelegt!

Neben all dieser indirekten Werbung wird natürlich auch sehr direkt geworben: die Zeitung braucht dringend Abonnenten. In jeder Nummer deshalb Aufrufe, ja Appelle zum Abonnement: »Die Gazette du Franc bringt Opfer, um den Franc zu verteidigen; opfern Sie 50 Francs für ein Jahresabonnement!« Und immer wieder: die großen Opfer für die Gazette du Franc lohnen sich ... einen Sympathiebeweis erbringen ... durch ein Abonnement ermutigen ...

Und es wird mächtig angegeben: »La publicité de la Gazette du Franc est la plus productive.« Denn die Auflagenhöhe, so wird von der vierten Nummer an wiederholt behauptet, habe die 100 000 bereits überschritten. Das ist aber eine faustdicke Lüge, denn im Leitartikel der Ausgabe vom 16. Januar 26 wird von »unseren 50 000 Lesern« geschrieben, und hier ist die Zahl bestimmt nicht abgerundet!

Um die Auflagenzahl zu erhöhen, macht man sehr direkte

Angebote – und da zeichnet sich gleich von Anfang an die spezielle Entwicklung dieser Zeitung ab! Beispielsweise kann der Leser, kann vor allem der Abonnent bei der Gazette Rat einholen zu Fragen über Mieten, Steuern, Kriegsrenten, Pensionen, Kriegsschäden, Kriegsgewinne – so jedenfalls lautet ein fettgedrucktes Angebot. Und die Antworten werden entweder in der Zeitung veröffentlicht oder direkt und ausführlicher im Brief verschickt. Solch eine Beratung kostet für Leser 5 Francs, für Abonnenten 50 Centimes, zahlbar in Briefmarken.

Und noch weiter geht die Gazette! In angepriesener Zusammenarbeit mit Spezialisten aller Sparten bietet sie an: Beratung bei Organisation und Reorganisation wirtschaftlicher und industrieller Buchführung; dauernde oder periodische Kontrolle von Buchführung; Aufstellung von Bilanzen; statistische und graphische Arbeiten; Durchführung von Goldkäufen; Erstellung von Gefälligkeitsgutachten; Studien zu Kauf und Verkauf von Finanzfonds; Bildung und Liquidierung jeglicher Gesellschaften; Einrichtung von Außenhandelsvertretungen; Industrieberatung. Na, sind das keine Angebote?

Aber man will nicht nur für die Großen arbeiten, man wendet sich vor allem an den braven französischen Sparer, ihn will diese Zeitung als erstes aufwerten. Die Leser und Abonnenten sollen nicht nur eine zufällige Ansammlung sein, sondern mehr, viel mehr: eine »Verbindung anständiger Menschen«, eine »Vereinigung der guten Franzosen« – solche Schmeicheleien werden den Lesern aufs Brot, um den Bart und sonstwohin geschmiert.

Aber man ködert natürlich auch ganz materiell: jeder Abonnent kann in der Gazette kostenlos eine Anzeige aufgeben von drei Zeilen. Jeder Abonnent kann außerdem von der Redaktion Vorschläge erbitten zu Kauf oder Verkauf von Wertpapieren. Dazu werden wiederholt Fragebogen in der Gazette abgedruckt, die man ausfüllen, ausschneiden, einschicken kann: hier soll man seine Wertpapierbestände angeben, auch soll man schreiben, über welche Geldmittel man verfügt – die Gazette will dann vorschlagen, was man verkaufen, was man kaufen soll.

Solche Beratung soll zwar »persönlich« erfolgen, aber es wird rasch ein allgemeiner Beratungsdienst organisiert. PAR EXPRESS werden kurzfristige Veränderungen auf dem Kapitalmarkt angekündigt, die Gelegenheit bieten zu Kauf oder Verkauf von Wertpapieren. Die NOTES EXPRESS geben dann direkte Hinweise, durch die man, »gegebenenfalls« rasch, ja »unverzüglich« das 5fache, 10fache, 100fache, ja 1000fache der Abonnementbeträge verdienen könne.

Und nochmal, und immer wieder wird in solchen Angebotslisten auf den Beratungsdienst verwiesen zu allen Rechtsfragen. Auch stehe ein Gremium bester Spezialisten bereit zur Auskunft über Fragen der Mode, der Hygiene, der Kindererziehung und so weiter.

Und zusätzlich Angebote wie dieses: um zehn Prozent verbilligte Eintrittskarten zur Kunstgewerbe-Ausstellung. Das hat sicher Léonard Rosenthal angeregt oder vermittelt, »König der Perle«, Geldgeber der Gazette: er hat dort Juwelen ausgestellt. Und weiter werden offeriert: ein Synonymen-Lexikon für jeden neu geworbenen Abonnenten – dieses Lexikon sei sehr hilfreich zum Lösen von Kreuzworträtseln. Und die Broschüre »Unsere Börse«, ebenso praktisch wie gewinnbringend – nur ein Abonnement beigeschafft, schon ist man im Besitz der Schrift. Außerdem werden Warengutscheine angeboten, in Höhe von 15 Francs; bei Käufen über 150 Francs können sie eingelöst werden beim COMPTOIR TEXTILE DU NORD, Rue Philippe de Girard, Paris 18: der »größte Direkthändler« in Textilien. An solche Gutscheine kommt die Gazette natürlich leicht: dies ist ja nun Lazare Blochs Firma, und Graf Courville ist in ihrem Vorstand. Hier legen sich Interessenverbindungen bloß!

Die Hanau und ihre Mannschaft gingen sehr viel härter und direkter ran, als ich das erwartet und in den bisherigen Kapitelentwürfen geschrieben habe. Ich sehe deshalb aber keinen Anlaß, meine bisherigen Entwürfe zu ändern. Ich habe die Aktionen der Hanau bewußt so entworfen, daß sie auch für unsere Zeit zumindest wahrscheinlich sind. Es wäre aber unwahrscheinlich, daß man heute noch solche Angebote macht! Keine Wirtschaftszeitung, kein Börsendienst könnten heute Kreuzworträtselwettbewerbe, verbilligte Eintrittskarten und Warengutscheine für Textilgrossisten anbieten und dazu eine fast kostenlose Abonnentenberatung zu allen Fragen zwischen Börse und Bett; allzu rasch würde man da unsolide erscheinen, nicht vertrauenswürdig, man würde »marktschreierisch« genannt, und das wäre dem Ansehen und damit dem Geschäft nicht zuträglich. Heute arbeitet man zum Teil mit »feineren«, noch besser auskalkulierten Methoden. Heute wird (zum Teil) gedämpfter beschissen – wenn auch mit gleich guten Ergebnissen. Ich werde also die Kreuzworträtselpreisausschreiben, die Hygieneseiten, die Menüvorschläge nicht in die Kapitelentwürfe einbauen – das ist nur noch bezeichnend für die historische Gazette.

Und nun zum Hauptteil der Gazette du Franc, zum Finanz- und Wirtschaftsteil. Die Redaktion erläutert hier Absichten, Zielsetzung, Programm ihrer »Pages Financières«: man will den Leser über alles auf dem laufenden halten, was auf den Finanzmärkten in Paris, London, in New York, in Amsterdam, in Brüssel vor sich geht, will hier aber nicht nur über Vergangenes berichten, sondern will es auch wagen, Prognosen zu stellen. Die bekommen denn auch eine eigene Sparte: »Nos Pronostics«. Weitere Sparten: »Von Tag zu Tag«, »Unsere Berichte«, »Finanzinformationen«, »Letzte Neuigkeiten«. Und stets mehrere Seiten Berichte zu verschiedenen Vorgängen im Wirtschaftsbereich, die sich nicht unter eine Sparte bringen lassen.

Als erstes interessiert mich nun, ob meine bisherigen Analysen zur Sprache in Wirtschaftszeitschriften, im Wirtschaftsteil von Zeitungen, in Börseninformationsdiensten auch für die Gazette du Franc zutreffen. Und es zeigt sich bald, daß damals gleich vage Formeln benutzt wurden, und zwar reihenweise. Das geht unablässig so: Wir glauben zu wissen, daß ... Die Nachrichten aus Johannesburg werden immer besser ... Hat große Chancen, noch weiter aufzusteigen ... In Transvaal Land liegt noch eine enorme Gewinnspanne ... Wir sind der Meinung, daß der Kurs weiter ansteigen wird ... Wir glauben, daß man bei diesem Wert in der nächsten Zeit eine interessante Kursbewegung erleben wird ... Aus sicherer Quelle wissen wir, daß, wie es heißt ... Wir haben von einer führenden Persönlichkeit des Börsenbereichs eine interessante Meinungsäußerung gehört, wonach ... Man spricht von guten Entwicklungsmöglichkeiten bei ... Diese Werte erscheinen uns weiterhin sehr interessant ... Man hofft nach näheren Auskünften, daß die nächsten Berichte eine gute Entwicklung anzeigen werden ... Man glaubt, daß sich fünf Gesellschaften an diesem Projekt beteiligen werden ... In diesem Geschäft liegen beachtliche Möglichkeiten, auf die wir bereits wiederholt hingewiesen haben ...

Und was sind das für Geschäftsmöglichkeiten, auf die man wiederholt hinweist? Es zeichnen sich nach wenigen Nummern bereits Hausfavoriten ab, die immer wieder empfohlen werden. Beispielsweise die Suez: es wird von großen Käufen berichtet, dem Papier wird ein ausgezeichneter Marktwert zugeschrieben. In der Erdölbranche setzt die Gazette vor allem auf Mexican Eagle und Malopolska, nennt sie denn auch »unsere beiden Favoriten«. Die polnische Erdölgesellschaft, zum Beispiel, wird als »ausgezeichneter Wert« wiederholt herausgestellt, mehrfach wird das Papier als »außerordentlich interessant« bezeichnet, immer wieder sieht man Gründe, »die Hausse dieses guten Wertes zu favorisieren«. Man weist zur Begründung auch darauf hin, daß Profis und Insider dieses Papier sehr gern kaufen, und die werden ja wohl wissen, was an der Malopolska dran ist! In dieser guten Meinung über die Malopolska weiß man sich übrigens eins mit der Finanzzeitschrift Le Capital (»unser Kollege«), die ebenfalls wiederholt Kursanstiege voraussagt, vor allem durch die Ankündigung einer bevorstehenden Fusion. Die Kursanstiege sind schließlich doch nicht so hoch wie erwartet, aber man nährt weitere Hoffnungen.

Sehr stark engagiert sich die Gazette auch für Minen-Gesellschaften. Davon lese ich natürlich mit einiger Aufregung, denn in einem Kapitelentwurf, der bereits vor dieser Paris-Reise in einer Zeitschrift als Vorabdruck veröffentlicht wurde, und der nach dem gegenwärtigen »Grundrißplan« die Kapitelnummer 24 erhält, habe ich der Hanau eine Börsenmanipulation auf diesem Sektor zugeschrieben. Und nun zeigt sich, daß sie in dieser Branche tatsächlich besonderen Appetit entwickelt hat!

Freilich setzte die historische Hanau nicht auf Kupfer, sondern auf Silber, Gold und Platin. Unter den Silberminen war Favorit die Huanchaca. So soll die Huanchaca etwa mit einer »großen amerikanischen Gesellschaft« fusionieren, deshalb wird ein Kursanstieg der Huanchaca erwartet, vorausgesagt und vielleicht auch eingeleitet.

Und bei einem der aufmunternden Berichte über die mexikanische Goldmine Mexico el Oro schreibt die Gazette stolz und froh: »Die mexikanischen Minen entsprechen weiterhin unseren Prognosen.«

Champion unter den Platin-Minen ist die Transvaal Consolidated Land. Über die wird am meisten geschrieben, zumindest im ersten Gazette-Jahr. Ein Papier »von allergrößtem Ansehen, ganz im Vordergrund stehend«, und das klingt im Original noch mitreißender: »en grande vedette, en grandissime vogue«. Hausse. Der Grund dazu sei sehr einfach: »Man hat sehr reiche Lagerstätten von Platin entdeckt.« Ihren Wert könne man noch gar nicht abschätzen, ebensowenig die Auswirkung auf die Gewinne der Gesellschaft. Es lasse sich aber schon berichten, daß Johannesburg Papiere der Transvaal Land aufkaufe, also liege nicht nur Spekulation vor: Johannesburg weiß sicher mehr.

In einem späteren Artikel klingt der Bericht freilich etwas vorsichtiger. Dennoch, man kann und soll hier lesend wohl den Eindruck gewinnen, es bereite sich allerlei vor im platinreichen Gebiet zwischen Rustenburg und Potgietersrus, zwischen Lydenburg und Onverwacht, zwischen Drickop und Lagersdrift. Zum Beispiel »dürfte eine Ablagerung entdeckt worden sein« bei Onverwacht. Ja, was denn nun: ist dort was entdeckt worden oder nicht? Was heißt denn hier »dürfte entdeckt worden sein«? Aber immerhin, die Regierung baut zwei Straßen in dieses Gebiet, und das tut sie wohl nur, wenn sie tüchtig abtransportieren kann. Außerdem kauft Johannesburg immer weiter, und das ist ja nun auch sehr positiv. Und ermutigende Privatnachrichten. Kurz: »Transvaal Land gefällt uns weiterhin.«

Ich möchte wetten, daß die Hanau und ihre Bande rechtzeitig Aktien der Transvaal gekauft haben, und durch Nachfolgekäufe sollen die Leser nun mithelfen, die Kurse hochzutreiben. Daß dies im Fall Transvaal geschehen ist, kann ich nicht nachweisen; daß aber sowas »gedreht« wurde, zeigt sich an der Gazette zuweilen deutlich genug.

Zum Beispiel steht in der Ausgabe vom 16. Januar 26, betonend eingerahmt, folgender Hinweis: zwischen dem 15. Januar und dem 5. Februar können die Freunde der Gazette an einem »außergewöhnlich interessanten Geschäft« profitierend teilnehmen: sie sollen dabei möglichst große Käufe tätigen, können damit entsprechend hohe Gewinne machen; wer sich beteiligen will, soll in einem Schreiben seine Anschrift angeben; telegraphisch werden dann am Tag der Transaktion die nötigen Anweisungen erfolgen.

Hier dürfte wohl ziemlich klar sein, daß ein Kurs hochgejagt werden soll: gleichzeitiges »Losschlagen« auf ein telegraphisches Signal hin, möglichst breite Kaufbewegung, möglichst hohe Umsätze – das ist beinah militärisch organisiert! Daß die Hanau »Napoleonin der Finanzen« genannt wurde, war also nicht ganz zufällig.

Aufschlußreich ist in der Gazette weiter die Seite mit den Kursangaben. Hier sind die Aktien in zwei Gruppen aufgeteilt: oben die Titel des »offiziellen Markts«, darunter die Titel des »Bankmarkts« – und hier vor allem sind die Aktien zu finden, von denen man in der Gazette besonders häufig liest: Caoutschoucs, De Beers, Franco-Polonaise des Pétroles, Huanchaca, Lorraine-Dietrich, Malopolska, Mexican Eagle Oil, Mexico el Oro, Russian Oil Ltd., Transvaal Land.

Hier ist ihr Revier: Spekulanten halten sich nicht gern an die großen, von amtlichen Kommissionen zum offiziellen Börsenhandel zugelassenen, demnach amtlich notierten Aktien, die arbeiten lieber mit Papieren kleinerer oder neuerer Gesellschaften, mit unnotierten Werten, die nicht zum amtlichen Börsenhandel zugelassen sind.

Außerdem waren es damals durchweg Terminpapiere; Kauf und Verkauf jeweils als Termingeschäft. So konnte man zum Beispiel »fixen«: ein Fixer verkauft Wertpapiere, die er noch gar nicht besitzt, sondern erst zum verabredeten Termin kaufen oder »eindecken« will. Er kann nun versuchen, in der Zeit bis zum verabredeten Termin den Kurs des betreffenden Papiers zu seinen Gunsten zu beeinflussen. Auf diese Möglichkeit wird die Hanau bestimmt nicht gespuckt haben!

Freilich, so verdächtig hier alles ist, mir fehlt noch der klare Beweis dafür, daß man eine Gesellschaft hochlobt, an der man stark beteiligt ist. Wenigstens den Namen einer AG möchte ich herausfinden, deren Aktien man im eigenen Geschäftsinteresse hochputscht: ich suche hier sozusagen ein missing link. Wie ein Spürhund durchschnüffle ich die Wirtschaftsseiten und plötzlich: da ist's! Nos Pronostics. Hinweise, wieder mal, auf Suez, auf Malopolska, auf Mexican Eagle, auf Mexico el Oro. Danach die allgemeine Feststellung, es liege im Interesse aller, Geschäfte zu machen, das sei legitim. Dann, dick gedruckt: COMPTOIR TEXTILE DU NORD. Hier ist nun nicht von den Warengutscheinen des Familienbetriebs die Rede, sondern von seinen Aktien. Ich lese, daß diese Aktien, wie bereits in der vorherigen Ausgabe gemeldet, im Kurs ansteigen. »Nach unseren Informationen wird die Hausse noch zunehmen, und es läßt sich voraussagen, daß in einigen Wochen ein Kursgewinn von 40 bis 50 Francs erreicht wird, möglicherweise noch mehr. Wir raten allen, die davon profitieren wollen, zu unverzüglichem Kauf.« Jetzt dürfte alles klar sein!

17

Ich will die Hanau nicht als Person oder gar als »Persönlichkeit« in den Mittelpunkt dieses Buchs stellen, diese Frau ist für mich nur so etwas wie eine Koordinationsfigur von Aktionsmodellen.

Nun ist die Hanau eine ziemlich deftige Erscheinung: und so könnte sie sich trotz kritischer Absichten in den Vordergrund drängen. Allein schon durch das Ausmaß der Beschäftigung mit ihr könnte bei Lesern der Eindruck entstehen, hier sei nun doch wieder der Einzelne im Mittelpunkt. Der Spruch von den Männern, die Geschichte machen, könnte im Bewußtsein von Lesern umgewandelt werden in eine Vorstellung wie: Diese Frau machte ihre Geschichte.

Das würde genau der Vorstellung entsprechen, die Madame Hanau von sich entwickelte. So schrieb sie kurz vor ihrem Selbstmord: »Ich werde immer Herrin meines Schicksals sein.« Sicher war dieser Satz auf ihre Entscheidung zum Selbstmord bezogen – aber sie schrieb auch »immer«. Eine Frau von ihrem Selbstbewußtsein wird sich längst schon als »Herrin ihres Schicksals« gefühlt haben: Was ich wurde, verdanke ich mir, meinen Fähigkeiten, meiner Energie, meinem Durchsetzungsvermögen, meiner Phantasie im Aufspüren von Möglichkeiten, die andere nicht sehen – sonst gäbe es ja reihenweise Marthe Hanaus. Es gibt mich aber nur einmal – und das verdanke ich mir! Und einigen, die mir geholfen haben, die ohne mich jedoch bedeutungslos geblieben wären.

Madame Hanau wäre aber keinen Roman wert ohne das gesellschaftliche System, das ihre Entfaltung ermöglichte. Um das zu zeigen, will ich sie einmal probeweise in eine andere Gesellschaftsform versetzen, und zwar in eine sozialistische.

Das hieße in diesem Fall: zur historischen Hanau, die im Frankreich der zwanziger Jahre aktiv war, müßte als Gegenbild eine Hanau entworfen werden, die in den gleichen zwanziger Jahren in einem sozialistischen Land aktiv wurde – also in der Sowjetunion. Ihre Eltern müßten für diesen Entwurf rechtzeitig ausgewandert sein, etwa nach Petersburg, um hier in größerem Umfang mit Textilien zu handeln, Importware aus Frankreich. Und nach der Oktoberrevolution wird dieses Handelskontor geschlossen; Marthe, die hier bisher in der Geschäftsführung gearbeitet hat, muß von vorn anfangen, beginnt als ungelernte Arbeiterin, etwa in einer Werkzeugfabrik.

Da wird sie denn am ganzen Körper erfahren, was Produktion ist, wird es spüren von den schmerzenden Füßen über das schmerzende Kreuz bis in die schmerzenden Schultern – etwa wenn sie Werkstücke bearbeiten muß, an einer langen Werkbank stehend mit anderen Arbeiterinnen und Arbeitern.

Zu erwarten wäre nun, daß Marthe Hanau von solch einer anstrengenden, gleichförmigen Tätigkeit weg will – zum Beispiel, weil bei ihr noch die Vorstellung lebendig ist vom »besseren Leben«. Dazu kämen Impulse aus ihren Anlagen und Antrieben – damit dieser Übertragungsversuch Sinn und Beweiskraft hat, muß die Hanau mit gleicher Ausstattung transponiert werden. Dazu könnte bei ihr etwa Ehrgeiz gehören, der Wunsch, sich durchzusetzen, sich nach vorn zu spielen. Wie kann sie diese Ansätze im sozialistischen Gesellschaftssystem verwirklichen?

Hier hätte die Hanau ja nicht bloß alle Privilegien verloren, sie würde als Bürgerliche sogar zu den Unterprivilegierten des Arbeiter-Soldaten-Bauernstaats gehören. Allerdings brauchte der neue Staat damals dringend Fachkräfte, und die nahm man auch aus der bürgerlichen Klasse – hier wären Chancen für eine Hanau gewesen, und sicher hätte sie die wahrgenommen. Etwa, indem sie (nach mehreren Jahren in der Produktion) eine Lehrausbildung machte, in einer Radioröhrenfabrik beispielsweise.

Dieser Produktionszweig war in der Sowjetunion der zwanziger Jahre sicher nicht bedeutend, die Produktionskraft wurde auf die Schwerindustrie konzentriert, aber Radiogeräte waren erwünscht als Mittel der Information, der »Propaganda und Agitation«. Darauf wies Lenin bereits 1922 hin, in einem »Brief über die Entwicklung der Radiotechnik«.

Und so lernt denn eine Hanau Grundfakten der Elektrotechnik, lernt etwa, daß ein Widerstand beim Stromdurchgang Leistung in Wärme verwandelt, und daß es zum Beispiel Meßwiderstände gibt, und die wiederum werden unterschieden in Drahtwiderstände mit Zweikammerwicklung und in gewebte Widerstände, bei denen die Kette aus Widerstandsdraht besteht, der Schuß aus Isolierfaden.

Schon einige solcher Fachbezeichnungen können bewußt machen, daß die Hanau in einem anderen Gesellschaftssystem eine andere Hanau wäre. Noch sehr viel deutlicher würde das an gesellschaftspolitischen Begriffen und damit an gesellschaftspolitischen Vorstellungen, die sie nicht nur absorbiert, sondern wohl auch artikuliert.

Und dazu hat sie verschiedene Gelegenheiten. So wird sich diese Hanau beispielsweise empfehlen durch Teilnahme an Diskussionen oder an »betrieblichen Parteiversammlungen«. Und dabei döst sie nicht, sondern meldet sich zu Wort, äußert sich positiv etwa zu Vorschlägen der Plankommission, zu Beschlüssen des Zentralkomitees.

Auch wäre freiwilliges Melden angebracht, wenn beispielsweise Mitarbeiter gesucht werden zum Einrichten eines Gedenkraums etwa für Friedrich Engels: Fotos aussuchen, vergrößern und aufhängen, ebenso Zitate; Gelöbnisse formulieren im Sinne dieses Vorbilds, dem man sich bei der Arbeit in der Partei besonders verpflichtet weiß.

Marthe Hanau, die sich dem Leitbild der vorbildlichen Genossin annähert: eine junge Frau, die zupacken kann, die ihre Kolleginnen mitreißt, die von der gemeinsamen Sache überzeugt ist, deshalb überzeugend wirkt. Solch eine Hanau könnte später beispielsweise Brigadeleiterin werden, etwa in der Endmontage von Radioröhren: Frauen in weißen Kitteln an gereihten Tischen, jeweils zwei schwenkbare Lampen, ein Punktschweißgerät. Hier hätte Genossin Hanau eine wichtige Stellung im Produktionsprozeß: sie entscheidet mit über die Höhe des Produktionsausstoßes, somit der Planerfüllung. Werden andere Abteilungen eine höhere Stückzahl erarbeiten, und es entsteht ein Stau vor der Endmontage? Oder läßt sich das Arbeitstempo so steigern, daß hier ein Sog entsteht?

Immer voraussetzend, daß Marthe Hanau auch in dieser Umgebung Energie zeigt, Phantasie entwickelt, daß sie sich durchsetzen, nach vorn arbeiten will, skizziere ich die zweite Möglichkeit: Marthe Hanau will nicht bloß eine Brigade leiten, sie will ihre Brigade bekannt machen als »Hanau-Brigade« (inoffizielle Bezeichnung), will diese Brigade würdig machen für einen verpflichtenden Namen wie etwa »Kollontaj-Brigade« (offizielle Bezeichnung).

Diese Brigade soll sich nicht nur auszeichnen durch ständig gesteigerte Produktion, sie soll sich auch als besonders geschlossene, homogene Brigade hervorheben vor anderen Brigaden des Betriebs.

Bei der Leitung dieser Brigade könnten sich nun weitere Anlagen und Antriebe der Hanau zeigen und verwirklichen, etwa: daß sie andere Menschen beeindrucken, beherrschen will. Selbst ihre lesbische Neigung könnte sich nun, zumindest indirekt, ausprägen: ihr Einfluß auf die Frauenbrigade wird bestimmt auch durch ihr Verhältnis zu einzelnen Frauen, die innerhalb dieser Gruppe wiederum Einfluß ausüben. Dabei können freundschaftliche Beziehungen entstehen, die zumindest unterschwellig lesbisch sind. Ebenso könnte sich die mögliche Aggressivität einer körperlich robusten Lesbierin indirekt zeigen in der Härte, mit der sie etwa ein neues Mitglied des Kollektivs zum gemeinsamen Arbeitstempo zwingt, mit der sie eine Genossin antreibt, die zu Bequemlichkeit neigt.

Es wäre sehr lohnend, solch eine Gruppe genauer zu beschreiben, das Gemisch von Kollegialität und Rivalität, von Zuneigung, Abneigung, Gleichgültigkeit. Ich habe vor längerer Zeit einen Fernsehbericht gesehen über eine Frauenbrigade in der DDR; ein österreichisches Filmteam hatte sie länger mit Kameras beobachtet und mit Richtstrahlmikrophonen belauscht. Hier wurde eine robuste, blonde Brigadeführerin von etwa 40 gezeigt, die »ihre« Frauen öfter nach der Arbeit zusammenhielt, sie gelegentlich an Sonntagen zusammenrief, etwa zum gemeinsamen Besuch einer Parteiveranstaltung oder zu einem Ausflug. Ich sehe noch vor mir, wie nach solch einem Ausflug die Frauen der Brigade miteinander tanzten, wie sie sich in der Toilette schminkten oder gegenseitig kämmten. Auch durch diese Filmsequenzen wurde der gegenwärtige Entwurf angeregt.

Marthe Hanau als Brigadeleiterin: hier ließen sich diese Filmbilder weiterführen, übertragen. So wäre beispielsweise vorstellbar, daß die Hanau mit ihrer Brigade einen Schiffsausflug macht – etwa auf der Newa. Sicher würde bei einem Ausflug auch ein Zoo besucht. Und üblich wohl damals schon die Besichtigung einer Gedenkstätte der Revolution. Oder einer Ausstellung neuer Malerei in der Eremitage.

Ob Dampfer, Zoo, Gedenkstätte oder Museum – nach dem »offiziellen Teil« wird die Hanau mit ihrer Brigade wohl ein Vorortlokal besuchen, und zu Plattenmusik auf einem Kurbelgrammophon tanzen Frauen mit Frauen, die Hanau fordert viele ihrer Kolleginnen auf, führt selbstverständlich beim Tanzen, preßt bei Drehfiguren die Partnerinnen kurz an sich, Brüste an Brüste, Hüfte an Hüfte. In den Tanzpausen erfrischt man sich mit Limonade, ißt belegte Brote.

Auf der Toilette dann, vor dem Spiegel, hilft sie einer Brigadeuse beim Kämmen, legt ihr probeweise eine neue Frisur, die ihr besser stehen soll: dabei werden auch andere Frauen der Brigade zuschauen und die Geschicklichkeit der Hanau bewundern. Vielleicht wechselt sie auch bei solch einer Gelegenheit mit einer der Frauen einen Pullover oder eine Bluse – ist sowas unter Mädchen und Frauen nicht selbstverständlich? Würde hier eine Hanau auffallen?

Sie wäre bestimmt äußerst vorsichtig, falls ihre lesbischen Neigungen dominieren. Vielleicht hat sie aber doch unter den Mädchen und Frauen ihrer Brigade eine Favoritin, mit lesbischen Geschlechtsbeziehungen. Sicher wird hier nicht nötig sein, Details zu beschreiben; wichtiger wäre zu zeigen, wie die

Hanau solche Beziehung vor dem Kollektiv kaschiert, indem sie etwa bei der Arbeit oder auch bei Freizeitunternehmen die jeweilige Freundin besonders hart behandelt, sich das auch leisten kann, wenn diese Partnerin von ihr abhängig wurde; dazu kann schon eine im Vertrauen gemachte politische Äußerung beitragen, die Marthe Hanau »lieber nicht gehört« haben will, aber doch gehört hat, und sie macht der Partnerin bewußt, wie deutlich sie das gehört hat – so kann Verschiedenes zusammenspielen.

Falls sich lesbische Neigung nur im Ansatz zeigt, so könnte auch dies schon ihr Verhalten zur Gruppe prägen, indem sie beispielsweise versucht, die Frauen möglichst oft von ihren Familien, vor allem von ihren Männern zu isolieren – Anlässe und Vorwände dazu gäbe es genug. Vielleicht ist sich die Hanau über ihre wirkliche Motivierung nicht im klaren, wenn sie wieder einmal »ihre« Brigade zusammenruft. Stets lassen sich da politische Motivationen einbauen, und die geben einer Hanau hier zusätzlich Macht: eine Frau etwa, die den vorgeschlagenen Sonntag lieber in der Familie verbringen will, könnte von der Hanau gefragt werden, ob sie sich tatsächlich von der gemeinsamen Teilnahme an dieser ja nun wichtigen Parteiveranstaltung oder von diesem längst überfälligen Besuch der Gedenkstätte fernhalten wolle. Außerdem: so häufig wären die gemeinsamen Unternehmen ja nun auch nicht! Und: man sei nicht bloß eine Arbeitsgruppe, man müsse sich auch im politischen Bewußtsein zum Kollektiv bilden.

Marthe Hanau muß sich nicht nur in der Brigade durchsetzen, sie muß sich als Brigadeleiterin auch nach außen profilieren, wenn sie weiter aufsteigen will. So wird sie erst einmal dafür sorgen, daß das Plansoll nicht nur erfüllt, sondern in wachsender Prozentzahl übererfüllt wird – die Mittel, die sie zur Steigerung der Arbeitswilligkeit einsetzt, sind bereits angedeutet. Weitere Maßnahmen ließen sich entwerfen: um die Übersicht über den Produktionsablauf zu fördern, wird sie etwa mit ihrer Brigade nach Feierabend die verschiedenen Produktionsabteilungen der Fabrik besichtigen, wobei jeweils einer der dort arbeitenden Genossen die Produktionsgeräte erklärt, etwa den Pumpautomaten, und hier wird gezeigt, wie man die Röhren von Hand aufsetzt, die Heizdrähte anschließt, wie die Röhren durch den Heizofen gleiten, wie sie automatisch an Pumpen angeschlossen werden, an die Mittelvakuumpumpe, die Feinvakuumpumpe, wie nach Abschluß des Pumpverfahrens der Stutzen durch eine kleine Flamme erwärmt wird, bis der äußere Luftdruck das weichgewordene Glas zusammenpreßt, wie nun die Röhre vom Pumpstengel abgezogen und nach elektrischer Vorprüfung versockelt wird.

Dies wäre ein Ablauf von vielen Arbeitsprozessen, die sich die Hanau mit ihrer Brigade zeigen ließe; am Schluß solcher Führungen sollte jeder Genossin bewußt sein, an welcher Stelle des Produktionsprozesses sie arbeitet. Dies kann sich auf das Arbeitsklima der Brigade positiv auswirken, damit wiederum auf das Arbeitsergebnis, auf Stückzahlen und Planprozente.

Ich will diesen Entwurf hier nicht weiterführen. Es genügt wohl diese Skizze einer Hanau, die sich in einem sozialistischen System als tatkräftige, überzeugende Genossin präsentiert, die sich vorarbeitet, vorschiebt, und sie steigt vielleicht noch höher auf, als ich das bisher skizzierte.

Könnten nicht auch hier Image-Bildung und Manipulation mitspielen? Gewiß: hier wäre etwa die Angleichung an Vorbilder, an ein Leitbild; auch könnte sie in höheren Positionen etwa Planerfüllung vortäuschen oder Übererfüllung des Plansolls, indem sie Zahlen balanciert, mit Statistiken mogelt. Solche »Erfolge« könnten ihr Beifall bringen, Privilegien einhandeln – aber sehr viel größer dürften ihre Chancen kaum sein. Vielleicht zeigt genauere Kenntnis des damaligen sozialistischen Wirtschaftssystems hier weitere Möglichkeiten, die ich im Moment nicht sehe; dennoch scheint mir unmöglich, daß sich die Hanau in einer sozialistischen Gesellschaft einen derartigen »Namen machen« konnte, wie es ihr in der »freien«, der »liberalen« Wirtschaftsform des Kapitalismus gelang, mit allen Faktoren, die eine Hanau förderten: der Werbung, den Public Relations, dem Börsenmarkt und: der

Betonung der Persönlichkeit, der Verherrlichung von Gewinn und Erfolg auf Kosten der Gesamtheit.

18

Eine Reihe Pappeln, ein Haus, Flußweiden, die Seine. Heranfahrend sehe ich einen Mann, weißhaarig, beim Umgraben – das muß er sein!

Beim Aussteigen kläffen mich zwei Dackel an. Ein Pfiff befiehlt ihnen Abstand von meinen Hosenbeinen. Der Mann läßt den Spaten stecken, schlägt sich in die Hände, kommt heran. Den Kopf erkenne ich wieder nach einer Fotographie meiner Ausschnittmappe – der alte Overall dagegen läßt nicht darauf schließen, daß ich einen ehemaligen Direktor einer Hanau-Gesellschaft vor mir habe.

Handschlag, die formelle Frage, wie die Anfahrt gewesen sei. Er begleitet mich zu einem Tisch unter einer sehr alten Flußweide. Ich frage, ob er seinen Urlaub immer hier draußen verbringt. »Ja, seit fünf Jahren. Es gibt einfach nichts Erholsameres für mich. Allein die Ruhe hier.« Er bleibt stehen, wir lauschen: nur Flußgluckern, Flirren von Pappelblättern.

Wir setzen uns an den Tisch; vier armdicke Pfosten in den Boden gerammt, eine Bretterfläche. Eine Flasche Rotwein darauf, zwei Gläser, die nun auf die Fußflächen gestellt werden. Er setzt den Korkenzieher an, den er aus einem dicken Taschenmesser hervorklappt. Ich frage, ob Madame Hanau auch mal hier gewesen ist. »Ja, sie hat sogar hier am Tisch gegessen, aber nur einmal. Sie hatte nicht viel Sinn für Ländlichkeit. Sie hat sich immer als typisches Stadtkind bezeichnet. Hier draußen, meinte sie, würde sie Magengeschwüre entwickeln!« Er reißt mit einem Plopp den Korken heraus, gießt ein, wir trinken.

Er kommt dann gleich zum Thema, stellt zwei Prämissen

auf. Erstens: er gibt offiziell kein Interview, ist aber generell zu Auskünften bereit, weil wichtig sei, daß die Aktionen der kürzlich verstorbenen Präsidentin nicht einseitig verzerrend dargestellt würden. Zweitens: sein Name darf nicht genannt werden. Ich akzeptiere diese Spielregeln. Wir heben wieder die Gläser, trinken uns zu.

Ich frage als erstes, wie die Besprechungen mit der Hanau verlaufen seien. »Die Präsidentin referierte gewöhnlich ohne Dossiers. Sie hatte meist nur ein Blatt Papier als Unterlage, das sie aus ihrer Handtasche zog. Darauf waren mit Bleistift ein paar Namen und Zahlen notiert, Stichworte. Während des Vortrags strich sie kreuz und quer die erledigten Punkte durch. Ihre Ausführungen waren durchweg sehr knapp gehalten und meist so klar formuliert, daß wir selten Anlaß zu Fragen hatten.«

Ich trinke noch einen Schluck, frage dann, ob es nicht möglich war, sich Einblick in ihre Aktionsweise, in ihren Aktionsbereich zu verschaffen. Ich erwarte, daß er mich nun anlächelt, überlegen oder ironisch, aber er sagt nur ganz nüchtern: »Nein, das war nicht möglich.« Er macht eine kurze Pause, vielleicht, um den Satz auf mich wirken zu lassen oder um Abstand zu setzen zur folgenden Begründung. »Sehen Sie, das war nicht einmal möglich innerhalb einer ihrer Gesellschaften. Sie hatte da ein Prinzip: jeder sollte möglichst wenig vom Nebenmann wissen. Die Präsidentin war äußerst geschickt im Aufteilen von Informationen, Zuständigkeiten, Verantwortungen. Das gab ihr natürlich die Macht, zu verfügen, deutlich und uneingeschränkt zu verfügen, das muß man sehen. Aber ich lege Wert auf die Feststellung, daß dies nicht abwertend gemeint ist. Denn dieses Verfahren setzt eine äußerste Beherrschung der Materie voraus, eine Souveränität des Leitens, die ich auch jetzt noch bewundernswert finde.«

Ich sage, daß die Hanau zum Beispiel sehr freizügig vorgegangen sei bei der Bilanzierung, der Festsetzung von Dividenden und so weiter – wäre hier kein Ansatzpunkt gewesen zu Fragen, zu Einwänden, zur Kritik? Wieder ist die Antwort klar: »Nein, dazu gab es für uns keinen Anlaß, zumindest nicht für die Zeit vor dem sogenannten Gazette-Krach. Sie genoß damals unser volles Vertrauen. Sie war ja nun auch wirklich eine Persönlichkeit von Rang, von enormer Ausstrahlung und Wirkung. Dazu all ihre geschäftlichen Erfolge, ihr rascher Aufstieg. Nein, wir sahen keinen Anlaß zu Zweifeln oder gar zur Kritik. Wie gesagt, ich rede hier von der Zeit vor diesem Dezember 28. Danach war ich ja gezwungen, mir eine andere Stelle zu suchen.«

Soweit, zum zweitenmal, der Erzählansatz mit dem Rollen-Ich eines Journalisten, der im Sommer 1935 in Frankreich den Fall Hanau recherchiert. Es zeigt sich: mit dieser Methode könnte man leichter zum Erzählen kommen. Aber: wenn die Informationen in solche Gespräche »eingebettet« werden, und bei diesen Gesprächen wird jeweils der Gesprächspartner beschrieben und mit ihm jeweils die Umgebung, in der das Gespräch stattfindet – da würde dieses Buch womöglich doppelt so dick. Es würde mehr Lesestoff bieten, aber kaum ein Mehr an Information. Ja, ich müßte allzu viel von dem Material in das Buch aufnehmen, das PR-Leuten bei der Präsentation einer Wirtschaftsfigur willkommen ist. Deshalb belasse ich es bei diesem Erzählentwurf, setze das Schreiben fort in der bisherigen Methode.

19

Im Herbst 1927 führt Marthe Hanau mit ihrer Mannschaft noch einmal eine große Werbekampagne durch für die Gazette du Franc, für ihre Syndikate: Versammlungen, »Massenversammlungen« in verschiedenen Städten. Ich nehme an, bei diesen »meetings« steht jeweils ein Vorstandstisch auf Bühne oder Podium, und so können sich die zahlreichen Leser, Abonnenten, Kunden an Marthe Hanaus Erscheinung sattsehen: sie wird als »Mutter Hanau« populär gemacht, im Interesse des Geschäfts.

Natürlich läßt sich »Mutter Hanau« auch hören, die Stimme fest und klangvoll, wie überliefert wird. Bestimmt aber ist sie nicht der erste Redner an solch einem Werbeabend; zuerst wohl werden – wahrscheinlich vom Chefredakteur – die anwesenden Honoratioren der jeweiligen Stadt begrüßt, mit allen Titeln; dann wird die Präsidentin, werden weitere Mitglieder der »Führungsspitze« vorgestellt. Danach der Hauptredner, der möglichst bekannt sein muß; er spricht sicher über Allgemeines, also etwa über die europäische Lage, über die Notwendigkeit von Völkerversöhnung und Friede, über die notwendige Währungsstabilität.

Danach erst wird die Hanau ans Rednerpult treten, in strengem, dunklem Kostüm, und sie bringt Variationen über ihren Leibsatz: »Macht uns eine gute Politik, und wir sorgen für wirtschaftliche Prosperität.« Sicher benutzt sie einprägsame Bilder, wie man sie öfter in der Gazette findet: man müsse sich um den Franc zusammenschließen wie um eine Kriegsfahne! Und ganz bestimmt stellt sie mit scheinbarem Bedauern (wieder einmal) fest, daß die braven französischen Sparer nicht in gebührendem Maße teilhätten an den fetten

Gewinnen, die vielfach mit ihren Geldern an den großen Banken erwirtschaftet würden: hier müsse endlich gerechter Ausgleich stattfinden! Und so verkündet sie (wieder einmal) ihren Entschluß, die Isolierten um sich zu sammeln: durch ihre Zahl sollen sie mächtiger werden als alle anderen Geldmächte; mit ihren konzentrierten Kapitalmassen sollen sie sich endlich Zugang verschaffen zu den großen Gewinnen. Und die Hanau fordert (wieder einmal) die »Demokratisierung« der Finanzgeschäfte; hier sei eine wesentliche Voraussetzung zur Schaffung des sozialen Friedens. (Mit ähnlichen »Argumenten« arbeitete später die IOS: man versprach den Kunden dynamische, gewinnscheffelnde Geschäftspraktiken, suggerierte zugleich höhere Motivationen: »Die große Verheißung liegt darin, daß jeder, der willens ist zu arbeiten und zu sparen, an der wirtschaftlichen Entwicklung teilhaben kann ... Den Traum von einer gerechteren Verteilung des Wohlstandes im Rahmen des Systems eines freien Unternehmertums verwirklichen ... Dann werden auch die auseinanderstrebenden Teile der Gesellschaft wieder zusammengeführt.«)

Nach Mutter Hanaus schwungvollem Aufruf zur Sammelbewegung wird dann von Bloch die eigentliche Werbung durchgeführt: die Gazette unter Freunden, Familienmitgliedern, Bekannten, Kollegen zum Abonnement empfehlen, für diese geringe Mühe ein schönes Buchgeschenk erhalten. Dann weist er nochmal hin auf die Möglichkeit, sein Geld mit großen Zinsen und reichen Gewinnen in einem der Syndikate anzulegen. Und er verkündet, daß auch in dieser Stadt eine Zweigniederlassung der Gazette-Finanzdienste eröffnet sei oder baldigst eröffnet werde – es sind schließlich rund 400 Filialen!

Zu einer dieser Versammlungen freilich, in Lille, sagte der Redner, ein General, drei Tage vor dem Termin ab. Was tun, wen nehmen? Man wendet sich an Pierre Audibert, der schon mal gelegentlich einen Beitrag für die Gazette geschrieben hat, ein sehr angesehener, sehr repräsentativer Mann.

Dieser Audibert, fünf Jahre älter als Marthe Hanau, war

früh schon Journalist, er arbeitete zuerst für die Aurore von Clemenceau, bis zum Krieg, wurde dann eingezogen zur Infanterie, wurde rasch befördert, mehrfach ausgezeichnet, wurde bei der Schlacht am Toten Mann bei Verdun schwer verwundet: eine Schädeloperation mußte durchgeführt werden. Danach langwieriges Auskurieren; Audibert konnte erst nach einem Jahr etwa aus dem Lazarett entlassen werden. Inzwischen war er ausgezeichnet mit dem Orden der Ehrenlegion. Er hatte nun genug vom Krieg, setzte sich ein für Verständigung und Frieden, schrieb fünf Bücher, plädierte hier vor allem für »Die notwendige Allianz« (einer der Titel) mit Deutschland, forderte Frieden. Diesen Zielen hatte sich auch der Observateur Européen verschrieben, eine Monatsschrift, die Audibert herausgab.

Dieser Audibert wurde von Anatole de Monzie entdeckt, zeitweilig Finanzminister, genannt »Talleyrand der dritten Republik«, weil er ebenfalls viele Frauen konsumierte, ebenfalls klumpfüßig hinkte, ebenfalls gern mal was Schöngeistiges schrieb. Monzie gehörte zur »radikalen Linken«, die aber in Frankreich so radikal und links gar nicht war: Monzie hatte sehr gute, oft freundschaftliche Beziehungen zur Hochfinanz, plädierte aber auch früh schon, 1923, für eine Allianz mit der Sowjetunion, soll zugleich geheime Beziehungen zu Mussolini gehabt haben. Monzie nahm Pierre Audibert als Presse-Attaché zu sich, sobald er Ministerpräsident wurde; später stieg Audibert sogar zum Kabinettchef auf.

Das sind natürlich sehr günstige Voraussetzungen für einen Mitarbeiter der Präsidentin. Auch macht Pierre Audibert von seiner »äußeren Erscheinung« her starken Eindruck: groß, markantes Gesicht, und so weiter.

Mit ihm nimmt die Hanau Kontakt auf, bittet ihn eindringlich, die Rede in Lille zu halten, notfalls zu improvisieren. Audibert, der zu dieser Zeit einige Schwierigkeiten hat, auch politisch, sagt zu nach angemessenem Zögern. Mit rhetorischer Verve faßt dieser publikumswirksam aussehende Herr in seiner Rede die politischen Prinzipien zusammen, die er bereits in seinen Büchern und Artikeln dargelegt hat, fordert schließlich, man solle sich möglichst weit und breit beteiligen an der »unablässigen und geduldigen Arbeit für den Frieden«. – Auf dieser Grundlage wird dann von Blochs Werbeteam an die Zahlwilligkeit der Anwesenden appelliert.

Marthe Hanau findet dank seiner Rede diese Versammlung fast so schön wie eine Wagneroper. Freilich muß Audibert rasch wieder weg, sie ruft ihn am nächsten Morgen an, lädt ihn ein zu einem Diner. Audibert aber hat einen dicht gefüllten Terminkalender, vor Ablauf einer Woche ist nichts zu machen. So viel Geduld hat die Hanau aber nicht, sie fragt ihn deshalb gleich telefonisch, ob er für die Gazette du Franc eine Beilage schaffen will, der man den Titel Gazette des Nations geben könnte, oder ob man nicht eventuell gleich eine neue Tageszeitung gründen soll, aufgebaut nach dem Konzept der Gazette du Franc und der projektierten Gazette des Nations.

Diese Pläne werden bald ausführlich bei einem Diner besprochen. Marthe entwickelt noch einmal ihr Projekt einer Tageszeitung, bringt nun mehr Details: auch in dieser neuen Zeitung sollen die komplizierten Probleme der Gegenwart leicht verständlich dargestellt werden; auch in diesem Tagesblatt soll konsequent der Kampf weitergeführt werden gegen die Presse, die sie »eine gewisse Presse« nennt; und überhaupt sollen in dieser Zeitung die Ideen verkündet und verteidigt werden, die auch ihr lieb und teuer sind.

Audibert hat Einwände gegen die Gründung einer neuen Tageszeitung, wenigstens zu diesem Zeitpunkt: die »großen Fünf« beherrschen den Pariser Markt, und alle diese Zeitungen sind abhängig von Großindustrie und Banken. Etwa der Petit Parisien – beeinflußt vom Hochfinanzler Horace Finaly. Oder Le Matin – dahinter steht Poincaré, damit ebenfalls die Finanzwelt. Das Echo de Paris wird von katholischen Wirtschafts- und Finanzkreisen beherrscht. Und so weiter. Zudem werden alle diese Zeitungen von der Agentur Havas beliefert, deren Leiter wiederum von Finaly abhängig ist, damit von der Hochfinanz. In dieser Lage sieht Audibert keine

Chance für eine neue Tageszeitung – und ein linkes Blatt will man ja nun nicht aufmachen, wie?

So entschließt sich die Hanau, wenigstens die Gazette du Franc zu erweitern, und zwar zur: Gazette du Franc et des Nations. Ein geklitterter Titel – als ich zum erstenmal einen Bericht über die Hanau las, dachte ich, hier wäre ein sinnentstellender Druckfehler, es müßte eigentlich heißen: La Gazette de France et des Nations. Aber an diesem zusammengepappten Titel läßt sich schon die Zweck-Konzeption ablesen.

Das Projekt gefällt Audibert, das Konzept überzeugt ihn: ein repräsentatives Wochenblatt von durchschnittlich 32 Seiten, davon 12 Seiten Finanz- und Wirtschaftsteil – und mit diesem Bereich soll Audibert nichts weiter zu tun haben, seine Aufgabe ist nur, den politischen Teil der Gazette selbständig zu machen, nach seinen politischen Vorstellungen zu entwikkeln.

Auch das finanzielle Angebot ist verlockend für Audibert: 8000 Francs im Monat, so viel hat er noch nie verdient. Er ist grundsätzlich einverstanden, zieht aber erst noch beim Außenministerium Erkundigungen ein über die bisherige Gazette du Franc: am Quai d'Orsay kann man wohl nichts Nachteiliges über diese Zeitung berichten, wenigstens nicht in politischer Hinsicht; zur Stellungnahme über den Wirtschaftsteil erklärt man sich wahrscheinlich für außerstande.

Audibert nimmt das Angebot nun definitiv an: er sieht die lockende Möglichkeit, frei seine politischen Vorstellungen in ein redaktionelles Konzept umzusetzen; er will auf breiter Basis die Außenpolitik von Briand, die Innenpolitik des Rechtsnationalisten Poincaré verteidigen. Mit dieser politischen Richtlinie ist die Hanau natürlich einverstanden.

Man trifft sich zu ausgedehnten Arbeitsbesprechungen, meist im neuen Haus der Direktorin im Vorort Boulogne sur Seine, Rue de la Tournelle 10: Villa im Garten. Großer Lebensstil wird hier demonstriert: nobel-antike Innenausstattung, aber auch eine moderne Radio- und Grammophonanlage, Lautsprecher in verschiedenen Ecken des Salons. Freilich werden Audibert und die Hanau kaum Gelegenheit finden, hier Wagner-Schallplatten anzuhören; die Vorbereitungen für die Parallel-Zeitung werden forciert.

Am 14. Januar 28 erscheint die erste Ausgabe: auf voller Blattbreite in Großbuchstaben LA GAZETTE, darunter in einem linken Eckkasten: DU FRANC, und rechts: DES NATIONS; zwischen diesen Blöcken die Namen der Verantwortlichen, Postanschrift, Telegrammadresse.

Natürlich wittern Bankleute, Börsianer, Journalisten gleich, daß dies Imagebildung in großem Maßstab ist. Die wechselseitige Abhängigkeit der Gazette du Franc und der Gazette des Nations wird zum Beispiel durch folgendes Wortspiel pointiert: »La Mazette du Franc soutient la Disette des Nations et reciproquement.« Das läßt sich kaum übersetzen, Mazette ist so etwas wie eine Schindmähre, und die trägt eine Kümmerfigur. Sinngemäß soll es wohl heißen: Die Schwäche des Franc unterstützt die Not der Nationen, und umgekehrt.

Um das Ansehen der Gazette des Nations und damit das Ansehen der Gazette du Franc weiterhin zu steigern, versuchen Marthe Hanau und Pierre Audibert Kontakte herzustellen zum Völkerbund. So schlägt Audibert bei Gesprächen im Außenministerium vor, ein »Aktionskomitee für den Völkerbund« zu schaffen – im Namen dieser Vereinigung werde dann die Gazette des Nations große Versammlungen zusammentrommeln, die für den Friedensgedanken werben; eine der Formeln Audiberts lautet, man müsse »Publizität für den Frieden organisieren«. Er regt an, dieses große, selbstlose Unternehmen der Gazette des Nations ideell und auch ein wenig finanziell zu unterstützen: aus einem Sonderfonds werden denn auch Gelder zur Verfügung gestellt, wie ich lese.

Mehrfach reisen Marthe Hanau und Pierre Audibert samt Gefolge nach Genf, um auch hier Kontakte zu schaffen, möglichst sichtbare Kontakte: die Idee der Komitee-Gründung findet hier ebenfalls Zustimmung, macht auch hier Subventionen locker. Das sind keine großen Beträge, darum geht es den beiden auch gar nicht: die Beziehungen der Gazette des Nations zum Außenministerium, zum Völkerbund sollen damit nur nachweisbar werden. Auch wenn man vielleicht nicht einmal direkt damit wirbt, damit werben kann – in Gesprächen mit »wichtigen Persönlichkeiten« wird man entsprechende Hinweise schon nicht unterdrücken.

Es scheint den beiden tatsächlich zu gelingen, den Eindruck zu wecken und zu verbreiten, die Gazette des Nations sei ein offiziöses Organ der Société des Nations. In einem der Polizeiberichte, die in diesem Jahr 1928 für das Finanz- und das Innenministerium über die Aktivitäten der Hanau-Gruppe geschrieben werden, heißt es denn beispielsweise: »In Finanzkreisen nimmt man an, daß die Gazette des Nations die moralische und finanzielle Unterstützung des Völkerbundes genießt.«

Sowas fuchst natürlich die Konkurrenz. Die Banken zum Beispiel beobachten das rasche Wachstum der Hanau-Gruppe sowieso schon mit Mißvergnügen – und jetzt solche Protektion! Murren und Maulen ebenfalls im Pressebereich – auch hier längst schon Ärger über die Expansion des Presseunternehmens Hanau, das offenbar den Ehrgeiz hat, alle Zeitungen zu konzentrieren, die noch nicht von der Agentur Havas versorgt werden. Dabei kann die Hanau-Gruppe freilich nicht immer wählerisch sein: man nimmt, was man kriegen kann.

Zum Beispiel das Bulletin des Halles. Oder die Provinzzeitung Le Réveil du Nord. Oder die Boulevardzeitung La Rumeur. Mit diesem »Gerücht«-Blatt kriegt die Hanau später besondere Schwierigkeiten. Geleitet wird es von Georges Anquetil – eine Figur, die sehr geeignet wäre für einen Illustriertenroman: Pykniker mit rotem Spitzbart, Verfasser einiger pornographischer Bücher, Sammler von Totenvögeln: ausgestopfte Käuze und Uhus auf allen Schränken. Anquetil, als stadtbekannter Fachmann für Erpressungstechniken, soll die geschäftlichen Beziehungen zur Hanau einleiten durch diskrete Hinweise auf die Lebensmittelschwindeleien des Paares Bloch/Hanau während des Kriegs; auch ist er gern bereit, der

Hanau geheime Beziehungen zu den Sowjets nachzusagen, die sie beispielsweise gebeten haben sollen, auch mal sowjetische Erdölaktien zu animieren. Man arrangiert sich: Anquetil verpachtet der Hanau die Finanzseiten seiner Zeitung, dort plaziert sie kurssteuernde Nachrichten unter dem Sammeltitel: »Die Weisheit der Börse«. Die Pachtgebühr soll über 500000 Francs pro Jahr betragen.

Am wichtigsten ist für die Hanau-Gruppe die Pacht der Finanzseiten des Quotidien, Untertitel: »Blatt der anständigen Leute«. In Herkunft und Konzeption gehört »Der Tägliche« eigentlich »zum anderen Lager«, aber bei geschäftlichen Verbindungen scheint sowas kaum eine Rolle zu spielen. Der Quotidien war 1922 von Henry Dumay als große Tageszeitung der Linken gegründet worden, »um die republikanischen Einrichtungen zu verteidigen und zu vollenden«. Die Zeitung erreichte bald eine Auflage von 380000, sie unterstützte energisch die Bildung eines Linkskartells. Eine ihrer publizistischen Aktionen führte beispielsweise zur Einberufung einer Kommission zur Untersuchung der Wahlfonds; die Kommission kam zu dem Ergebnis, daß konservative Parteien von den Arbeitgeberverbänden finanziell unterstützt wurden. Mit der Spaltung des Linkskartells verlor auch der Quotidien an Einfluß, die Auflage ging zurück. Die Zeitung akzeptierte eine Finanzhilfe des Landwirtschaftsministers und Cognacfabrikanten Jean Hennessy – das hatte Einfluß auf die redaktionelle Gestaltung. Schließlich der »accord publicitaire« mit der Gruppe Hanau.

Zentral natürlich weiterhin die Gazette du Franc et des Nations: nach einigen Monaten wird Pierre Audibert Direktor der Doppelzeitung, für ein Monatsgehalt von 15000 Francs. Sein Schwiegersohn Pierre Gast als Chefredakteur.

Die Imagebildung der Gazette des Nations wird systematisch gefördert. Im Februar 28 bittet man über 50 Journalisten aus verschiedenen Ländern zu einem Empfang ins Ritz, und da sitzt denn am Vorstandstisch die Präsidentin neben dem Stellvertretenden Leiter der Presseabteilung des Außenministeriums, da zeigt sich Audibert mit dem Leiter des Pariser Büros des Völkerbundes, da ist Graf Courville vor allem mit dem Chefredakteur des New York Herald zu sehen – solche Kontaktpersonen sollen allerbeste Rückschlüsse ermöglichen.

Und im April ein weiterer Werbecoup: Poincaré gibt der Gazette ein ausführliches Interview. Und das ist nun ein sehr guter Partner: von Hochfinanz und Großindustrie als Mann der rechten Ordnung geschätzt, von den Kundenkreisen der Gazette du Franc bewundert. Über eine Stunde lang spricht er mit Audibert, läßt sich sogar dazu überreden, ein paar handschriftliche Zeilen zu liefern zur Veröffentlichung in der Gazette. Dieses Faksimile wird mit einem Foto des »Unbestechlichen« am 14. April 28 auf der Titelseite groß herausgebracht. 36 000 zusätzlich gedruckte Exemplare dieser Ausgabe werden an die Bürgermeisterämter in ganz Frankreich verschickt. Der Erfolg dieser Werbeaktion soll deutlich sein: prompter Anstieg der Einlagen bei den Syndikaten.

Diese werbewirksame Beziehung zwischen Gazette und Poincaré wird weiter ausgenutzt: Madame Hanau, für alles Technische begeistert, nimmt gern den Vorschlag eines Mitarbeiters auf, für eine große Ausstellung in Lille einen Kunstflieger zu engagieren, der mit Rauchschrift wirbt. So kann man denn in weißen Buchstaben am Himmel über Lille lesen: La Gazette-Poincaré. Um noch weitere Kundenkreise anzulocken, wird zusätzlich geschrieben: La Gazette-Cardinal, denn auch ein Kardinal hat sich in der Gazette geäußert, ein Wort zum Frieden, hat damit dem Blatt höhere Weihen gegeben. Zum Schluß wirft der Pilot Flugzettel ab, die den Lesern zeigen, wieviel Geld eine Beteiligung an einem der Gazette-Syndikate einbringen kann: wer für Syndikat Nr. 561 zehntausend Francs einzahlte, der hat nach fünf Monaten 2089 Francs Gewinn gemacht; wer sich gar an Syndikat Nr. 566 beteiligte, der konnte 2143 Francs einkassieren.

Expansion in jeder Beziehung – die Hanau-Gruppe wird auch auf dem Immobilienmarkt aktiv! Bauland wird vor allem in

Vorortgebieten gekauft, teils für Wohnbau, teils für die Industrie – besonders ihre Ausbreitung werde für einen rapiden Wertzuwachs sorgen, erklärt die Hanau. Außerdem setzt sie auf die Ferienindustrie, kauft Gebiete bei Cannes, bei Juan les Pins, bei Saint Aygulf. Der Grundstückswert, so sagt sie voraus, werde sich in wenigen Jahren vervielfachen. Solche Prognosen sollen günstige Rückwirkungen haben auf den Börsenkurs ihrer neuen Immobilien-AG, der Société d'Exploitations Foncières, die als Käufer fungiert.

Ein großes Immobilienobjekt ist weiter das Golfgelände von Lys Chantilly; hier hat die Hanau große Pläne für ein Ferienzentrum. Eine Rennschleife für sportliche Autofahrer. Ein Schwimmbad mit echtem Seesand. Ein Hotel im country-club-Stil. Ausbau der Golfanlage. Propagierung von Urlaub, zumindest von Kurzurlaub im englischen Stil: le weekend. Weitere Attraktion soll die Einrichtung eines Spielkasinos werden – da braucht man freilich noch die Unterstützung einiger Politiker, um an die Konzession zu kommen.

Und weiter: für die Gazette und ihre Gesellschaften wird ein großes Gebäude gekauft, Rue de Provence 124–126. Um dieses Repräsentationsobjekt finanzieren zu können, werden »4prozentige Hypothekarschuldverschreibungen der Gazette du Franc« ausgegeben, die später, nach dem großen Krach, Ärger machen.

In dieses imagefördernde Gebäude (das natürlich gleich in der Gazette du Franc et des Nations auf dem Titelblatt abgebildet wird) kommen erst einmal die Redaktionen der Doppelzeitung und des Börsenbriefs. Dann die neugegründete Compagnie Générale Financière et Foncière, abgekürzt C.G.F.F. Diese Allgemeine Finanz- und Grundstücksgesellschaft als Aktiengesellschaft mit einem Grundkapital von 20 Millionen Francs, aufgeteilt in 20000 Aktien zu je 1000 Francs, von denen sich die Präsidentin 10000 Aktien als Einlage zuteilt. Dann gibt es da eine weitere hausgemachte, hauseigene Gesellschaft: die Union Française d'Émission et d'Introduction, eine Gesellschaft zur Emission und Börseneinführung von Wertpapieren. Dazu die Société des Valeurs au

Comptant, die Gesellschaft für den Handel mit Kassapapieren. Weiter die Société Syndicale Foncière, ein Grundstücksinteressenverband. Außerdem das Consortium Financier de Bourse et de Gestion, das Finanzkonsortium für Börsentransaktionen und Fondsverwaltung. (Die Namen dieser Gesellschaften habe ich übrigens, neben verschiedenen Textstellen, von einem Profi übersetzen lassen; hier soll ja nicht über den Daumen gepeilt werden!) Weiterhin gibt es noch ein Omnium des Valeurs Françaises et Etrangères, eine Anlagegesellschaft für französische und ausländische Wertpapiere. All diese Gesellschaften als Aktiengesellschaften – da läßt sich natürlich einiger Papierwirbel erzeugen! Und zwar für rund 170 Millionen insgesamt.

Um nun durch die Presseorgane jeweils koordiniert erwünschte Nachrichten verbreiten zu können, wird eine weitere Aktiengesellschaft gegründet, die Agence Interpresse. Sie ist allerdings nicht im Zentralgebäude untergebracht – will man vortäuschen, daß Pressebereich und Finanzgesellschaften voneinander unabhängig sind? Der Direktor heißt Robert Gillot und nicht Marthe Hanau – aber sie steuert auch diese Agentur.

Immer mehr bestätigt nun die Hanau ihren Ruf als Spezialistin im Behandeln von Börsenkursen. Man nennt sie zum Beispiel »reine des bulls« – das bezieht sich auf den amerikanischen Börsenbegriff »bull market«, also: Hausse. Diese »Königin der Hausse« wird immer schärfer beobachtet; in den Polizeiberichten über sie wird auf »künstlich aufgeblähte Kurse« hingewiesen, auf gewisse Unregelmäßigkeiten in der Geschäftsführung dieses Konzerns, fünf Beschwerden seien bereits eingelaufen, hätten aber nicht zu gerichtlichen Maßnahmen geführt, weil die Beschwerdeführer finanziell zufriedengestellt wurden.

Sehr wichtig sind nun Erfolge, die das Ansehen heben und damit Angriffe erschweren. Die italienische Regierung hat eine Staatsanleihe angekündigt; die Hanau-Gruppe will nun den offiziellen Verkauf für Frankreich übernehmen. Das wollen selbstverständlich auch andere Banken. Lazare Bloch fährt nach Rom, verhandelt mit Mitarbeitern des Duce. Seine Verhandlungen werden begleitet von wohlwollenden Artikeln der Gazette über Mussolini. Der Duce revanchiert sich, schreibt für die Gazette des Nations einen längeren Artikel, der am 21. Juli erscheint. Diesen Artikel sehen die konkurrierenden, ebenfalls verhandelnden Banken sehr ungern: zeigt sich hier ein Vorsprung der Hanau-Gruppe?

Dieser Mussolini-Artikel ist erst eine Vorspeise. Das ganz große Fressen wird für die Gazette des Nations die Unterzeichnung des Briand-Kellogg-Pakts. Werbestrategisch bereitet man sich gut darauf vor: Madame Hanau handelt mit Kultusminister Herriot aus, daß von seinem Ministerium 50000 Freiexemplare an alle Lehrer Frankreichs verschickt werden, mit der Empfehlung, dieses Heft einer besonderen Unterrichtsstunde zur Feier dieses Pakts zugrunde zu legen.

In dieser Sonderausgabe, bilderreich auf Kunstdruckpapier, schreiben für die Gazette des Nations unter anderen: Herriot, Briand, Poincaré, Kardinal Dubois, Lord Grey, Vandervelde, Baldwin, König Albert von Belgien, König Alphons von Spanien, Primo de Rivera, Mussolini, Chamberlain, Stresemann. Großer Fischzug!

20

Die Fusion der Kabelwerke Lyon mit Magny/Morand wird einer Marthe Hanau und einem Lazare Bloch Geld eingebracht haben, rasch und reichlich: die gezielte Veröffentlichung der Gazette du Franc über die günstige Bilanz der Kabelwerke, über die zukunftsreiche Fusion hat, so setze ich voraus, den erwarteten Kursanstieg ausgelöst. Ich setze nun weiter voraus, daß Hanau und Bloch auch Aktien anderer Gesellschaften der Elektrobranche kaufen.

In einem längeren Gespräch, dessen Umgebung gleichgültig bleibt, es kann ebenso in einem Salon wie in einer Sauna stattfinden, erläutert Bloch der Hanau grundsätzliche Entwicklungstendenzen auf diesem Sektor: die wachsende Industrialisierung bedeute wachsende Elektrifizierung. Die Elektrifizierung ebenso unablösbar verbunden mit der Zivilisierung – hier hänge alles ergiebig zusammen.

Das heiße konkret: die Kabelproduktion werde in Zukunft stark ansteigen. Große Gebiete Europas noch nicht elektrifiziert; und wie sieht es in der Beziehung in überseeischen Ländern aus? Weiter: für all die Kabel braucht man Kupfer, also dürfte in Zukunft die Kupfergewinnung, Kupferverhüttung, Kupferverarbeitung immer lukrativer werden.

Ebenso zukunftsreich die Produktion von Elektromotoren. Einmal von kleinen Elektromotoren, die in Betrieben, auch im Haushalt verwendet würden: enorme Möglichkeiten hier. Zum anderen von großen Motoren, etwa für elektrische Lokomotiven: eines Tages, das könne zwar noch eine Zeitlang dauern, aber man werde es noch erleben, eines Tages seien auch weitgehend die Eisenbahnen elektrifiziert; die ersten E-Loks hätten sich bewährt, sie seien sauber, schnell, müßten nicht stundenlang vorgeheizt werden, man steigt ein, schaltet an, fährt los. Die E-Lok sei einfach die bessere Lösung, auch hier liege geschäftlich viel drin.

Kurz: auf dem Sektor der Elektroindustrie sieht Bloch natürliche Wachstumstendenzen, und die solle man sich zunutze machen. In genau berechneter Dosierung und Terminierung müsse man dieser Branche durch die Gazette und die anderen Zeitungen eine glorreiche Zukunft zuschreiben lassen. Man könnte hierzu eine Hausformel entwickeln wie: Elektroindustrie = Zukunftsindustrie. Die drei Silben E-lek-tro müßten gleichsam galvanisiert werden. Hier müsse ein Reizwort entstehen. Und von Fall zu Fall werde dann die positive Einschätzung gezielt gesteigert.

Und so kaufen denn die Hanau und der Bloch für ihr eigenes Portefeuille Papiere des Elektrosektors, kaufen sie in großem Maßstab und zu niedrigem Kurs. Das setzt voraus, daß die Aufmerksamkeit des Börsenmarktes noch nicht allzu sehr auf diese Branche gerichtet ist: die beiden müssen »gute Läufer« wittern, wo andere noch »lahme Hunde« sehen. Denn eine Börsenweisheit lautet: Was jeder schon weiß, macht keinen mehr heiß.

Es ist mir so gut wie gleichgültig, ob die historische Hanau und ihr Partner tatsächlich an Gesellschaften beteiligt waren oder Gesellschaften in Aktienmehrheit besaßen, die in der Elektrobranche produzierten. Es ist aber zumindest denkbar, ja wahrscheinlich, daß sich hier Ende der zwanziger Jahre suggestive geschäftliche Möglichkeiten entwerfen ließen. Und ich muß ja nun bei der Hanau wie beim Bloch voraussetzen, daß sie große Phantasie besaßen im Entwickeln geschäftlicher Projekte. Dabei muß nicht jede ihrer Aktionen auf Betrug, auf Manipulation abgezielt haben: die Grenze zwischen suggestiven Vorstellungen und manipulierenden Darstellungen wird bei ihnen aber recht durchlässig geworden sein.

Aktien der Elektrobranche konnten damals ähnlich attraktiv wirken wie Papiere der Computerbranche Ende der sechziger Jahre. Hier ließen sich für den Roman etliche Vorgänge als Vorlage nehmen. So hieß es seinerzeit in der Wall Street, man bräuchte nur den Lower Broadway runterzugehen, Computergesellschaft zu brüllen, und man würde in Geld begraben. Gesellschaften mit dem Zusatzwort »Computer« im Firmennamen hatten sofort Zukunftsglanz. Was nun eigentlich so ein Computer ist, wie der funktioniert, was da hardware und software ist, was der Kern und was die Peripherie, und was zum Beispiel bits von bytes unterscheidet, wie soll man das als Börsenmann schon wissen? Aber daß hier Zukunftsaussichten liegen, und zwar glanzvolle, das hat so ein progressiver, so ein dynamischer, so ein kreativer und so weiter Börsenmann in den Fingerspitzen, im Riecher, im Blut, im Urin.

Wenn diese Leitfiguren sich nun engagieren, so ziehen viele mit: und siehe da, die Aktien dieser Branche gewinnen an Glanz. Ebenso werden sie, wie das die amerikanische Branchensprache deutlich benennt, mit Glanz versehen, werden »glamorised«, sogar »heavily glamorised«. Solche Papiere nennen interessierte Analysten dann aufmunternd »Aktien der Zukunft«, und rasch werden die Papiere heiß, immer heißer, werden »hot issues«. Aufgepaßt! rufen nun kreative, engagierte Analysten, aufgepaßt, diese Aktien werden sich abheben, werden aufsteigen, werden »high-flyers«, ja manche von ihnen werden sogar raketengleich in den Himmel sausen, »will skyrocket«, und einige Kurse verliert man fast aus den Augen, aus der Kontrolle, so hoch steigen die – und später, irgendwann, kommt der ganze Salat wieder runter!

So gab es zum Beispiel eine Firma, eigentlich völlig unbekannt, sie wurde entdeckt, als der Zusatz »computer service« in ihrem Firmennamen auftauchte: rasch stieg die Aktie von 10 Dollar pro Stück auf 80 Dollar an, ohne daß sich einer der Spekulanten diese Gesellschaft mal genauer angeguckt hätte – zu dieser Zeit wirkte einfach die ganze Branche so unheimlich delirierend, man sah hier Zukunft, sehr viel Zukunft, so setzte man auch auf diese Firma.

Bis ein Pressebericht nannte, was diese Firma herstellte: es waren Schalldecken für Computerräume. Wie, kein Zubehör für Computer, keine Computerteile? Bloß Schalldecken? Indeed. Da sauste der Kurs noch schneller runter als er hochgeklettert war: rums, war man bei einszwanzig pro Stück. Und bald darauf importierte die Firma Reisekoffer aus Europa. Wer's nicht glaubt, der lese nach in der Financial Times vom 4. Mai 70.

Da ich die Aktionen der Hanau weitgehend nach Vorlagen unserer Zeit entwerfe, kann ich auch diesen Ansatz übernehmen. Und ich lasse Lazare Bloch mit der Hanau beispielsweise eine Kondensatorenfabrik kaufen, wichtig als Zulieferer für Radiohersteller – in der Radiobranche können sie ebenfalls große Chancen sehen!

Diese neu erworbene Kondensatorenfabrik könnte die Rechtsform einer GmbH besitzen: sie würde von Hanau/Bloch dann wohl gleich in eine Aktiengesellschaft umgegründet. Denn erstens kommen sie auf diese Weise wieder leichter an Kapital, und zweitens ist hier mal wieder eine Aktie, mit der sich etwas machen läßt.

Eigentlich sind die Produkte solch einer Firma nicht sonderlich attraktiv: kleine, meist silbern besprühte Würfel. Auch klingt das Wort »Kondensatorenbau« nicht gut im Firmennamen: sollte man hier nicht besser einen Begriff wie »Radiotechnik« einsetzen? Da kriegt die Sache gleich eine andere Dimension! Und dann eine neue graphische Gestaltung des Firmenzeichens. Und die Prospekte und Briefköpfe neu entwerfen. Neue Firmenfarben ansetzen. (Für solche Änderungen werden heute »Image-Kosmetiker« eingekauft, die sich auf die »Behandlung von Firmengesichtern spezialisiert« haben und beispielsweise eine an »Profilneurose« leidende Firma »stärker profilieren«. Dazu entwerfen sie unter anderem »optische Aufheller für das blasse Firmenprofil«, geben der Firma einen »neuen Firmenlook«.) Die Aktien der mit neuem Image ausgestatteten Firma wird die Hanau nun unter geschicktem Einsatz der Gazette du Franc hochtreiben.

Natürlich müssen (auch) in diesem Fall die Besitzverhältnisse kaschiert werden!

Wenn man einen Aktienkurs hinauftreiben kann, so läßt er sich auch hinunterdrücken. Das mag Hanau/Bloch notwendig erscheinen bei der Kabel-AG: sie wollen hier die Aktienmehrheit kaufen, und zwar zu möglichst niedrigem Kurs. Dazu müssen sie in der ersten Phase nicht einmal ihre Publikationsorgane einsetzen, hier läßt sich beispielsweise auch viel per Telefon ausrichten.

Günstig wäre da ein Strohmann: etwa der Effektenberater einer kleineren Bank in Lyon. Der ruft nun einen Makler an oder einen Bankkollegen; dem Gespräch wird natürlich ein anderer Anlaß vorgespannt. Der Grund kommt erst gegen Schluß heraus, als Nebenbemerkung, als Schlenker: Nach allem, was man hier in Lyon so hört, scheint übrigens die Kabel-AG in der letzten Zeit ein paar Schwierigkeiten zu haben ...

Sicher wird der Gesprächspartner nun genauer nachfragen. Ja, also im erweiterten Vorstandsgremium scheint es nach der Fusion mit Magny/Morand nicht so recht zu klappen: mangelhafte Information, schlechte Kooperation; offensichtlich können sich einige der Herren von Magny/Morand noch nicht ganz damit abfinden, daß ihre Firma »geschluckt« wurde, sie wollen nach alten, oft überalterten Vorstellungen weitermachen. Wenn man nun als Ortsansässiger das zweifelhafte Vergnügen hat, einige dieser Herren etwas näher zu kennen, so wundern einen diese Gegensätze, diese Spannungen überhaupt nicht mehr. Was man hier etwa über einen der alten Knaben von M/M hört, das darf man eigentlich gar nicht weitererzählen: bezieht der doch tatsächlich ein Zirkular eines Astrologen, der regelmäßig Börsenprognosen stellt, abgeleitet von den Konstellationen sämtlicher Planeten unter besonderer Berücksichtigung des Finanzplaneten Pluto: es soll im Kosmos bestimmte Grundrhythmen geben, die über Hausse und Baisse bestimmen, alles laufe nach Naturgesetzen ab, die man nur aufspüren müsse. Wenn dieser Astrologe aufgefordert wird, einige Angaben näher zu begründen, zu belegen, so pflegt er aus bartverhängtem Sehermund nur zu sagen: Es ist einfach so! Herzhaftes Gelächter an der Sprech- und in der Hörmuschel. Wieder ernster werdend mag der Effektenberater hinzufügen, daß es sicher auch ohne diesen schrulligen Typ im neu zusammengesetzten Vorstand zu Schwierigkeiten gekommen wäre: altbekannte Probleme das, sie tauchen immer wieder auf ...

Falls vertrauliche Informationen dieser Art nicht ausreichen, könnte man zusätzlich gehört haben, daß die Kabelwerke in letzter Zeit ein bißchen sehr viel Pech hatten mit ihren Maschinen. Man hat offenbar in den vergangenen Jahren versäumt, hier notwendige, längst überfällige Investitionen durchzuführen. Sicher, es waren verdammt schwierige Jahre, auch in dieser Branche, aber nun sitzt man auf einem teilweise veralteten Maschinenpark, wurschtelt sich durch mit Reparaturen, aber gutgehen kann das auf die Dauer nicht. Man kann sogar gehört haben, aus zuverlässiger Quelle, daß kürzlich ein größerer Auftrag an die Kabel-AG storniert wurde, nachdem man eine erste Lieferung wegen verschiedener Qualitätsmängel zurückweisen mußte. Man munkle sogar von einem bevorstehenden oder zumindest angedrohten Prozeß – sowas wäre für die Kabel-AG recht peinlich!

Trotz oder wegen der Aufforderung zu vertraulicher Behandlung dieser »Informationen« wird der frisch Informierte nun einen guten Bekannten, Kollegen oder Freund weiterinformieren. Wenn der seinerseits weitergibt, was er aus zuverlässiger Quelle gehört hat, so läßt sich schon denken, was nach kurzer Zeit herauskommt: ein total zerstrittener Vorstand, die Herren von der Kabelfirma und die Herren von der Elektromotorenfabrik hauen sich dauernd die Köppe ein. Und aus der Kabelfirma kommen nichts als brüchige, bröckelnde Kabel, die von zornroten Kunden zurückgewiesen werden. Jedenfalls: die Aktien der Kabelwerke Lyon AG fallen.

Diese Talfahrt wird beschleunigt, wenn nun auch die Gazette du Franc von der neuerlichen Entwicklung des Papiers berichtet: das schadet (vorübergehend) dem Image der Firma und fördert das Image der Zeitung. Denn sie zeigt damit erneut Objektivität: erst hatte sie eine Aufwärtsbewegung dieses Papiers angekündigt, anläßlich der bevorstehenden Fusion (hatte damit die Aufwärtsbewegung gefördert) – und nun berichtet sie vom stetigen Absinken dieses Papiers (fördert damit seinen Kursverfall). Natürlich lassen sich hier auch die anderen Zeitungen einsetzen, Le Quotidien, La Rumeur, Le Réveil du Nord. Und Hanau/Bloch warten ab, bis der Kurs ungefähr zum vorgeplanten Richtwert gefallen ist – dann lassen sie Papiere zusammenkaufen.

Wie führt man solche Käufe durch? Hanau/Bloch werden in verschiedenen Banken Händler haben, denen sie Vertrauensaufträge geben können. Oder sie wenden sich an Börsenmakler, die als zuverlässig gelten, ihre Auftraggeber nicht verquatschen: solche Händler können über Auftragsmangel nicht klagen und bekommen gute Provisionen. Eine Hanau und ein Bloch können hingegen keine Händler brauchen, die für sich selbst mitkaufen, wenn sie größere Kauforders erhalten – durch zusätzliche eigene Aktienkäufe könnten sie eine unerwünscht breite Kaufbewegung auslösen. Denn bei größeren Käufen horchen die Profis auf, die ja bekanntlich das Ohr auf dem Boden haben – gleich kaufen die mit. Und dadurch wiederum werden Mitläufer angestupst, die sich meist einfach mal anschließen, ohne Kenntnis, ohne Ahnung, die sich nur sagen: Da geht etwas vor, da hängen wir uns dran, da springen wir auf, da fahren wir mit, und wenn es wieder runtergeht, springen wir eben rechtzeitig ab. Allerdings, so sagen Börsianer, wird an der Börse nicht geklingelt! Keiner ruft: Einsteigen, aussteigen! Also kann man sich schon mal verfahren.

Gerade die Hanau/Bloch können nur mit vertrauenswürdigen Händlern arbeiten, und sie werden auch dann noch äußerst vorsichtig sein, werden ihre Käufe mit verschiedenen Methoden kaschieren. Etwa durch Zwischenhändler. Auch können Bankhändler die Aufträge über andere Banken ausführen; so wird ein Auftrag beispielsweise in Zürich erteilt, und ausgeführt wird er in Frankfurt – da soll mal einer erraten, für wen gekauft wurde!

Während Hanau/Bloch den Kurs der Kabel-AG auf Baisse steuern, kann die Hanau die Aktien einer Gesellschaft hochputschen, an der sie sich nur kurzfristig beteiligen will. Geeignet wäre hierzu etwa eine Kupferminen-Gesellschaft. Seit Lazare gezeigt hat, suggestiv, wie sehr Elektrifizierung mit Zivilisierung und Industrialisierung gekoppelt ist, und was dies allein für die zukünftige Kabelproduktion bedeutet, seither mag sie auf der blanken Schreibtischplatte ihres holzgetäfelten Büros ein Stück Kupferkabel liegen haben, die Isolierschicht etwa zur Hälfte entfernt: mit diesem Drahtstück kann sie etwa beim Telefonieren spielen, sie biegt es zu Figuren, streckt es wieder, steigert zwischen ihren Fingerspitzen den Kupferglanz.

Soll sie Aktien einer der großen Minengesellschaften kaufen, im Kongo, in Rhodesien? Dieses Jagdgebiet ist zu gut bewacht, wird sie sagen. Außerdem ist zur Zeit sowieso kaum jemand fähig, mit diesen Riesentieren den Kampf aufzunehmen.

Auch hier ist es viel günstiger, sie beteiligt sich an einer kleineren Gesellschaft, beispielsweise im benachbarten Spanien. Dort gibt es etwa eine Compania Mineros Salud S.A., die fördert brav und gleichmäßig, aber der rechte Schwung, der fehlt noch. Diesen Schwung, das traut sich die Hanau zu, wird sie dort schon reinbringen. Und so läßt sie zuerst einmal Aktien dieser Gesellschaft kaufen, selbstverständlich über Mittelsmänner.

Mit diesen Käufen erster Kursanstieg: in den letzten Jahren hat sich niemand um das Papier gekümmert, es schlummerte vor sich hin, nun plötzlich wird es wieder spekulativ interessant. Irgendwas, so sagt man sich nun in Börsenkreisen, muß sich dort in Spanien rühren, sonst würde das Papier nicht so viel gekauft.

Natürlich sind über einige Mittelsmänner rechtzeitig Absprachen getroffen worden mit Vorstandsherren der Compania; die müssen das Spiel mitspielen, müssen an Kursgewinnen interessiert sein, an persönlichen Gewinnen durch Insider-Käufe, und sie bestechen Geologen, lassen sie ein mitreißendes Gutachten anfertigen.

Und dann der Coup: eine dreiviertel Stunde vor Börsenschluß trifft ein Telegramm aus Spanien in Paris ein: »Die Compania Mineros Salud S.A. hat zu günstigen Bedingungen die Schürfrechte für ein neu entdecktes Kupferminenvorkommen erworben, dessen Qualität und Quantität in gleicher Weise hervorragen.« Gediegenes Kupfer, also geringe Verhüttungskosten? Dazu die kleineren Transportkosten innerhalb Europas. Somit könnte diese Gesellschaft die amerikanischen, rhodesischen, kongolesischen, kanadischen Angebote unterbieten – Markteinbruch?

Rückfragen sind zu diesem Zeitpunkt nicht mehr möglich. Außerdem: wie soll man als Börsianer diese Nachricht überprüfen? Zusätzlich ist in diesem Telegramm noch das Gutachten zweier namhafter Geologen erwähnt – na bitte. Die Kurse schnellen hoch, sagen wir, von 142 auf 361.

Würde die Hanau bei solch einem Manöver auch die Gazette einsetzen? Ein ausführlicher, äußerst positiver Bericht über die neuen Funde der Compania könnte eine weitere Kurssteigerung fördern. Und ich hätte hier eine Gelegenheit, einige der Sprachfertigteile einzusetzen, die ich bisher gesammelt habe.

Vielleicht aber hält die Hanau sich bei dieser riskanten Aktion mit ihren Zeitungen vorsichtig zurück, und sie läßt über Strohmänner auf der Munkel-Ebene operieren. Wie man aus Madrid höre, sei das Gesamtvorkommen der Funde außerordentlich hoch ... Dem Vernehmen nach seien die geologischen Bedingungen äußerst günstig ... Aus regierungsnahen Kreisen verlaute, das spanische Handelsministerium wolle durch Kredite die Anschaffung neuer Maschinen ermöglichen ... Und so weiter: solche Zweckgerüchte können den Kurs noch höhertreiben, etwa auf 439.

Nun läßt die Hanau die Aktien wieder verkaufen, denn bald wird die Blase platzen. Jetzt erst könnte sich die Gazette äußern, mit der (in diesem Fall sehr praktischen) Verspätung einer Wochenzeitung. Sie wird zu berichten haben, daß sich die Kupferfunde bei näherer Überprüfung durch ein hinzugezogenes Geologen-Gremium als bei weitem nicht so ergiebig erwiesen hätten, wie zuerst angenommen: ja, wurden hier überhaupt Funde gemacht? Zugleich wird möglicherweise von der fristlosen Kündigung einiger Vorstandsmitglieder zu berichten sein, die als Insider durch rechtzeitige Käufe und Verkäufe am Kursgewinn teilnahmen. Ebenso muß wohl berichtet werden, daß ein Prozeß angestrengt wird gegen die beiden Geologen, deren Gutachten diese Meldung auslöste – auch sie hatten sich rechtzeitig an den Papieren beteiligt.

Die Gazette mag diesen Vorgang sehr kritisch kommentieren: ein äußerst bedauerlicher Fall von Kursmanipulation, der aber nicht als symptomatisch gelten dürfe für das Börsengebaren im Allgemeinen, vielmehr sei auf allseitig verstärkte Bemühungen zu verweisen, den Börsenmarkt sauber zu halten. Dieser Aufgabe hätte sich auch die Redaktion der Gazette du Franc verschrieben. Ihr Beitrag dazu sei die ebenso rasche wie zuverlässige Information.

(Damit Leser nicht annehmen, ich würde hier ganz wilde Geschichten ausdenken über das kapitalistische Räuberleben, werde ich im Roman wohl einen Hinweis bringen müssen auf die Vorlage dieses Entwurfs: der Fall Tasminex. Eine australische und keine spanische Gesellschaft, und es wurden Nickelfunde vorgetäuscht – sonst aber lief der Schwindel im Prinzip gleich ab.)

Sobald Marthe Hanau und Lazare Bloch die Aktienmehrheit der Kabelwerke Lyon und damit von Magny/Morand besitzen, werden sie über Vertrauensmänner aktiv. Eine knappe Notiz in der Gazette mag über erste personelle Veränderungen im Vorstand berichten: einer der Herren von Magny/Morand (unter Insidern bekannt als »notorischer Querkopf«)

hat sich, »dem Rat seines Arztes folgend«, in den Ruhestand zurückgezogen. Ebenfalls »aus gesundheitlichen Gründen« legt ein weiteres Vorstandsmitglied die Tätigkeit nieder. Damit kommen zwei neue Männer in den Vorstand. Prompt werden Entlassungen durchgeführt in Herstellung, Vertrieb, Verwaltung; auch hier neue Männer, die den »frischen Wind« forcieren.

Dann eine außerordentliche Hauptversammlung, über die von der Gazette ausführlicher berichtet wird. Natürlich sieht man unter den Gästen oder Ehrengästen dieser HV keine Madame Hanau, keinen Monsieur Bloch. Sie lassen sich konsequent von Mittelsmännern vertreten, die vorher genau instruiert wurden. Beispielsweise leiten sie den Vorschlag weiter, die Fusionsgesellschaft umzubenennen: Hanau/Bloch lassen einen Namen vorschlagen, der auch weitere Firmen einschließen kann, einen Namen, der Größe erkennen läßt, einen Namen als Programm und Verpflichtung, einen Namen mit Zukunftsglanz, einen Namen wie: Compagnie Nationale d'Electrification S.A. Ein breiter, klangvoller Name, der sich auch günstig abkürzen läßt: C.N.E.

Für die Leitung des geschäftsführenden Vorstands der Compagnie Nationale d'Electrification benennt der Aufsichtsrat einen neuen Vorsitzenden. Sicher steht auch eine Hanau hinter diesem Vorschlag: die erneuerte Gesellschaft braucht eine »energische, dynamische Führungskraft«. Dieser neue Mann muß schon bei seiner ersten Vorstellung einen äußerst positiven Eindruck machen.

Dritter Hauptpunkt der Tagesordnung: Beschluß einer längst erwarteten Kapitalerhöhung, vor allem für Neuinvestitionen. Geplant wird in erster Linie die Anschaffung neuer Maschinen zur Kabelproduktion. Vorgesehen ist außerdem die »energische Durchforstung des Typenprogramms« von Elektromotoren: Konzentration auf wenige Modelle, Rationalisierung, höhere Produktion, günstigere Preise, damit besserer Absatz, gesteigerter Umsatz. »Bei der C.N.E. hat man die Ärmel aufgekrempelt«, kann die Gazette schreiben. Deutliche Kurserholung. Ob all die geplanten Maßnahmen durchgeführt werden, ist nicht so wichtig: Hauptsache, schon diese Möglichkeit fördert die Kursentwicklung!

Nach dieser Hauptversammlung, auf der »Weichen für die Zukunft gestellt wurden«, wollen größere Aktionäre, Börsenhändler, Makler mehr erfahren über den neuen Vorstandsvorsitzenden der Compagnie Nationale d'Electrification. Denn: dieser neue Mann ist das neue Programm. Denkbar, daß die Gazette du Franc solch eine Formel aufstellt: »Der neue Mann ist das neue Programm.« Da muß man sich nicht allzu sehr mit technischen Details befassen, von denen man sowieso nichts versteht, man hält sich an diesen »Jacques Parent«, der nun die C.N.E. repräsentiert.

Der Effektenberater der Lyoner Privatbank wird nun sicher wieder angerufen. Wie zu erwarten, kann er auch diesmal Genaueres berichten: Ja, er hat diesen neuen Vorstandschef schon vor der HV kennengelernt, bei einer geschäftlichen Besprechung, und dabei hatte sich gleich gezeigt, daß dieser Parent ebenso rasch wie energisch ist.

Zur einprägsamen Charakterisierung könnte der Informant hier ein Detail anführen: dieser Parent trägt keine Halbschuhe, wie üblich, sondern Stiefel; eine kleine Marotte, gewiß, aber das paßt zu ihm, Parent ist ein vorzüglicher Reiter, wie man hört, in der Camargue soll er oft ganze Tage im Sattel sitzen. Er war auch sofort bei der Belegschaft der fusionierten Firmen beliebt: bei aller Energie zeigt er Selbstironie. Wenn er in einer Halle auftaucht, pflegt er zu sagen: Ich komm mal eben angestiefelt, um zu schauen, wie es bei euch läuft. Sowas käme gut an. Er spreche mit Meistern wie Arbeitern detailliert über Produktionsvorgänge, honoriere hier Initiativen mit Geldgeschenken – auch dies habe die Arbeitsmoral erheblich gesteigert. Ebenso verstärke er die Effizienz der Vorstandsarbeit; wie man höre, habe er den anderen Vorstandsmitgliedern Gewinn-Richtzahlen vorgeschrieben und ein, wie es heiße, realistisches und bewegliches Verhältnis zwischen Leistung und Gehalt eingeführt: wer gut arbeitet, wer zusätzliche Initiativen entwickelt oder Ideen, der bekommt ohne lange bürokratische Manöver mehr Geld.

Beurteilungen dieses Mannes werden sich in vorgeprägten Sätzen weitersprechen: Das scheint ein toller Hund zu sein; der wird den Laden schon schmeißen; der zeigt denen mal, was eine Harke ist; der bringt die schon auf Trab; der macht denen ganz schön Feuer unterm Hintern.

Es ist nicht allzu schwierig, solch einen Mann aus Versatzstücken zusammenzumontieren, nach Vorlagen und Einfällen. Satz um Satz läßt sich hier ein Strichmännchen aufpäppeln und auspolstern zu einem Pfundskerl, Bombenkerl: energisch, ruppig, von rüdem Humor, und er gilt nicht als fein, will auch gar nicht als fein gelten, wird von Mitgliedern der gehobenen Gesellschaft nur ungern oder gar nicht eingeladen, lädt auch niemand von dieser »Blase« ein, züchtet lieber seine Brieftauben, die man natürlich belächelt, der bekannte kleinbürgerliche Zug an ihm. Und wenn dieser Mann erfährt, daß in einem guten Hotel, in dem er residiert, Hunde unerwünscht sind, so läßt er sich einen seiner Hunde im Wagen extra nachbringen, auch über weite Strecken hinweg, führt ihn dann durch die Hotelhalle: mal sehen, ob sich einer an ihn, den Boß der C.N.E. heranwagt! Da hätte er Anlaß, die Puppen tanzen zu lassen, und er läßt gerne Puppen tanzen.

Solche Erscheinungen lassen sich fast aus der Luft greifen, aus dem Ärmel schütteln, aus dem Zylinder zaubern, aus dem Boden stampfen: der ältere, bereits grauhaarige Mann, Typ Gentleman, nicht mehr verheiratet, aber jeweils umgeben von jungen, attraktiven, für ihn werbewirksamen Partnerinnen auf Zeit. Und man erzählt von ihm, er habe bei einer seiner Hochzeitsreisen, vor etlichen Jahren, für seine sehr schöne Frau ein Hallenschwimmbad gemietet, für einen halben Tag, und er ließ sie im Bassin herumschwimmen, nackt, die langen, roten Haare aufgelöst: das schaute er sich an, um das Becken herumgehend, stieg selbst nicht rein, fuhr nach wenigen Tagen weg, weil Zeit war zur Fasanenjagd: snob appeal. Natürlich hat er in den Vogesen ein riesiges Jagdhaus, mit einer Vorhalle für Jagdtrophäen. Und er sammelt

Bilder, aber nur alte; heute können die Leute nach seiner Meinung nicht mehr malen. Und er geht gern in die Oper, mit jungen Begleiterinnen rechts und links, aber nur in traditionelle Opern; heute können die Leute nicht mehr komponieren, meint er.

Der Chef der C.N.E. könnte aber ebensogut als nobel gelten, als fein, als zurückhaltend, was man schon an seiner Ausdrucksweise merke. »Ich möchte vorschlagen«, sagt er, wenn er etwas vorschlägt, und: »Ich würde sagen«, sagt er, wenn er etwas sagt. So setzt er Pufferwörter ein, damit seine Partner sich nicht zu hart mit seinen Aussagen und Vorschlägen konfrontiert fühlen – aber dann bleibt er trotz aller Höflichkeit entschieden bei seinen Aussagen, vor allem bei seinen Forderungen, die er mit Geschick und Energie durchsetzt.

Was ihn weiter auszeichnet ist sein Ordnungssinn. »Ordnung« als Leitwort: Ordnung durch Organisation, Ordnung in den Akten, Ordnung auch privat: alphabetisch geordnete Bücher, durchnumerierte Weinflaschen im Keller, und womit er sich an Sonntagen oder im Urlaub beschäftigt, das sind Darstellungen der Pflanzenordnung nach Linné; man kann ihn nach den lateinischen Namen fast aller Pflanzen fragen, die nennt er auf Anhieb, und die Gattung etcetera gleich dazu. Dieser Mann wäre weiterhin dadurch zu charakterisieren, daß er sich gelegentlich für zwei Tage zurückzieht, um nachzudenken, zu meditieren, zu projektieren. Dazu fährt er in seine Jagdhütte in den Alpen bei Grenoble, will hier völlig allein sein, geht viel spazieren, sitzt am Fenster, am Kamin, raucht seine Pfeife, fermentierter Tabak: nur so könne er fruchtbar nachdenken. Und wenn er zurückkommt, hat sich das gelohnt für die C.N.E., das mag sich gleich in einem Gespräch mit der Hanau zeigen. Wäre nicht auch er ein günstiges Aushängeschild für diese Gesellschaft?

Damit nicht der Eindruck entstehen kann, ich würde die Bedeutung des Image eines Firmenchefs überschätzen, werde ich im Roman auf einen Bericht von Fortune hinweisen über

Milan Panic: »Der serbische Junge, der sein Traumschloß baute.« Dieser Jugoslawe hat die Erfahrung gemacht, daß man ein Unternehmen weithin nach der Person einschätzt, die an seiner Spitze steht, und weniger nach rechnerisch überprüfbaren Fakten.

Milan Panic hat ein sehr gutes Image in den Vereinigten Staaten, er entspricht schmeichelhaft dem Mythos, an dem sich Nordamerika labt: In unser Gelobtes Land kann man auch heute noch als armer Hund mit ein paar Dollar kommen und in verhältnismäßig kurzer Zeit steinreich werden. This is America, hurra! Wer untergebuttert wird, zählt nicht.

Dies ist Panic: 1929 in Belgrad geboren, mit 15 Jahren Kurier für Titos 42. Makedonische (Partisanen-)Division, nach dem Krieg Studium, erst Medizin, dann Kunstgeschichte, bald bekannter Radrennfahrer, nach einem Straßenrennen in Holland bleibt er im Westen, kurzes Studium, in Heidelberg natürlich, er übersiedelt 56 mit seiner Frau nach Nordamerika, sie haben zwei Koffer und zwanzig Dollar. Er studiert Biochemie in Südkalifornien, verläßt 59 die Universität, gründet eine Firma mit dem großmächtig klingenden Namen International Chemical & Nuclear Corp. Er verkauft Chemikalien, die von pharmazeutischen Forschungslabors gebraucht werden, gewinnt so engen Kontakt mit der Branche, geht über zur eigenen Produktion von Pharmazeutika. 8000 Dollar Umsatz im Jahr 61; neun Jahre später sind es weit über 100 Millionen; sein Ziel ist die 500-Millionen-Marke. Er gründet erste Zweigfirmen in Europa, kauft in Amerika laufend Gesellschaften dazu.

Das setzt voraus, daß der Kurs seiner Aktien möglichst hoch liegt. So nimmt er Kontakte auf mit Investoren, mit bekannten Fonds-Managern: sie sollen sich für seine Gesellschaft engagieren. Da erwartet er ganz harte Fragen, eine brutal nüchterne Überprüfung seiner Gesellschaft. Recht bald aber ist er schockiert über die mangelnden Geschäftskenntnisse, über die Kriterien ihrer Beurteilung: »Einige von ihnen kauften nur, weil ihnen mein Haarschnitt und meine Aussprache gefielen.«

Nach eingeplanter Pause wird die Hanau wieder über die Compagnie Nationale d'Electrification schreiben lassen. Besonders wohltuend für die Kursentwicklung wird hier die Ankündigung großer Geschäftsabschlüsse sein. Wo sind die lukrativen Aufträge möglich?

Lazare Bloch hatte der Hanau seinerzeit erklärt, wie sehr Elektrifizierung und Zivilisierung, Elektrifizierung und Industrialisierung zusammenhängen. Dabei konnte er auf besondere Zukunftsmöglichkeiten beispielsweise in der Sowjetunion hinweisen. Dort soll ja Lenin, soweit sich Bloch recht erinnert, die Elektrifizierung als ebenso wichtig bezeichnet haben wie die Sozialisierung, beziehungsweise, er hatte beides gekoppelt, na, ist ja auch egal, jedenfalls hat der verstorbene Lenin gezeigt, wie wichtig für die Sowjetunion die Elektrifizierung ist. Und die wird »der Russe« nach Meinung Blochs nicht alleine schaffen, was bedeute: wachsende Beteiligung westeuropäischer Firmen und Gesellschaften dieser Branche, hier liege »sehr viel drin«.

Auf der Landkarte in Marthe Hanaus mittlerweile holzgetäfeltem Redaktionsbüro kann er demonstrieren, welch immens weite Gebiete hier beispielsweise mit Überlandkabeln zu überspannen sind. Von riesigen Wasserkraftwerken, die etwa am Dnjepr geplant sind, sollen Hochspannungsleitungen mit rund 300 KV Leistung nach Westen, Süden, Osten laufen. Weiterhin sollen Wasserkraftwerke an der Wolga geplant sein; von hier aus Überlandleitungen mit Kapazitäten bis zu 500 KV nach Moskau und mindestens ebensoweit in den Osten. Und: man brauche hier nicht nur Leitungen, Kabel, man brauche auch turbinengetriebene Generatoren, Umformer, Transformatoren. Auf der Verbraucherseite ein voraussichtlich ständig wachsender Bedarf an Elektromotoren. Auch hier wäre »der Russe« gewiß auf Einkäufe aus dem höher industrialisierten Westen angewiesen. Also Chancen, Chancen!

Solche hochstimmenden Zukunftsaspekte wird die Hanau von einem Redakteur in einem längeren Gazette-Artikel darstellen lassen, als allgemeine Vorbereitung späterer Maßnahmen. Dabei ließe sich ein bißchen Märchenglanz in die Sache bringen, indem man, wenn auch nur in einer Nebenbemerkung, auf das russische Gold verweist. Haben die Zaren nicht sagenhafte Goldschätze gehortet und unfreiwillig den Sowjets überlassen? Gibt es in der Sowjetunion nicht zudem sehr ergiebige Goldminen? Viel Wasser, viel Wald, viel Gold – sind das nicht bekannte Assoziationen? Bestünde nicht die Möglichkeit, daß die Sowjets mit Goldwährung zahlen, zumindest teilweise? Sollte man solche Vorstellungen nicht ein wenig fördern, im Interesse der C.N.E.?

Nach solch einem Artikel wird die Sowjetunion eine Zeitlang nicht mehr erwähnt. Auch über die C.N.E. vorerst keine weiteren Nachrichten: es darf sich nichts durch Gewöhnung verbrauchen.

Nach auskalkuliertem Zeitraum dann wieder gezielte Kursbeeinflussung, etwa durch eine knappe, unkommentierte Notiz: »Der Vorstandsvorsitzende der Compagnie Nationale d'Electrification S.A., Jacques Parent, ist, wie aus zuverlässiger Quelle verlautet, auf Einladung höherer sowjetischer Wirtschaftsfunktionäre nach Moskau gereist.« Nur dieser eine Satz, mehr nicht. Darüber sollen sich die Leser erst mal selbst Gedanken machen. Wird man etwa nach Moskau eingeladen, nur um Wodka zu trinken, das Bolschoi-Ballett zu bewundern, bei Jagdausflügen Bären zu schießen? Hier werden Vermutungen ausgelöst, die den Kursen der C.N.E. gut bekommen.

Über die Rückkehr des Vorstandsvorsitzenden keine Zeitungsnotiz: das spricht sich in entscheidenden Gruppen sowieso herum, wenn man dafür sorgt. Berichtet wird von der Gazette in der folgenden Zeit nur über eine engere Zusammenarbeit zwischen der C.N.E. und den Laboratoires Servais, die Entwicklungsarbeiten speziell auf dem Elektrosektor leisten: es werde von einer starken finanziellen Beteiligung der C.N.E. gesprochen. Etwas später eine Meldung, nach der C.N.E. die Generatorenfabrik Ferrères gekauft hat. Solche Notizen wecken bei interessierten Lesern den Eindruck, daß sich bei der C.N.E. allerhand rührt. Ob das etwas mit dem kürzlichen Besuch des Firmenchefs in der Sowjetunion zu tun hat?

Für die Hanau ist hier nur zweitrangig, was Parent »wirklich« in der Sowjetunion gemacht hat. War er nicht eventuell doch nur privat eingeladen, tatsächlich zu einer Bärenjagd? Hat in Moskau vielleicht bloß ein Kontaktgespräch stattgefunden mit einem subalternen Funktionär des sowjetischen Außenhandelsministeriums und viel herausgekommen ist dabei nicht? Und die Leute, die Parent zu einem Gegenbesuch nach Frankreich eingeladen hat, besitzen keinerlei staatliche Repräsentanz, wollen nur mal erste Kontakte aufnehmen, sich informieren an Ort und Stelle?

Der bewährte Effektenberater einer Privatbank in Lyon könnte hier wieder bei der geschäftsfördernden Gerüchtebildung nachhelfen – er wird sich mittlerweile mit Aktien der C.N.E. eingedeckt haben, wird für seine werbende Tätigkeit vielleicht auch Zuwendungen erhalten über einen Mittelsmann der Hanau/Bloch. Er könnte bei Gesprächen oder Telefonaten wünschenswerte »Informationen« plazieren, ihn könnte man auch direkt befragen: Was ist eigentlich an diesen Ostkontakten der C.N.E. dran? Stimmt es, daß sogar das Sowjetische Außenhandelsministerium hinter der Einladung gestanden hat? Und wieso kauft die C.N.E. diese Generatorenfabrik, ausgerechnet jetzt? Generatoren – Kabel – Elektromotore: sollte nur zufällig diese an sich so logische Linie bestehen, oder hat die C.N.E. einen Auftrag bekommen?

Weil der Effektenberater bisher immer Details brachte, wird er auch hier Einzelheiten bringen müssen, selbst, wenn sie nur Randbedeutung haben – aber lassen nicht auch sie eventuelle Schlüsse zu, für den, der Schlüsse ziehen will? Beispielsweise soll Parent, wie man hört, in seiner hemdsärmligen Art mit den Russen sehr gut zurechtgekommen sein, wobei es sich auch als Vorteil erwies, daß er trinkfest ist. Einmal soll er auf einem Empfang sogar einen Kosakentanz mitgemacht haben, in seinen bekannten Stiefeln, mit denen er auch in Rußland auftrat, aufgetreten sein soll. Ja, sowas kann man sich gut vorstellen: diese russischen Feste, auf denen es so urig zugeht! Aber wie ist das – werden solche Feste in Moskau nicht gewöhnlich bei Geschäftsabschlüssen oder allgemeiner: bei Verhandlungsabschlüssen gefeiert? Der Effektenberater stellt dahin.

So wiederholen sich Fragen, äußern sich Vermutungen, wuchern Gerüchte. Die nährt der Effektenberater im Auftrag von Hanau/Bloch mit ungenauen Hinweisen – man muß ja nun auch verstehen, daß er hier nicht so direkt »auspacken« kann! Der Kurs der C.N.E.-Aktien steigt weiter. Das wiederum gibt der Gazette Anlaß, über die neue Kursentwicklung zu berichten. Die Aktien dieser Gesellschaft lassen sich dabei als »interessantes Wachstumspapier« bezeichnen, bei dem langfristige Anleger »mit erheblichem Gewinn rechnen können«. Und: »Auf alle Fälle steckt viel Phantasie in dem Papier.« Sein Kurs steigt.

Der Kurs wird aber hochschnellen, wenn die Gazette endlich die Meldung bringt, auf die »informierte Kreise« längst gewartet haben: »Bei der Compagnie Nationale d'Electrification S.A. soll, nach gewöhnlich zuverlässig informierter Quelle, eine Besucherdelegation aus der Sowjetunion eingetroffen sein, die dem Vernehmen nach von einem höheren Funktionär des Sowjetischen Außenhandelsministeriums angeführt wird. Wie es heißt, wollen sich die Besucher an Ort und Stelle über die Produktionskapazität der Gesellschaft informieren.«

Das treibt den Kurs der C.N.E. hoch. Jetzt will alles einsteigen, mitziehen! Nur noch wenige Aktien frei auf dem Börsenmarkt, das jagt den Kurs noch höher! Madame Hanau hat Grund, sich zu freuen.

21

Wie konnte die Hanau jahrelang mit Manipulationen und Betrügereien arbeiten, ohne aufzufliegen? Hat niemand gemerkt, was da von Anfang an gespielt wurde? Hat kein Bankfachmann die Bilanzen von Hanau-Gesellschaften geprüft? Hat kein Aktionär zum Rechenstift gegriffen? Und wo war der erfahrene Wirtschaftsjournalist, der die Aktiengesellschaften des Hanau-Konzerns genauer untersuchte, sie kritisch »beleuchtete«?

In einem der Bücher, die ich für dieses Buch durcharbeite, in Schmalenbachs »Finanzierungen«, entdecke ich folgenden Fall: 1929 erwarb die AG für Verkehrswesen in Berlin von den Ostwerken Schlesische Zement ein Aktienpaket der Industriebau Held & Francke AG. Es zeigte sich schnell, daß man hier, wie es in der Börsensprache heißt, einen »toten Hund« gekauft hatte. Es gab scharfe Auseinandersetzungen auf der Hauptversammlung der Verkehrsgesellschaft. Der Generaldirektor mußte zugeben, daß er keine Revision der Industriebau vorgenommen hatte. Die Gesellschaft sei von den Ostwerken geprüft worden – also vom Verkäufer selbst! Und dieser Verkäufer erklärte, bei den Vorverhandlungen 1928 habe nur ein alter Revisionsbericht vorgelegen, aus dem hervorgegangen sei, daß es sich lediglich um eine Teilrevision handelte. Man hätte den Generaldirektor der Verkehrswesen AG aufgefordert, selbst eine genauere Prüfung der Gesellschaft vorzunehmen. Die Prüfung war jedoch unterblieben. Diese Unterlassung kostete die AG für Verkehrswesen 2,5 Millionen: bei der Nachprüfung zeigte sich, daß die Industriebaugesellschaft durch falsche Kalkulationen und Baufinanzierungen erhebliche Verluste erlitten hatte, die man durch Überbewertung bilanzmäßig verschleiert hatte. Das Kapital der Gesellschaft wurde von 8 auf 2,4 Millionen heruntersaniert.

Diese Gesellschaft hätte man also weitaus billiger kaufen können – nach entsprechender Prüfung!

Ich füge hier nun Redeformeln ein, die als Reaktion auf solche Anforderungen wahrscheinlich sind. Etwa bei einem Generaldirektor der damaligen Verkehrswesen AG. Der hat sich bestimmt gesagt: Muß denn das sein? Ist das wirklich alles nötig? Prüfung der Umsatztrends, die unterhalb oder oberhalb des Branchendurchschnitts liegen? Lager- und Vorrätestatus der Unternehmung? Preisveränderungen gegenüber dem Vorjahr und ihre Auswirkungen auf den Umsatz? Prozentualer Anteil der Unternehmung im Branchenumsatz? Nachfrageerwartungen, mittelfristig, langfristig? – Wer viel fragt, kriegt viel Antwort. Das wird schon hinhauen. Die werden uns bestimmt nichts Schlechtes anbieten, das können die sich gar nicht leisten. – »Die mit der Ermittlung der Maßstabgrößen verbundene Rechenarbeit mag bei der erstmaligen Ermittlung der Ziffern relativ groß sein.« Na bitte! Und dann die Kapitalintensität. Und die Dauer der Kapitalbindung. Und die Umschlagshäufigkeit der Debitoren. Und die Umschlagshäufigkeit des Eigenkapitals. Und der Ausnutzungsgrad der Anlagen. Und die finanzwirtschaftliche Produktivität. – Das geht ja auf keine Kuhhaut! Das wächst einem ja über den Kopf! Da kriegt man ja kein Bein mehr auf die Erde! Da verliert man ja den Boden unter den Füßen! – Und der Nettogewinnkapitalisierungssatz. Und die Bruttogewinnkapitalisierungskurve. Das horizontale Teilstück der U-förmigen Bruttogewinnkapitalisierungskurve, das den Bereich optimaler Verschuldung darstellt. – Da sagen wir als alte Börsenhasen: Informierung – Ruinierung. Und gehen unserer Nase nach. Vertrauen auf unser Händchen. Verlassen uns auf den sechsten Sinn.

Eine Marthe Hanau konnte nur deshalb erfolgreich sein, weil die Möglichkeiten, sich zu informieren oft größer sind als der Wunsch, sich zu informieren.

Dieses Kapitel habe ich vor ungefähr anderthalb Jahren geschrieben; inzwischen habe ich verschiedene Materialien gefunden, die es bestätigen und zugleich erweitern.

Zur Nutzung der Informationsmöglichkeiten: vor gut einem Monat, November 72, las ich in der Süddeutschen Zeitung einen Bericht über die Fusion der Dortmunder Union-Brauerei mit der Schultheiß-Brauerei. Auf eine kritische Anfrage zur Bewertung des Partners erklärte Dr. Eckardt, Vorsitzender des Aufsichtsrats der DUB: »Ich bin kein Freund des Rechenschiebers, denn es kommt nichts dabei heraus.« Und ich las weiter: »Bei der Fusionspolitik der DUB, die er in den letzten zwanzig Jahren zu verantworten hatte, habe er sich nie an Gutachten gehalten, sondern sich auf sein Gespür verlassen.«

In einer Sonderbeilage dieser Zeitung, »Mehr Geld durch Geld« las ich (Ende November) in einem Bericht über Investment-Klubs folgenden Satz: »Bestätigt sich doch die alte Börsenweisheit, daß der richtige Riecher noch immer mehr wert ist als alles börsen- und finanztechnische Detailwissen.«

Wie leicht sich dieser Riecher durch Duftstoffe täuschen läßt, zeigt sich in einem Artikel auf der gleichen Seite: »Vor ›Reichmachern‹ sei gewarnt!« Es wird über den großen Betrug mit sogenannten penny-stocks, mit Pfennig-Aktien berichtet: die Wertpapiervertriebsgesellschaft Wilag hatte an Tausende von Sparern Pfennig-Aktien für insgesamt rund 20 Millionen DM verkauft. Man hatte hier vor allem Papiere von Gesellschaften ausgewählt, »deren Arbeitsbereich der Verkäufer-Phantasie Raum ließ. Minen-Gesellschaften wurden z.B. nicht überprüfbare Erfolge vorausgesagt.« Alle paar Jahre eine Mogelei mit Minengesellschaften, alle paar Jahre fallen wieder ausreichend viele Kunden darauf herein! Natürlich wurden die Kurse dieser Pfennig-Aktien auch durch Käufe der Verkaufsorganisation hochgeputscht: »Kursverbesserungen«, ja »eindrucksvolle Kurssteigerungen« als Werbemittel. Frage, wieder einmal: wer hat diese Wertpapiervertriebsgesellschaft überprüft, wer hat die Gesellschaften dieser Pfennigaktien kritisch untersucht?

Es ließen sich noch weitere Materialien bringen, die bestätigen, daß Entscheidungen auf dem Kapitalmarkt vielfach rational kaum zu begründen sind. Ja, hier zeigt sich sogar noch eine weitere Möglichkeit: daß man richtig informiert sein kann und trotzdem falsch handelt!

Beispiel: der Erfolg der »promotional companies« und ihrer »promotional shares«. Weil es eine deutsche oder europäische Erscheinung dieser amerikanischen Börsenblüte nicht gibt, fehlt uns auch eine offizielle Übersetzung – ich könnte etwa »Fördergesellschaften« oder »Gründeraktien« schreiben.

Der Boom dieser promotional companies ist mittlerweile vorbei, die Mehrzahl von ihnen ist bereits »auf dem Bauch gelandet«. Es handelte sich hier um besonders kurzfristige, sehr »heiße« Spekulationen.

Technisch lief das so ab: eine Gesellschaft, die vorerst nur ein Name war, die also noch keine Produktionsstätten hatte, noch keine Arbeiter, noch keinen Umsatz, solch eine Gesellschaft gab »Gründeraktien« aus: wurde genügend von ihnen verkauft, kam also genug Grundkapital zusammen, so wollte man die Fabrik bauen, die Produktion aufnehmen. Beliebt waren zuerst promotional companies auf dem Sektor von Elektronik und Computertechnik; hier sind die meisten dieser »Gesellschaften« aber schon geplatzt: Dialog Computing zum Beispiel bot die Gründeraktien zu 15 Dollar an, jetzt sind sie nur noch einen formellen Cent wert.

In der nächsten Phase kam die Branche der Umweltschutz-Techniken in Mode, entsprechende Gesellschaften und Noch-nicht-Gesellschaften erhielten rasch Börsen-Glamour. Es konnte unter den promotional companies aber auch jede andere Produktionsbranche »interessant« werden. Eins der aberwitzigsten Beispiele ist hier die Fantastic Fudge.

Weil diese Geschichte für einige Leser unwahrscheinlich klingen mag, werde ich im Buch auf meine Quelle verweisen: Fortune, Ausgabe September 72. Demnach war auch Fantastic Fudge eine der Gesellschaften, die sich an die Öffentlichkeit wandten, bevor sie überhaupt existierten, produzierten. In diesem Fall wollte man, wenn genügend Geld durch Aktienverkauf zusammenkam, Geräte zur Fudge-Herstellung produzieren, »Instant-Fudge-Mixer« für Supermärkte oder Schul-Cafeterias. Ich werde im Buch wohl erklären müssen, daß Fudge eine weiche, oft schaumige Karamellmasse ist, zum Lutschen und Schlecken. Schon vom Wortklang her etwas Schlaffes, Breiiges: Fatsch! Das wird in Mixern zusammengefatscht, das fatscht heraus aus Fatschdüsen: Vanilla-Fatsch, Schokoladen-Fatsch und andere Fatsch-Varianten. Das Wort Fudge hat, laut Wörterbuch, noch einige andere Bedeutungen: Aufschneiderei, Täuschung, Unsinn, Schwindel, Pfusch, eine Sache, die »viel Luft enthält«.

Die promotional company mit dem in jeder Beziehung zutreffenden Namen Fantastic Fudge gab nun einen Prospekt heraus, in dem sie unter anderem schrieb, ihre Aktien und Obligationen enthielten »einen großen Grad von Risiko«, die Gesellschaft habe noch keinerlei Einkünfte, besitze zu wenig Grundkapital, verfüge über keine Guthaben, über keine Verkaufsabteilung, über keine Angestellten. Diese Fudge-Gesellschaft warnte also vor sich selbst! Dennoch wurden Fantastic-Fudge-Gründeraktien verkauft! 170 000 Stück waren angeboten zu 7 Dollar das Stück, ein Jahr später lag der Kurs bei 18 Dollar – seither aber ist dem phantastischen Fatsch erheblich Luft entwichen!

Wie kann es möglich sein, daß man überhaupt solche promotional-Aktien kaufte? War es nicht in jeder Hinsicht phantastischer Luft-Pansch, was da angeboten wurde? Offenbar aber sagten sich viele Käufer: Die Leute sind wenigstens ehrlich, das muß man honorieren. Oder: Wenn die so direkt heraussagen, an ihnen wär nichts dran, dann wird das so schlimm wohl kaum sein. Oder: Wo ein sehr hohes Risiko ist, da kann der Kurs eventuell auch mal ganz besonders heiß werden. Und so wurde Fantastic Fudge gekauft – Spekulation nun als reines Lotteriespiel!

22

Ach ja, Marthe Hanau konnte viel Pech haben! Ihre ersten unternehmerischen Versuche konnten scheitern – das lähmte dann weitere Impulse. Auch konnte privat einiges schiefgehen – was auch nicht gerade ermunterte. Dazu die allgemeinen Zeitumstände, der Weltkrieg, die äußerst wirre, unsichere Zeit danach – wohl niemand in der Familie wird sich gewundert haben, wenn Marthe nach »so mancher Enttäuschung«, nach einigen »bitteren Erfahrungen« anfangs der zwanziger Jahre Sicherheit suchte in neuer Berufstätigkeit, und sie wurde beispielsweise Lehrerin in einer Gewerbeschule.

Und hier definiert denn Marthe Hanau anhand eines Lehrbuchs jedes Jahr neu die Aufgaben und das Wesen der Wirtschaft. Sagt, an einem erhöhten Tisch sitzend oder durch Bankreihen gehend, daß sich von Geburt an im Menschen Bedürfnisse regen, erst unbewußte Bedürfnisse, dann immer bewußtere Bedürfnisse, und diese Bedürfnisse hören erst auf mit dem Lebensende. Über die Bedürfnisbefriedigung dieser Bedürfnisse wird Marthe Hanau nun so sprechen, wie sie in den Jahren zuvor über die Bedürfnisbefriedigung dieser Bedürfnisse gesprochen hat, in den kommenden Jahren über die Bedürfnisbefriedigung dieser Bedürfnisse sprechen wird: Jahr um Jahr spricht Marthe Hanau über die Bedürfnisbefriedigung dieser Bedürfnisse durch Güter und Dienstleistungen.

Und diese jährlich wiederholten Wiederholungen machen sie unzufrieden: war man nicht eigentlich zu Besserem geboren? War da nicht ein Antrieb, sich hervorzutun, sich auszuzeichnen, eine führende Rolle zu spielen? Aber nun sind ihr alle Möglichkeiten versperrt. »Ich fühle mich wie eine Maus im Käfig«, kann sie sagen. Oder: »Ich komm mir vor wie ein Hamster im Laufrad.« Jedes Jahr der gleiche Stoff, die gleichen Fragen, die gleichen Antworten, Jahr um Jahr. Eine sichere Position, gewiß. Aber: ohne Risiko, das weiß sie noch, gibt es kaum Gewinn.

Manchmal möchte sie aus der Haut fahren, aber sie kommt aus dieser Haut nicht heraus. Soll sie etwa die Stelle kündigen, in diesen unsicheren Nachkriegsjahren? Wer aus seiner Haut heraus möchte, ohne aus seiner Haut heraus zu können, der will zumindest zeitweise vergessen, in welcher Haut er steckt, will sich wenigstens in Gedanken in eine andere Haut versetzen – und das kann ermöglicht werden durch Lektüre. So kann Gewerbeschullehrerin Hanau stundenlang sitzen und schmökern: in ihrem Zimmer ein Schrank in fettem Rotbraun, ein ovaler Tisch mit rubbeliger Tischdecke, ein Schreibtisch mit Aufsatz: Säulchen, Balustraden; dann ein Kachelofen, an dem sie im Winter ihren runden Körper entlangrollt, sich mit Wärme vollsaugt, und hinter eisernem Flügeltürchen steht eine Kanne Tee, aus der sie während der Lektüre öfter mal nachgießt.

Besonders gern liest Marthe Hanau beispielsweise von einem Bauernmädchen namens Thérèse Daurignac, geboren 1856 in einem Dorf bei Toulouse. Als Thérèse ungefähr 14 ist, stirbt ihr Vater, der Bauer; er hinterläßt so viele Schulden, daß die Familie sofort das Bauernhaus verkaufen muß. Die Mutter eröffnet einen Wäschereiladen in Toulouse. Tochter Thérèse arbeitet als Wäscherin im Hause des Gustave Humbert. Das ist ein angesehener Mann: erst Professor der Rechte an der Universität Toulouse, dann Mitglied der Nationalversammlung, schließlich, nach einem Wahlsieg seiner Partei, Generalprokurator am Obersten Rechnungshof.

In seinem Haus arbeitend, erzählt Thérèse, phantasiebegabt, verschiedenen Personen Wunderbares: Mademoiselle de Marcotte, ein sehr altes Fräulein, besitzt ein Schloß mit weiten Ländereien, und dieses Schloß und diese Ländereien hat dieses alte Fräulein ihr, der Thérèse Daurignac, übermacht: sobald die Marcotte tot ist, zieht Thérèse in Schloß Marcotte ein.

Sowas liest Gewerbeschullehrerin Hanau gern ein zweites Mal, langsam, mit Pausen zum Ausmalen: ein Schloß erben, mit Ländereien! Eine Allee, ganz bestimmt eine Allee, die führt durch alte und entsprechend hohe, entsprechend dichte Wälder schnurgerade auf das Schloß zu, steingrau wie fast alle Landschlösser in Frankreich: altes, zünftiges Landschloß. Wer diesem Steingrau näherkommt auf schnurgerader Allee, der sieht erst Fensterreihen, wenigstens zwei; dann, sobald sich die Perspektive erweitert, sieht er massige Ecktürme. Wenn man den kieshellen Vorplatz überquert, sieht man, daß dieses Schloß ein Wasserschloß ist, hurra. Die zwei- oder vierspännige Kalesche fährt deshalb über eine Steinbrücke, hier sieht man rechts wie links den Wassergraben mit torfbraunem Wasser und vielen Seerosen darauf. Schon fährt die Kutsche durch das Torgewölbe, das Rädergeräusch hallend verstärkt. Der Innenhof mit Kopfstein gepflastert, das Wagengeräusch auch hier noch recht laut. Der Wagen hält an einer Treppe, auf der jemand steht, in Livree, nein: dort stehen zwei bis drei Mann in Livree, und einer öffnet die Kaleschentüre, die man fachgerecht »Schlag« nennt. Und aussteigt nicht eine Thérèse Daurignac, klein, Figur einer robusten Köchin, dunkle Augen, dunkles Haar, es steigt vielmehr aus Marthe Hanau, klein, Figur einer robusten Köchin, dunkle Augen, dunkles Haar – diese Übereinstimmung im Äußeren erleichtert ihr sehr die Identifizierung. So betritt sie in gleicher Gestalt, wenn auch mit anderem Namen den Vorraum, an dessen hohen und dunklen Wänden Hirschgeweihe hängen und Schädel von Ebern. Nach links geleitet man die Besitzerin zum saalgroßen Wohnraum, öffnet ihr die Türe: der Raum beherrscht von einem Kamin mit bestimmt zwei Quadratmetern, nein, drei bis vier Quadratmetern Feuerfläche. An den Wänden Gobelins. Ein Tisch mit Einlegearbeiten, Holz oder Stein. Sessel und Sofa mit eleganten, gestreiften Bezügen. Etwas zu trinken wird abgestellt, ein Imbiß. Setzt sie sich sofort, oder geht sie erst mal ans Doppelfenster, schaut in den Rosengarten, auf die kniehohe Mauer dahinter, auf die Brücke, die hier wieder über den Wassergraben führt, hinaus in die Wiesen, von Baumgruppen durchsetzt, und Rehe äsen dort?

So ein Schloß müßte man tatsächlich erben! Da würde man seinen Lebensstil augenblicklich ändern! Da wäre man wie ausgewechselt! Da würde man sich wieder wohlfühlen in seiner Haut!

Stattdessen? Stattdessen steckt sie in ihrer Haut, weiterhin, in der sie nicht stecken möchte. Da steht sie Jahr um Jahr in den gleichen Klassenräumen. Da sagt sie einführend Jahr um Jahr, daß die Wirtschaft ein wichtiger Lebensbereich ist. Was ist die Wirtschaft? Ein wichtiger Lebensbereich. Antwortet gefälligst in ganzen Sätzen! Die Wirtschaft ist ein wichtiger Lebensbereich. Richtig, die Wirtschaft ist ein wichtiger Lebensbereich und als solcher verbunden mit anderen Lebensbereichen, etwa mit Recht und Religion, mit Kunst und Wissenschaft, mit Technik und Politik. Wiederholt das jetzt mal im Zusammenhang! Die Wirtschaft ist ein wichtiger Lebensbereich und als solcher verbunden mit anderen Lebensbereichen.

Ja, sie ist wirklich froh, wenn sie das alles zurückläßt, und sie kann beispielsweise wieder schmökern, etwa in einem Lebensbericht über Thérèse Daurignac, berühmt geworden als Thérèse Humbert. Diese Thérèse erzählt als Wäscherin gern, daß sie nicht bloß Wäscherin ist, sondern Erbin eines Schlosses mit umliegenden Ländereien, und sie wartet nur noch auf das Ableben des alten Fräuleins, das ihr, Thérèse Daurignac, den Besitz testamentarisch vermacht hat, nur der Himmel darf wissen, aus welchen Gründen.

Wird Thérèse ausgelacht, wenn sie sowas erzählt? Skeptisch wird Vater Humbert sein; sehr gern hingegen hört sein Sohn zu, Frédéric: er leistet ihr auch Gesellschaft, wenn sie mit Holzschuhen in der Waschküche klippklappt, hin und her durch den Wasserdampf, und sie wuchtet Holzbütten hoch, schleppt sie, schwenkt sie, setzt sie dröhnend ab, und dann rubbelt, knetet, walkt, wringt sie, spricht dabei auch noch, ohne mit dem Atem knapp zu werden, oder sie singt, weil sie als Erbin so reicher Besitztümer Grund zum Singen hat.

Frédéric gilt als schwach, als energielos, da schaut er gern einer so starken, energischen Person zu, wenn sie mit aufgekrempelten Ärmeln Wäschestücke auf einem Wellbrett reibt, knetet, stößt, und wenn ihr die Nase feucht wird in all dem Wasserdampf, so fährt sie mit nassem Unterarm an der Nase entlang, schniefend, dann rubbelt und knetet und wringt sie weiter, dabei von Mademoiselle de Marcotte erzählend, vom Château de Marcotte, von Mademoiselle de Marcotte, und wenn die stirbt, gehört Château de Marcotte ihr, der Thérèse Daurignac; vielleicht könnte man es dann umbenennen, in Château d'Aurignac, was fast noch besser klingt, auch besser paßt zu einem alten Wasserschloß aus dem 14. Jahrhundert mit grauem Mauerwerk, mit Jagdtrophäen in Treppenhäusern und Fluren, mit teils sehr mächtigen Kaminen, in denen sich eventuell Ochsen braten ließen, zumindest Schweine, und dann zugelangt, hussa!

So etwas hört sich Frédéric Humbert gern an: kein Wort hier von Jura, die er studieren muß, bloß weil sein Vater mit Jura so sichtbar erfolgreich wurde. Er schaut am liebsten überhaupt nicht in die Fachbücher, die ihn voranbringen sollen im Studium und später im Berufsleben, er schaut viel lieber der strammen Thérèse zu, schaut sich satt daran, wie sie arbeitet, Gummischürze vor dem Bauch, vor den Brüsten, und ihre Hüfte stößt gegen den Waschbüttenrand, wenn sie auf schräggestelltem Waschbrett rubbelt, und ebenso rhythmisch fährt ihr Gesäß aus: wer kann das lange anschauen, ohne Wünsche zu entwickeln? Näher und näher steht Frédéric neben Thérèse, die redend, fast pausenlos redend, zuweilen auch singend arbeitet: schließlich zeigt seine Hand an, welche Wünsche er hat. Thérèse gibt seinen Wünschen nach: es sind immerhin Wünsche des Sohns des Senators; Frédéric wird ihr Geliebter.

Und wenn er schon ihr Geliebter ist, soll er auch ihr Mann werden, da ist sie zielstrebig. Bitteschön, sie ist ja nun eine gute Partie, ist Wäscherin bloß zum Schein, ist in Wirklichkeit Erbin ausgedehnter Ländereien mit Schloß, das soll der Sohn dem Vater mal gefälligst klarmachen. Frédéric läßt sich zurechtreden und vorschicken, er sagt dem Vater, wen er heiraten will. Wie dieser Vater darauf reagiert, kann sich Marthe Hanau schon vorstellen, das braucht sie gar nicht zu lesen: zuerst wird Vater Humbert nicht glauben wollen, was Sohn Humbert sagt, er wird das für einen Witz halten, Witz unter Männern; dann steigender Blutdruck, Anschwellen des Stimmvolumens, Vermehrung der Gestik; schließlich ein türenschmetternder Abgang.

Thérèse läßt sich von so etwas nicht entmutigen. Bitte, wenn der Vater dem Sohn diese Heirat nicht erlaubt, dann soll der Sohn eben ohne väterliche Genehmigung heiraten, soll damit zeigen, daß er auf eigenen Beinen stehen kann, sich nicht dauernd kujonieren läßt, das ist doch unwürdig für einen Erwachsenen! So stärkt und steift sie ihm auch das Rückgrat.

Und tatsächlich: Frédéric heiratet sie; in Paris, und ohne Teilnahme der Familie, wie es scheint. Frédéric studiert weiter seine Jura, eröffnet dann eine Anwaltspraxis. Weil er aber offenbar so keine rechte Lust hat zu dieser Arbeit, läuft die Praxis nicht gut, und weil sie nicht gut läuft, kommt kaum Geld herein – aber Geld wollen sie haben, beide. Ließe sich das nicht auf leichtere, elegantere Weise erwerben?

Dazu müssen einige Faktoren zusammenwirken. Sehr wichtig ist hier die Rolle von Vater Humbert; der wird nämlich 1882 Justizminister im Kabinett des Charles de Freycinet; gleich macht er seinen Sohn Frédéric zum Chef des Ministerbüros, und Thérèse ist nun die Frau, die Gemahlin des Chefs eines Ministerbüros.

Aber es kommt noch besser. Justizminister Humbert hat es gleich mit einem Finanzskandal zu tun: eine Bank zur »Gruppierung katholischer Kapitalien«, ausgestattet mit einem handschriftlichen Segen des Heiligen Vaters, wird von verschiedener Seite angezeigt: die Union Générale hat die eigenen Aktien hochgeputscht, hat die Buchführung manipuliert, viele fiktive Forderungen, große faktische Verluste. Vater Humbert spricht ein Machtwort: »Die Justiz nimmt ihren Lauf. Sie wird mit Festigkeit angewendet werden.« Der Direktor, Bontoux, wird eingesperrt, aber nicht zu lange, die

Union Générale wird allerdings liquidiert, und das sehen andere Banken recht gern.

Nach dieser Aktion geht es Minister Humbert sichtlich besser: er, der bisher betont bescheiden lebte, am liebsten in der Provinz, er bewohnt nun ein teures Appartement in der Rue de Rivoli. Und sein Sohn Frédéric zieht mit Thérèse in eine sehr teure Villa in sehr vornehmem Viertel. Wie ist das vor der Öffentlichkeit zu erklären? Nun, Thérèse hat endlich eine Erbschaft gemacht, und zwar eine riesige. Ist Mademoiselle de Marcotte gestorben, einsam und auf baldigen Widerruf wohnend im Château de Marcotte? Nein, es geschieht viel Erstaunlicheres: ein reicher Amerikaner, Robert Henry Crawford, vermacht Thérèse sein gesamtes Erbe, millionengroß.

Leserin Hanau atmet tief durch, freut sich schon auf die nächsten Kapitel dieser Lebensgeschichte, die so bunt ist. Sie hat ja schon hinten reingeguckt in das Buch, sie weiß bereits, daß Thérèse Humbert viele, viele Millionen zwar nicht erbte, aber unter Hinweis auf dieses Erbe als Kredit aufnahm – und ist das nicht verlockend, allein als Vorstellung? Und was am phantastischsten ist an dieser beinah märchenhaften Geschichte: sie ist nicht erfunden, es hat diese Thérèse Humbert wirklich, tatsächlich gegeben! Das beweisen unter anderem Bilder, die das Buch mitliefert: sehr genau betrachtet Gewerbeschullehrerin Marthe Hanau etwa ein Foto, auf dem Thérèse Humbert an einem runden Basttisch sitzt, den rechten Ellbogen aufgestützt, die Knie weit auseinander unter dem knöchellangen Kleid, das bis zum Hals geschlossen ist, die Frisur hochgesteckt, zur weiteren Vergrößerung obendrauf noch etwas Schwarzes, Federbuschartiges, wie zwischen Ohren von Zirkuspferden. Ach ja, sie hat Grund, die Humbert, so lässig, so selbstsicher dazusitzen, offenbar im Gespräch mit jemandem, der am rechten Bildrand weggeschnitten wurde: so überlegen den Ellbogen aufstützen, so lässig den linken Arm auf die Seitenlehne legen!

Und sie, Marthe Hanau? Sie hat keinen Anlaß, sich zurechtzusetzen für einen Fotografen; unfotografiert geht sie jeden Morgen zur Gewerbeschule, unfotografiert steht sie jeden Vormittag vor den Klassen, sagt hier, was sie schon mehreren Jahrgängen gesagt hat, was sie noch etlichen Jahrgängen sagen wird: Der Verbraucher bestimmt in der Marktwirtschaft durch seine Nachfrage Richtung und Umfang der Produktion. Das läßt sie Jahr um Jahr aufschreiben, Jahr um Jahr lernen, Jahr um Jahr aufsagen, weil es so im Lehrbuch steht: Der Verbraucher bestimmt in der Marktwirtschaft durch seine Nachfrage Richtung und Umfang der Produktion. Lehrerin Hanau denkt nicht weiter nach über solche Lehrsätze, sie gibt die weiter, damit basta. Ist es vielleicht ihre Aufgabe, solche Sätze erst mal zu prüfen, hier also zu fragen, ob nun wirklich der Verbraucher über die Produktion bestimmt und nicht etwa die Produktion über den Verbraucher?

Sie hat wirklich keine Lust, sich auch noch außerhalb der Schulstunden mit solchen Fragen zu befassen. Da ist sie froh, wenn sie wieder in ihrer Wohnung ist, und schmökernd versetzt sie sich in eine andere Person. Bei der Humbert ist das ja ziemlich leicht für sie: fast die gleiche Statur, und hübsch sind sie beide nicht, wahrhaftig nicht, mehr Querköppe als Köpfe. Aber dieser Querkopf zeigt sich erfinderisch: vor einigen Jahren, so erzählt Thérèse, wenn von der reichen Erbschaft die Rede ist, vor einigen Jahren also saß sie in der Pariser Vorortbahn, der Ceinture, ihr gegenüber ein älterer Herr, und der erlitt urplötzlich einen Herzanfall; resolut half ihm Thérèse, ließ ihn in sein Hotel bringen, versorgte ihn hier selbstlos weiter. Dem Amerikaner ging es bald besser, man unterhielt sich, auch über Persönliches: er hieß Robert Henry Crawford, stammte aus Chicago, war mehrfacher Millionär. Beim Abschied ließ sich Crawford ihre Anschrift geben.

Danach hörte sie freilich nichts mehr von ihm. Dann eine Nachricht aus Chicago: Robert Henry Crawford ist verstorben, hat Thérèse Humbert zur Alleinerbin seines Vermögens gemacht, 100 Millionen Francs in französischen Staatspapieren. Das spricht sich natürlich sehr rasch herum, alles reißt Mund, Hals, Nase, Ohren auf: 100 Millionen? Ehemann Frédéric, Chef des Ministerbüros im Justizministerium, bestätigt: 100 Millionen in Staatspapieren. Justizminister Gustave

Humbert, zu großem Ansehen gekommen, vor allem in Wirtschaftskreisen, bestätigt ebenfalls: 100 Millionen Francs in Staatspapieren.

Nun ist da allerdings eine Schwierigkeit, und die verzögert die Ausführung der testamentarischen Verfügung: zwei Neffen des verstorbenen Robert Henry Crawford, die Herren Robert und Henry Crawford fechten von Amerika aus dieses Testament an, verweisen auf ein zweites, ebenfalls handschriftliches Testament ihres Onkels, demnach soll die Erbschaft aufgeteilt werden zwischen ihnen und der Schwester von Thérèse, der Marie Daurignac; dafür sollen alle drei Erben Thérèse Humbert 30 000 Francs monatlich auszahlen.

Da geht natürlich gleich das Prozessieren los! Welches der beiden handschriftlichen Testamente ist gültig, weil später verfaßt? In der ersten Phase des Prozesses, bei dem man weder die Testamente noch die Neffen zu sehen bekommt, wird ein Vergleich geschlossen: Thérèse darf sämtliche Wertpapiere der Erbschaft in Verwahrung nehmen, darf darüber aber nur mit Zustimmung ihrer Schwester und der beiden Crawford-Neffen verfügen.

Und wie die Humberts übereinstimmend erzählen, werden die Papiere tatsächlich aus den Vereinigten Staaten transferiert; Madame Humbert verschließt sie in einem Stahlschrank ihrer Villa, versiegelt ihn gemäß gerichtlicher Verfügung. Keiner außer den Humberts hat diese Papiere gesehen, nicht mal eine Stückliste, aber der Stahlschrank ist da, sichtbar, und das Siegel ist da, befühlbar. Gern zeigt Ehepaar Humbert Besuchern diesen Stahlschrank, dieses Siegel: Dahinter ist das alles! Mal dagegenklopfen, mal dranbumsen: dumpfe Resonanz der Papierstöße? Mal das Ohr dranhalten, reinhorchen: knistern die Wertpapiere?

In ihrer Lehrerwohnung mit rotbraunem Schrank, ovalem Tisch, vermurkstem Schreibtisch, massigem Kachelofen liest Marthe Hanau weiter, wie die gleich kleine, gleich robuste, gleich energische Thérèse Humbert nun gemeinsam mit ihrem Mann Schulden macht bei Juwelieren und Couturiers, wie sie Gelder aufnehmen bei Bekannten und bei Banken: Frédéric als Chef des Ministerbüros, bald darauf auch noch Abgeordneter, sein Vater Justizminister, da wird ja wohl alles in Ordnung sein, solch eine Familie ist voll kreditwürdig! Und die Sache mit der Erbschaft wird sicher auch bald geklärt sein, da können die Humberts Schulden und Kredite im Handumdrehen zurückzahlen. Denn wie auch immer die richterliche Entscheidung ausfällt: viel Geld bekommen die Humberts auf jeden Fall!

Und Ehepaar Humbert zieht erst mal um in eine dreistöckige Residenz in der Avenue de la Grande Armée – Kaufpreis 300 000 Francs, aber die Humberts zahlen nur 100 000, Rest später. Und sie kaufen ein Schloß mit Domäne bei Melun, Kaufpreis 245 000 Francs, kaufen ein Weingut bei Narbonne für 806 000 Francs, kaufen ein Weingut in Algerien, das auch viel Geld kostet; eine Villa an der Riviera muß eigentlich kaum noch erwähnt werden. Und man sieht Ehepaar Humbert nur in teuersten Restaurants, in besten Hotels, in feinster Gesellschaft – dazu gehören viele führende Politiker, etwa der Kabinettchef de Freycinet, dann Boulanger, ab 86 Kriegsminister. Und führende Persönlichkeiten des Wirtschaftslebens. Und Künstler, Diplomaten. Diese Creme wird zu Empfängen und Bällen eingeladen in die Stadtresidenz, zu Jagden auf die Landsitze: enorm steigt das Ansehen der Humberts, damit wiederum die Kreditwürdigkeit; rasch werden es Millionen.

So etwas lesend kann Lehrerin Hanau schon ins Tagträumen kommen: in einer eleganten Villa wohnen in ruhiger Straße, in der vorwiegend Industrielle residieren, viel Grün, teure Autos, Kindermädchen schieben Kinderwagen, die Gärten hinter den Häusern weit, alter Baumbestand: an solch einem Fenster stehen, vormittags, in Koniferen schauen und in andere Bäume, deren Namen man kennenlernt. Und wenn man nicht mehr in dieser Villa bleiben will, weil es beispielsweise zu heiß wird im sommerlichen Paris, so fährt man auf den Landsitz, auf dem man nichts als Grün sieht, das eine kühlende, beruhigende Wirkung hat: Grün schon am Morgen, wenn man aufsteht, spät; Grün, wenn man hinausgeht; Grün, so weit man spaziert; Grün, das erst am Abend entgrünt. Wenn es auch im Grünen heiß wird, fährt man zur Riviera, im Zug, Erster Klasse, oder in einem eleganten Reisewagen. Vor den Fenstern der Mittelmeervilla das lichtflirrende, königsblaue Wasser, in dem sie mit ihrer gedrungenen Statur rasch schwimmt, kaum jemand kommt da mit, schon gar nicht andere Frauen, die nun Anlaß haben, sie auch in dieser Hinsicht zu bewundern. Dann: dinieren in teuren Hotels, zur Vorspeise Austern-Pastetchen, davor eine weiße »Coulis«, danach – ja, was nähme man danach? Das ausdenken, ausmalen, lippenleckend, speichelabsondernd: es würde jedenfalls ein fürstliches Diner! Nach dem anschließenden Mittagsschlaf durch den Mittelmeerort promenieren, einkaufen, was man kaufen will, Kleider, Hüte, Schmuck – vielleicht würde sie nicht 20 000 oder 30 000 Francs jährlich für Garderobe ausgeben, wie es der Humbert nachgesagt, nachgeschrieben wird, aber die Hanau würde bestimmt viel mehr ausgeben als jetzt, mit dem Gehalt einer Lehrerin: mit vollen Händen ausgeben, mit vollen Zügen leben, das größere Leben, das buntere Leben.

Ja, die Hanau versetzt sich gern in die Humbert, zumindest, solange die noch keine Schwierigkeiten hat. Aber die deuten sich nach einigen Jahren doch an: einige Gläubiger werden etwas ungeduldig, denn die Humberts verfügen noch immer nicht über die Erbschaft; der Prozeß zieht sich hin, wird in die Länge gezogen, und zwar systematisch.

Zum Beispiel machen die Anwälte der Crawford-Neffen im Namen ihrer Mandanten einen Vorschlag: die beiden verzichten auf ihre Ansprüche, wenn die Prozeßgegner ihnen 6 Millionen Francs auszahlen. Die Humberts nehmen den Vorschlag an. Jetzt dürfte endlich alles klar sein! Erleichtert erfahren das die Gläubiger. Aber plötzlich ist da wieder ein Haken: von einer Geheimklausel ist die Rede, nach der Thérèses jüngere Schwester Marie einen Sohn der Crawford-Brüder heiraten soll; erst dann gilt die vorgeschlagene Regelung. Solch eine Geheimabmachung bestreiten die Humberts, der Prozeß kann ein paar Jährchen weitergehen.

Wobei die Humberts natürlich auf einen raschen Abschluß drängen, durch ihre sehr guten, sehr teuren Anwälte, aber wer den Prozeß dauernd behindert, sind eben diese Crawfords! Die sind durch ihre Anwälte immer außerordentlich schwer zu erreichen, haben nie genaue Anschriften, sind dauernd auf Reisen. Freilich läßt sich nicht jahrelang nur durch Korrespondenz arbeiten, die beiden Herren müssen schon mal direkt mit den Anwälten verhandeln – woher nun Crawfords nehmen, die es nicht gibt? Die beiden Brüder der Thérèse, Emile und Romain Daurignac, die sowieso schon die Korrespondenz führen, also gut eingearbeitet sind, sie treten auf als Robert und Henry Crawford, mit Perücke und Maskenbart, freilich nur ganz kurz, eben auf der Durchreise.

Bei solchen Voraussetzungen sind natürlich Pannen möglich. Zum Beispiel ist da ein Bankmann namens Delatte, er hat den Humberts große Kredite verschafft, aber so langsam beginnt er an dieser Crawforderei zu zweifeln. Auf einer Amerikareise erkundigt er sich nach Crawford-Vermögen und Crawford-Neffen, eine günstige Gelegenheit. Und was muß er feststellen? Ein verstorbener Multimillionär namens Robert Henry Crawford ist in Chicago völlig unbekannt, ebenso unbekannt sind Crawford-Neffen in Boston. Ehepaar Humbert darf sich gar nicht auf die Rückkehr dieses Herrn freuen. Aber es gibt noch ein »gnädiges Schicksal«, und das schlägt zu, Monsieur Delatte wird in New York ermordet, Täter und Motive unbekannt, die Leiche wird, wie sich das gehört, im East River gefunden. Da haben die Humberts aber Glück gehabt, wie?

Aufatmen bei den Humberts, ebenso bei einer Leserin wie Marthe Hanau, Gewerbeschullehrerin, die sich in ihrer Freizeit mit der Humbert identifiziert, um wenigstens etwas mitzuerleben, wo sie schon selbst nichts erlebt.

Bald fühlen sich die Humberts freilich wieder sicher, machen immer höhere Schulden: 40 bis 50 Millionen Goldfrancs sind das schließlich nach rund 20 Prozeßjahren! Von diesem Prozeß leben sie, diesen Prozeß lassen sie lange leben. Einlegung von Beschwerden und Rechtsmitteln; Ablehnen von

Richtern; Berufungsinstanzen; Kassationshof. Günstig ist natürlich auch, daß die Humberts einige Richter kennen, die mit dieser Sache befaßt sind, auch hat man Beziehungen zu höheren Herren der Rechtsprechung – keine Schwierigkeit bei Vater Humberts Position! Und der ist ja mittlerweile auch noch Vizepräsident des Senats geworden, wird später noch Chef des Rechnungshofs! Außerdem haben die Humberts gute Beziehungen zu führenden Politikern, weiten hier den Bekannten- und Freundeskreis immer mehr aus. All das wirkt äußerst positiv zurück auf das Ansehen von Thérèse und Frédéric Humbert. Und wo solches Ansehen ist, da bleibt das Geld nicht fern.

Außer Delatte kommt vorerst eigentlich niemand auf den Gedanken, es könnte eventuell gar keinen Robert Henry Crawford gegeben haben, und es gebe womöglich auch weder einen Robert noch einen Henry Crawford. Wenn man immer wieder in der (doch wohl gut informierten) Presse liest, wie verbittert um das Testament des Robert Henry Crawford prozessiert wird, so muß das ja nun vorhanden sein, oder? Und die Wertpapiere liegen bei den Humberts schon seit Jahren im Safe: wie man hört, sollen die Crawford-Neffen von Zeit zu Zeit nach Paris kommen, um sich davon zu überzeugen, daß sie ordnungsgemäß im Stahlschrank liegen, daß die Coupons termingerecht abgeschnitten werden, daß der Safe dann wieder vorschriftsmäßig versiegelt wird. Na bitte, da dürfte wohl alles klar sein, oder?

Aber die Schwierigkeiten werden kommen, das weiß die Leserin Hanau schon: 1902 werden in einer Artikelserie im Matin die fortgesetzten Betrügereien endlich publik, die Humberts kommen vor Gericht, dann ins Zuchthaus, für ein paar Jährchen – aber wie das im einzelnen abläuft, was da im Detail passiert, das möchte die Hanau genau lesen: sie ist gespannt, was die Humberts noch alles aushecken werden.

Bis zum Überdruß, bis zum Ekel weiß sie allerdings, was sie, Marthe Hanau, tun wird: Jahrgang für Jahrgang wiederholen, was im Lehrbuch formuliert ist, etwa über Bedürfnisbefriedigung von Bedürfnissen durch Güter und Dienstleistungen.

Mit ihr geht es nicht weiter. Sie tritt auf der Stelle, jahrelang. Sie fühlt sich wie ein Hamster im Tretrad. Dagegen geht es im Buch mit der Humbert stetig voran: kaum schlägt Lehrerin Hanau nach der Schule das Buch auf, in dem sie über die Humbert liest, das ist sie auch schon in die (damals) ungefähr gleichaltrige Frau hineingeschlüpft. Die gründet mit ihrem Mann, der als Abgeordneter im Herbst 89 nicht wiedergewählt wird, eine Versicherungsgesellschaft, die Rente Viagère, Stammkapital 10 Millionen Francs. Diese Gesellschaft bietet Lebensversicherungen an vor allem für den Mittelstand, bietet hohe Auszahlungen bei niedrigen Einlagen – das wirkt ansprechend im bekanntlich großen Reservoir von Versicherungswilligen. Ebenso empfiehlt sich die neue Gesellschaft durch prompte und großzügige Auszahlung von Versicherungsbeträgen: auch das wird sich herumsprechen, auch das hebt die Zahl der Versicherungsnehmer. Dazu eine leistungsfähige Vertreterorganisation, ein immer dichteres Vertreternetz. Je größer die Zugänge von Neuversicherten, desto angesehener die Versicherungsgesellschaft. Ihre immer voluminösere Gesamtversicherungssumme muß sichtbar gemacht werden durch ein entsprechend großes Versicherungsgebäude: man zieht in ein Palais am Boulevard des Capucines. Am Eingang mehrere livrierte Portiers, die jedem Eingetretenen die Türe öffnen, ihn begrüßen, ihn geleiten. Noble Innenausstattung, sie darf ruhig nach Geld stinken: das bestätigt und steigert den guten Eindruck, den man von der Gesellschaft hat oder gewinnen soll. Dieses gute Image der Gesellschaft wiederum wirkt sich günstig aus auf die Prämienzuflüsse: diese Zahlen werden veröffentlicht, wirken sich erneut positiv aus auf die Gesamtversicherungssumme.

Und was macht man mit diesen Geldern, soweit sie nicht unmittelbar gebraucht werden für Auszahlungen, für Mieten, Gehälter, Tantiemen? Man legt die Gelder nicht an in kluger Anlagemischung, die Gelder werden ausgegeben, und zwar von der Familie Humbert. Und je reichlicher die Humberts Geld ausgeben, desto größer wird ihr Ansehen, desto höher erscheint ihr Status in der Wirtschafts- und Finanzwelt. Thérèse Humbert als führende Persönlichkeit, genannt: La Grande Thérèse.

Eine Gewerbeschullehrerin namens Marthe Hanau, die abends oder schon nachmittags so etwas liest, die kommt hier ins Tagträumen: La Grande Marthe – wie würde das klingen? Hört sich eigentlich genauso gut an wie: La Grande Thérèse. Hört sich, wenn man genau hinhört, eigentlich sogar besser an: La Grande Marthe. La Grande Marthe! Je suis La Grande Marthe. On m'appelle La Grande Marthe. La Grande Marthe c'est moi.

Aber wie soll Marthe zur großen Marthe werden in so einer Gewerbeschule? Wie aufsteigen, wo der Tageslauf eingeschient ist, der Vormittag parzelliert in Unterrichtsstunden, und nach der Schule ist sie müde, muß erst mal was schlafen, und nachmittags korrigieren, und abends ein bißchen schmökern? Lehrerin Hanau ist mit ihrem Beruf, mit ihrem Leben überhaupt nicht zufrieden. Schon gar nicht, wenn sie von so märchenhaften Möglichkeiten liest, die nachweislich verwirklicht wurden.

23

Der erste Angriff kommt von rechtsaußen: am 23. September 28 erscheint ein kritischer Artikel über den Hanau-Konzern in der konservativ-nationalistisch-royalistischen Tageszeitung L'Action Française: diese Zeitung hat sich dem Kampf gegen alle Formen der Korruption und des moralischen Verfalls verschrieben, somit dem Kampf gegen die Republik, in der, nach Meinung dieser Zeitung, moralischer Verfall und Korruption besonders üppig gedeihen, was sich erst ändert, wenn eine strenge, autoritäre Regierung herrscht, am besten mit einem König an der Spitze, der national denkt.

Besonders aufgeschreckt ist durch diesen Artikel natürlich Graf Courville, der die Action Française seinerzeit mitgegründet hatte und sich auch jetzt noch zur nationalen Rechten zählt. Er macht, so wird erzählt, Madame Hanau den Vorschlag, dem Chefredakteur der Action Française 100000 Francs zu übermitteln und damit weitere, womöglich genauere Angriffe zu verhindern.

Aber so läßt sich die Pressekampagne nicht aufhalten; die Action Française ist nicht die einzige Zeitung, die Kritik übt an der Hanau-Gruppe. Die nächste, schärfere Attacke bringt La Rumeur.

Der Herausgeber dieses Boulevardblatts, Georges Anquetil, hat den Wirtschaftsteil der Rumeur an die Hanau-Gruppe verpachtet, erhält dafür einen ansehnlichen Betrag. Zusätzlich bekommt Anquetil Provision für alle Finanzgeschäfte, die er vermittelt oder unterstützt. Er will nun entschieden höher an den offensichtlich so guten Geschäften der Präsidentin beteiligt sein, stellt entsprechende Forderungen, aber die weist sie ab. Dafür will er sich rächen: er beginnt im redaktionellen Teil seines Blatts eine Kampagne gegen den »Konzern Bloch-Hanau«, läßt von politischen Beziehungen schreiben, von einer Protektion des Konzerns durch Parlamentarier, von Manipulationen besonders mit hauseigenen Aktien, etwa mit der Royale des Pétroles.

Solche Meldungen, ob richtig oder falsch, finden rasche Verbreitung; Abwehraktionen werden notwendig. Zuerst einmal findet ein großer Appell statt: die Mitarbeiter aus sämtlichen Filialen und Zweigniederlassungen der Hanau-Unternehmen werden nach Paris eingeladen, in einen großen Saal des Palais d'Orsay: Goldstuckatur, Deckengemälde, Lüsterkristall, gute Weine, Sonderimport von Zigarren. Reden werden gehalten, die alle Mitarbeiter immun machen sollen gegen Attacken: alles sei in schönster Ordnung, die finanziellen Verhältnisse prachtvoll, allen Gerüchtbildungen müsse man mit Entschiedenheit entgegentreten, von Anfang an, unbedingt müßten die Kunden beruhigt werden, ihre Gelder seien nach wie vor in sicherer Hand, alles, wie gesagt, in bester Ordnung, in schönster Ordnung – so ungefähr werden sie wohl reden, die energische Präsidentin, der ansehnliche Audibert, der noble Graf Courville. Und mit »gestärkter Überzeugung« kehren die Filialleiter, die Korrespondenten, die Mitarbeiter in ihre Städte und Kleinstädte zurück. Solche »Rückenstärkung« brauchen sie auch, denn die Angriffe in der Presse mehren sich, werden schärfer: man verweist auf Unregelmäßigkeiten in der Buchführung, berichtet über Manipulationen von Aktienkursen, verkündet Vertrauensschwund bei der Kundschaft.

Am 30. November erscheint im Ami du Peuple ein Artikel, der dem Quotidien Komplizenschaft bei den Betrugsmanövern der Gruppe Hanau vorwirft und schon in der Schlagzeile fordert, die Herren Dumay und Hennessy müßten ins Gefängnis. Am gleichen Tag berichtet Le Journal von mehreren Strafanzeigen gegen die Hanau-Holding. Häufig wird in diesen Tagen das Wort BLUFF geschrieben.

Ich will über diese Phase nur knapp berichten, denn in dieser Zeit finden verschiedene Vorgänge statt, die für einen Illustriertenroman ergiebiger wären: Anquetil, der Verfasser von pornographischen Büchern, der Sammler von Totenvögeln, der stadtbekannte Erpresser, schickt einen Türken namens Mimoun Amar zu Marthe Hanau, er fordert 150000 Francs, nur dann werde La Rumeur die Angriffe einstellen: die Hanau handelt den Betrag auf die Hälfte runter, der Türke zieht mit dem Geld ab, die Hanau muß den Rest dann aber doch zahlen. Bald darauf noch so eine Story mit noch höherem Schweigegeld, da fährt ein Auto vor am Haus von Audibert, er steigt in den Wagen, verhandelt mit einem Vertreter des Journal, zwei Päckchen mit je einer halben Million werden überreicht, heißt es. Und mitternächtliche Anrufe in der Villa der Hanau, andere Erpresser wollen auch was haben, aber da wird die Hanau grob: Haut bloß ab!

Ich werde in dieser Phase nur berichten, daß die Hanau Telegramme an sämtliche Filialstellen schickt: man solle mit Kraft und Entschiedenheit allen Gerüchten und tendenziösen Presseartikeln entgegentreten, man werde bald eine Sonderausgabe der Gazette erhalten, die werde alles klären.

Aber schon bröckelt es an den Rändern des Hanau-Imperiums. Der Quotidien, weiterhin scharf angegriffen, sagt sich öffentlich und offiziell vom Hanau-Konzern los, entzieht seine Wirtschaftsseiten der Interpresse. Neben dem Wort BLUFF in den Zeitungen immer häufiger das Wort BETRUG. Viele Kunden werden unruhig, fürchten um ihre Gelder. Man redet von einer bald bevorstehenden Verhaftung der Hanau, schon laufen Gerüchte um über ihre Flucht. Auch Lazare Bloch, den sie telegraphisch aus Rom zurückgerufen hat, soll verhaftet sein, heißt es.

Madame Hanau sorgt erst einmal dafür, daß belastende Unterlagen verschwinden – besonders wichtig scheint eine Ledermappe, die Audibert nach einer mündlichen Botschaft des Chauffeurs Camille beiseite schafft: inzwischen werden die Telefone überwacht. Beschleunigte Vorbereitungen für die Sonderausgabe der Gazette, die vor allem die Kunden beruhigen soll – ein Massenansturm auf die Kassen der Gesellschaften muß vermieden werden. Verschiedene Zeitungen verkünden bereits den nah bevorstehenden Bankrott der Gruppe.

Die Hanau beschließt, sich durch Angriff zu verteidigen. Dabei läßt sie sich vor allem von ihrem Freund und Anwalt Alfred Dominique beraten, der spätestens hier in den Roman eingeführt werden müßte – er hat sie bereits von Anfang an juristisch beraten und vor allem: abgesichert. Dieser vielbeschäftigte Anwalt ist nebenher noch Generalsekretär der gar nicht radikal-sozialistischen radikal-sozialistischen Partei, führte für sie in einem Stimmbezirk verschiedene Wahlkampagnen durch, stellte sich selbst als Kandidat für die Deputiertenkammer zur Wahl, schaffte aber nicht die nötige Stimmenzahl, blieb dennoch aktiv.

Wohl nach seinem Vorschlag nimmt die Hanau Kontakt auf mit den Justizbehörden – nachdem die wichtigsten Dokumente sichergestellt sind. Am 28. November trifft sie sich im Hause Audibert mit zwei hohen Justizbeamten, schlägt ihnen vor, eine Expertenkommission einzusetzen, die ihre Unternehmen genau prüfen soll, sie werde den Herren dabei behilflich sein. Sie nennt sogar schon Mitglieder dieser Kommission, aber darauf gehen die Vertreter der Justizbehörde nicht ein.

Die Staatsanwaltschaft zieht es vor, eigene Ermittlungen durchzuführen. Sehr ungern hört die Hanau davon, daß man inoffiziell und diskret, aber wohl nicht inoffiziell und diskret genug, Erkundigungen über sie einzieht bei Bankiers, bei Vertretern der Börsenkulisse, sogar bei der Bank von Frankreich, mit der sie Krach hat. Nach einigen Tagen fordert sie der Chef der Gerichtspolizei auf, sich am Morgen des 3. Dezember punkt acht Uhr im Büro des Generalstaatsanwalts einzufinden, es gehe um eine Untersuchung ihrer Geschäftsunternehmen. Da ist die Hanau erbost: erst ihre Mitarbeit bei einer Expertenkommission ablehnen und jetzt behördlicherseits eine Untersuchung durchführen!

So legt sie an diesem 3. Dezember vor den Herren massiven Protest ein, unterstützt von Anwalt Dominique. Die Hanau glaubt inzwischen herausbekommen zu haben, wie das Expertendossier aussieht, das von der Justizbehörde gegen sie angelegt wurde: das enthält nichts als die Ausgabe einer

Wochenzeitschrift, die von der Banque Générale du Nord finanziert wird, sowie die schriftliche Denunziation eines früheren Gazette-Angestellten, den man entlassen hatte, und zwar aus triftigen Gründen, wie die Hanau öfter betont. Die Staatsanwaltschaft nimmt ihre Erklärungen zur Kenntnis, legt sie zu den Akten.

Der Fall Hanau ist an diesem 3. Dezember auch Tagesordnungspunkt des wieder einmal neu gebildeten Regierungskabinetts, noch einmal unter Poincaré, der sich erneut vorgenommen hat, »den Franc und die innenpolitische Lage unter dem Zeichen der nationalen Einheit zu stabilisieren«. Dies ist nun durch einen drohenden Finanzskandal großen Ausmaßes gefährdet. Innenminister Tardieu warnt in der Kabinettsitzung vor einer sofortigen Verhaftung der Hanau: diese Maßnahme würde zum Zusammenbruch des Konzerns, zur Unruhe unter der Bevölkerung, zur Bedrohung der wirtschaftlichen Stabilität Frankreichs führen.

Dennoch wird eine Verhaftung angeordnet. Marthe Hanau sieht sie voraus. Einem Reporter des Petit Parisien erklärt sie in ihrer Villa: »Ich habe den sehr deutlichen Eindruck, daß ich noch heute abend oder morgen früh verhaftet werde... Es wäre mir leicht gewesen, schon vor einigen Tagen abzureisen. Ich habe es nicht getan. Ich bin mir bewußt, nichts Tadelnswertes getan zu haben.«

Ihr Haus wird noch an diesem Abend von Polizei bewacht – nach damaligem Gesetz darf niemand nachts in seiner Wohnung verhaftet werden. Auch das Haus, das Bloch mit Frau und sechs Kindern bewohnt, wird bewacht, ebenso die Wohnung seiner Hauptfreundin. Am Morgen des 4. Dezember muß Madame Hanau mit Polizeibewachung in die Rue de Provence fahren. Dort trifft sie Lazare Bloch, ebenfalls in Polizeibegleitung, man läßt die beiden aber nicht miteinander sprechen. Es werden nun Safes, Büroschränke, Schreibtische durchsucht; nach sechs Stunden scheint genügend belastendes Material vorzuliegen, Marthe Hanau und Lazare Bloch werden verhaftet und in zwei Gefängnisse überführt: Bloch ins Santé, die Hanau ins Saint Lazare. Haftbefehl auch für Pierre

Audibert, er kann aber nicht ins Gefängnis eingeliefert werden: er hat eine schwere Herzattacke, wird in seinem Haus bewacht. Verhaftet wird weiter Paul Hersant, Chef der Rechtsabteilung, er hatte in juristischer Hinsicht mitgewirkt bei der Umwandlung der Gazette du Franc in eine Aktiengesellschaft, hatte notwendige Vorarbeiten geleistet zur Bildung der verschiedenen weiteren AGs. Verhaftet auch Courville. Verhaftet werden zudem verschiedene Mitarbeiter der Gazette du Franc – bestimmt ist der Wirtschaftsredakteur dabei. Verhaftet wird Gillot, der vormalige Direktor der Interpresse.

Ich finde es spannend, in damaligen Zeitungen über den Gazette-Krach zu lesen: ich habe den 28er Jahrgang verschiedener Zeitungen durchsucht, im Stadtarchiv Düren, in der Stadtbibliothek Aachen, im Frankfurter Societätsverlag, habe Material gefunden, das ich in den Roman aufnehmen möchte.

Ich lese, daß als eine der ersten Personen außerhalb des Hanau-Konzerns Georges Anquetil verhaftet wurde, von der Hanau angezeigt wegen Erpressung. Über diese Verhaftung freute sich mancher in Paris, man kündete ihm schadenfroh einen Aufenthalt in den Strafkolonien an. Die Frankfurter Zeitung (und Handelsblatt) freilich war skeptisch: »Wir glauben aber, daß dies gar nicht so leicht sein wird, denn der Verhaftete kennt seine Leute und hat die ihm zur Last gelegten Manipulationen mit großer Geschicklichkeit und noch größerer Vorsicht ausgeführt.«

In der Ausgabe vom 19. Dezember berichtete die Frankfurter Zeitung auch von der Verhaftung zweier Direktoren der Société de Remise et de Banque, die mit dem Konzern kooperierte; die beiden Herren dieser »Makler- und Bankgesellschaft« gaben bei der Vernehmung zu, »daß durch ihre Vermittlung ein Vertrag mit der Zeitung Rumeur zustande gekommen ist, wobei der Herausgeber dieser Zeitung, Anquetil, für die Verpachtung seines Handelsteils eine jährliche Entschädigung in Höhe von 500000 Francs sowie eine 20-

prozentige Beteiligung an den durch seine Vermittlung getätigten Geschäften erhalten sollte«.

Ich nehme an, die beiden Herren sind identisch mit den Bankdirektoren, von denen ich im Echo der Gegenwart vom 20. Dezember lese, unter der Schlagzeile »Neue Enthüllungen im Pariser Finanzskandal«: »Mit welchen Mitteln die Kurse der Papiere gemacht wurden, ergibt sich aus dem heutigen Verhör der beiden Bankdirektoren Eduard Weill und Abraham Hanwerger, die durch ihre Société de Remise et de Banque mit einem Vertrauensmann der Frau Hanau Scheinkäufe hin und her tätigten, um auf diese Weise eine Börsennotierung in gewollter Höhe herbeizuführen.«

Ein Haftbefehl wurde auch ausgestellt für Henry Dumay, Direktor des Quotidien. Seine Zeitung verkündete seinen Entschluß, künftig »in bescheidener Zurückgezogenheit dem von seinem Blatt geführten Kampf um den Sieg der demokratischen Ideale zu folgen« – aber aus dieser bescheidenen Zurückgezogenheit wurde Flucht. Vergeblich suchten ihn Polizisten in seinen verschiedenen Wohnungen und Apartments, man konnte nur noch Papiere beschlagnahmen, Siegel aufkleben. Echo der Gegenwart berichtet: »Dumay hatte bereits in seiner vor mehreren Tagen erfolgten Vernehmung zugeben müssen, daß er nicht nur den Handelsteil des Quotidien an die Gazette du Franc verpachtet und dafür eine recht ansehnliche Provision erhalten hat, die er jeweils seinen Sohn quittieren ließ, sondern daß er darüber hinaus der geschäftstüchtigen Frau Hanau auch die Listen seiner Abonnenten zum Zweck der Kundenwerbung verkauft hatte. Nach der neuesten Wendung, die die Untersuchung genommen hat, müssen seine Geschäftsbeziehungen zur Gazette du Franc noch sehr viel intimer gewesen sein.«

Auch Le Journal gab Anlaß zu Pressemeldungen. In der Frankfurter Zeitung vom 29. Dezember lese ich: »Die gestrige Vernehmung ergab, daß Frau Hanau einem der großen Pariser Blätter, nämlich dem Journal, eine Summe von einer Million Franken in bar und 15 Millionen Franken in Form von Beteiligungen angeboten habe, um die von diesem Blatt im

Dezember begonnene Kampagne zum Stillstand zu bringen.« Das Journal stellte dazu fest, man habe dieses Angebot selbstverständlich abgelehnt. Dazu die Frankfurter Zeitung: »Der Fall scheint hiermit jedoch noch nicht erledigt zu sein.« Denn eine Million war zum angegebenen Zeitpunkt nachweislich von einem der Konten abgebucht worden.

Es wurden in diesem Dezember 1928 auch zahlreiche Namen von Politikern genannt, die Beziehungen hatten oder gehabt haben sollen zum Hanau-Konzern. »Poincaré hat den letzten Ministerrat damit befaßt. Die wildesten Gerüchte laufen in der Kammer um. Man spricht von einem neuen Panama und einem neuen Fall Humbert. Es sollen bekannte Persönlichkeiten des französischen öffentlichen Lebens in die Angelegenheit verwickelt sein.«

So wurde »führenden Politikern« vorgeworfen, sie hätten durch ihre Beiträge für die Gazette du Franc et des Nations das Meinungsbild, das Öffentlichkeitsbild dieser Zeitung verbessert und dadurch mitgeholfen, die finanziellen Manipulationen abzuschirmen. Dazu die Frankfurter Zeitung am 6. Dezember: »Diese Nennung ist nicht weiter erstaunlich, da die Gazette du Franc, was ihren politischen Teil anbelangte, tatsächlich ein ausgezeichnet gemachtes Blatt war, dem es nicht schwer fallen konnte, hier und da einen Artikel, ein Interview oder eine Äußerung bedeutender politischer Männer, ja sogar des Ministerpräsidenten, zu erhalten.«

Schwerwiegender waren hier freilich Vorwürfe, nach denen Politiker auch ganz direkt an den Geschäften des Bloch-Hanau-Konzerns beteiligt waren. »Poincaré hat an den sozialistischen Abgeordneten Chastanet, der in der gestrigen Kammersitzung angedeutet hat, ›daß Parlamentarier, ja sogar Regierungsmitglieder in die Angelegenheit verwickelt sein dürften‹, ein Schreiben gerichtet, in dem er sagt: Aus ihm übergebenen gedruckten Schriftstücken ergebe sich, daß der Unterstaatssekretär für körperliche Ertüchtigung, Henry-Paté, Vorsitzender des Verwaltungsrats einer Aktiengesellschaft war, die den Betrieb eines Kurorts zum Gegenstand hat. Paté habe ihm erklärt und schriftlich bestätigt, daß er an dem Tage, an dem er zum Unterstaatssekretär ernannt wurde, von sämtlichen Verwaltungsräten zurückgetreten sei, denen er vorher angehört habe. Poincaré forderte Chastanet auf, ihm mitzuteilen, ob er noch andere persönliche Fälle zur Kenntnis bringen könne. Die Regierung werde vor keiner gerechtfertigten Strafmaßnahme zurückschrecken. – Der Abgeordnete Planche hat in der Kammer eine Entschließung eingebracht, die die Einsetzung eines parlamentarischen Untersuchungsausschusses von 44 Abgeordneten verlangt.«

In der Frankfurter Zeitung vom 7. Dezember lese ich, Chastanet habe »dem Wunsch Poincarés, Namen zu nennen, in reichlichem Maße entsprochen«. Er beschuldigte zum Beispiel den Landwirtschaftsminister und früheren französischen Botschafter in Bern, Jean Hennessy: er soll damals dem Paar Bloch-Hanau gestattet haben, Diplomatengepäck zu benutzen. Was wurde darin unkontrolliert über die Grenze gebracht? Und im Fall Paté wies der Abgeordnete darauf hin, »daß der Name des Unterstaatssekretärs auf einem Rundschreiben figuriere, das eine der Gründungen der Gazette du Franc, die sich mit Immobiliengeschäften befaßte, zur Plazierung einer 14-Millionen-Anleihe verwendet habe. Er zählte nicht weniger als 10 Gesellschaften auf, in denen Paté eine leitende Stelle innehatte«.

Chastanet forderte aufgrund dieser Vorgänge, daß in Zukunft Minister oder Parlamentarier nicht mehr Verwaltungs- und Aufsichtsratsgremien angehören dürften. Binnen einer Woche wurde nun von der aufgescheuchten Regierung ein Gesetz erlassen, nach dem jeder Parlamentarier automatisch sein Amt verliert, wenn er nach seiner Wahl eine Stellung als Direktor, als Aufsichtsratsmitglied einer Gesellschaft oder als Redakteur einer Finanzzeitschrift annimmt.

Diese Lex Hanau kam aber zu spät. Zu spät auch Maßnahmen gegen Manipulationen auf dem Markt der unnotierten Aktienwerte, mit denen die Hanau vorzugsweise operiert hatte. Die Frankfurter Zeitung vom 6. Dezember: »Im Finanzministerium fand gestern auf Wunsch des Ministerpräsidenten und des Finanzministers Chéron eine Beratung des

Generaldirektors des Finanzministeriums mit verschiedenen Börsenvorständen statt. Es wurde bei dieser Gelegenheit über Fragen beraten, die Kontrolle über den Markt der unnotierten Werte zu erhöhen. Gleichzeitig wurde beschlossen, die Einführung neuer Papiere auf dem Markt der unnotierten Werte von bestimmten verschärften Bedingungen abhängig zu machen.«

Eine Reihe von Herrschaften gab in dieser Zeit Ehrenerklärungen ab, im eigenen Namen. André Maginot, zu dieser Zeit nicht mehr Kriegs-, sondern Kolonialminister, beteuerte, er hätte keine Vergütungen erhalten durch die Verlagsgesellschaft Avenir, die mit der Hanau-Gruppe kooperierte. Der Senator Alphonse Rio und der Abgeordnete Jean Stern stellten »jede verantwortliche Beteiligung in Abrede«. Senatspräsident Paul Doumer rückte öffentlich von der Hanau ab, der er geschäftlich nahgestanden haben soll. Edouard Herriot mußte sich gegen den Pressevorwurf verteidigen, er hätte nicht nur 50000 Exemplare der Sonderausgabe der Gazette du Franc et des Nations an Lehrer verschickt, sondern 50000 Jahresabonnements zu je 45 Francs gezeichnet und kostenlos an die Lehrerschaft verteilt – somit sei die Zeitung aus öffentlichen Mitteln subventioniert worden.

Die Öffentlichkeit reagierte auf die Erklärungen nicht immer mit der Geduld, die gern als staatsbürgerliche Vernunft deklariert wird. »Vor dem Landwirtschaftsministerium kam es gestern abend zu Kundgebungen«, berichtet die Frankfurter Zeitung am 19. Dezember. Fast möchte ich hier verschweigen, daß es auch in diesem Fall nicht die Linken waren, die demonstrierten, sondern daß hier Camelots du Roi, also royalistische Studenten Scheiben einschmissen, ja (nach einem Bericht von Echo der Gegenwart) sogar »in das Ministerium eindrangen, um gegen das Verbleiben Hennessys im Amte zu demonstrieren«. In einem dritten Bericht lese ich von demolierter Büroeinrichtung – Hennessy war zu dieser Zeit nicht im Ministerium.

Immer weiter die Kreise von Mitmachern und möglichen Mitmachern: 65 Namen sollen in der Zeit genannt worden sein. Immer größer auch die finanziellen Dimensionen des Skandals: 297 Anzeigen in den ersten Dezembertagen. Und am 6. Dezember berichtete die Presse: »Heute wird der Betrag der Summe, um den die Gazette du Franc ihre Kunden betrogen haben soll, von den gerichtlichen Sachverständigen auf mehr als 100 Millionen Franken geschätzt. Auf gerichtliche Anordnung sind die 400 Filialen, die die Gazette du Franc in der Provinz unterhält, geschlossen worden. Die Untersuchung des Finanzgebarens des Unternehmens wird auch auf diese Zweigstellen ausgedehnt werden.«

Madame Hanau hat eine Verteidigungsschrift veröffentlicht, »Die Wahrheit über die Affäre der Gazette du Franc«, erschienen 1929. Diese Broschüre war wohl vor allem für die Teilhaber, die Gläubiger geschrieben, die Ruhe bewahren sollten im Vertrauen auf Mutter Hanau, die's schon machen wird. Auch die zuständigen Herren der Justiz sollten ihre Darstellung zur Kenntnis nehmen, ebenso die überwiegend feindlich eingestellte Presse.

Wer hier Fakten sucht, für den fällt nicht allzuviel ab. Dafür ist um so aufregender, zu verfolgen, wie die Hanau hier vertuscht, verstellt, verdreht, verkleinert, vergröbert, vergrößert. Aus dieser Broschüre läßt sich etliches herauslesen, das für sich und gegen die Verfasserin spricht.

Zuerst gibt Madame allerlei Erklärungen ab, allerbeste Absichtserklärungen zur wahrheitsgemäßen Darstellung, das überspringe ich hier. Auch, was sie einleitend über die Geschichte der Gazette berichtet, muß ich nicht nacherzählen; unerhört viel Lob wird da gesungen auf die saubere, objektive, ganz und gar nicht interessengebundene Arbeit dieser Wirtschafts- und Finanzzeitung: nur Qualität der Berichterstattung soll zu dem viel beneideten Erfolg geführt haben, nicht irgendwelche Interessenverbindungen mit Finanzgesellschaften.

Das ist nun ein sehr wichtiger Punkt, und so weist sie mehrfach darauf hin, die Gazette du Franc (und später die

Agence Interpresse) sei unabhängig gewesen von den Finanzgesellschaften, die sie, Mutter Hanau, gegründet und aufgebaut hatte; es soll hier keinerlei Interessenüberschneidungen gegeben haben. Zum Beispiel das Groupement Technique de Gérance Financière: es wurde gegründet, um zu vermeiden, daß die Leser mit den guten Ratschlägen der Gazette zu den Banken liefen, die sie dann, wie üblich, an den großen Gewinnen nicht ausreichend teilhaben ließen.

Ist das Groupement tatsächlich erst nach Gründung der Gazette geschaffen worden, oder bestand es doch schon vorher? Das muß ich offenlassen, ich werde es wohl kaum rauskriegen. Im Interesse der Hanau liegt es natürlich, nachzuweisen, daß die Zeitung die Henne und die »Arbeitsgemeinschaft« das Ei war – im anderen Fall könnte man ihr allzu leicht nachsagen, die bestehende »Arbeitsgemeinschaft« hätte die Gazette von Anfang an beeinflußt. Solche Abhängigkeiten streitet die Hanau entschieden ab, auch unter Hinweis auf die Geschäftsadressen: die Büros des Groupement zuerst in der Rue Marivaux, später in der Rue Saint Lazare. Und die Redaktion der Gazette zuerst an der Place Boieldieu, später in der Rue de Provence.

Die Hanau merkt wohl selbst, daß solche räumliche Distanz noch keineswegs organisatorische Trennung oder gar Unabhängigkeit beweist, und so schreibt sie weiter über diesen Punkt, der heikel ist. Ihre Zeitung sei schon immer und erst recht nach der Erweiterung zur Gazette du Franc et des Nations frei von geschäftlichen Interessen gewesen. Die Gazette habe ganz einfach ihre Finanzseiten an den »organisme bancaire« verpachtet.

Das lese ich zweimal, lese es dreimal, viermal, es steht tatsächlich so da: der Verbund von Banken und Finanzgesellschaften, »der die Finanzseiten pachtete«. Hat die Hanau nicht einen Bericht schreiben wollen, der zeigt, wie sauber die Trennung war zwischen Zeitungen und Finanzgesellschaften? Wollte sie nicht die »Legende von der Zeitungs-Bank« widerlegen? Und nun wehrt sie sich gegen den Vorwurf, die Zeitung hätte die Geschäftsführung der Finanzorganisationen beeinflußt, indem sie erklärt, die Finanzorganisationen hätten, ganz im Gegenteil, den Finanzteil der Zeitung beeinflußt. Ja, Madame, deutlicher können Sie Ihre ganze Interessenwirtschaft nicht herausstellen! Wenn der Finanzteil einer Zeitung von einer hauseigenen Gruppe von Finanzunternehmen gepachtet wird, so läßt sich wahrhaftig nicht mehr schreiben, diese Zeitung sei neutral und unabhängig. Daran ändert auch nichts die Anmerkung, die Gazette du Franc habe »eine juristische Persönlichkeit erworben, die dazu bestimmt war, die Zeitung rechtlich wie auch tatsächlich von den Finanzgeschäften zu trennen«.

Wie konnte es überhaupt zur Kritik, ja zu Strafanzeigen kommen, wenn alles so schön getrennt war, wie Marthe Hanau das hier behauptet? Dafür nennt sie Gründe: das Wachstum dieses ganzen Organismus war zu schnell; die Auswahl des Personals war umständlich und schwierig; die Verwaltung war ständig mit Arbeit überlastet; sie als Direktorin mußte einen dauernden Kampf führen gegen kündigende Mitarbeiter, gegen böse Konkurrenz, gegen üble Erpresser, gegen hinterlistige Ratgeber. Dies und weiteres soll die Perfektionierung der großen Organisation verzögert haben: ohne solche Widerstände wäre am 1. Dezember 28 alles in bester Ordnung gewesen.

Und dennoch die Pressekampagne, dennoch die Verhaftungen! Wer hat ihr das eingebrockt?

Erstens die Banken, für die man, so schreibt sie, zur gefährlichen Konkurrenz wurde. Kein Wunder, denn: »Wir trugen zu einer Art Revolution bei, indem wir die finanziellen Gewinne denjenigen zufließen ließen, die ein natürliches Recht darauf besaßen: den privaten Anlegern.«

Aktueller Anlaß für die Aktion der Banken war die Ausgabe von achtprozentigen Gewinnbeteiligten Schuldverschreibungen durch fünf ihrer Gesellschaften: eine erneute Herausforderung an die Banken mit ihren mageren Zinssätzen, damit eine erneute Gefahr für den Bestand der Bankkundschaft. Und so schreibt sie: »Man mußte mich also ohne Verzögerung kaltstellen, und an Mitteln wurde dabei nicht gespart.«

Zweiter Gegner, der die Kampagne gegen ihren Finanz- und Pressekonzern einleitete und förderte, war die Pariser Presse, war vor allem die Agentur Havas: die expansive Interpresse als Konkurrent, der Vormachten brach, Monopole aufhob – so jedenfalls sieht es die Hanau.

Dritte Macht, die gegen Mutter Hanaus so selbstloses soziales Werk mobilmachte: die finstere Gilde der Erpresser. Von Anfang an, so behauptet die Hanau, hat sie den Erpressern den Krieg erklärt, und so heckten sie Rache aus: allen voran Georges Anquetil. Wie ihre Leser in allen Zeitungen erfahren konnten, hat ihm die Hanau höhere Summen übergeben – hatte er demnach einen Ansatzpunkt zur Erpressung? Wußte dieser Anquetil von Vorgängen, deren Verschweigen der Hanau einen Batzen Geld wert war? Diese möglichen Rückschlüsse versucht sie nicht weiter zu widerlegen. Vielmehr schimpft sie auf den Staat, der anständige Geschäftsleute noch immer nicht vor dieser Erpresserbrut schützen kann, das findet sie schmählich. Die ehrlichsten Unternehmer, so schreibt sie wörtlich, seien zu Zahlungen an diese Herrschaften gezwungen. Alle Banken, jawohl alle, und alle Industrie- und Handelsgesellschaften, jawohl alle, auch kleinere, bescheidenere Firmen, sie alle, alle haben Sonderfonds für Erpressungsfälle! Das ist eine ganz normale Sache, will sie ihren Lesern weismachen: zu den ehrlichsten Firmen kommen die bösen Erpresser, fordern und kriegen Geld. Und im Interesse der Klienten, wohlgemerkt, hatte auch sie den Geldforderungen nachgegeben, wie es dann ja auch in der Presse bekannt wurde. Sie hätte eben leider ihre Macht überschätzt, sich gegen Erpressung zu wehren. Dies sei ihr ganzer Fehler gewesen. Hier liege der Grund für die Katastrophe.

In einem späteren Abschnitt ihrer Verteidigungsschrift wendet sie sich dann gegen die verschiedenen Vorwürfe und Anklagen.

Zum Beispiel wirft man ihr vor, sie habe ungesunde Spekulationen durchgeführt. Nichts läge ihr ferner als ausgerechnet sowas! Es ist einfach »falsch zu behaupten, daß meine Geschäfte auf Spiel, auf Spekulation beruhten, und daß sie deshalb ungesund seien. Wenn ich ein Geschäft wie die Etablissements Lagrand förderte, wenn ich durch umfangreiche und fortlaufende Bemühungen ein Immobiliengeschäft wie die Exploitations Foncières aufwertete, und wenn ich mich für die Unterstützung und Ankurbelung von Industrieunternehmen jeglicher Art einsetzte, so erfüllte ich fern jeder Spekulationsabsicht innerhalb meines Bereiches nur die Pflichten, die die an der Macht befindlichen Feudalherren der Finanz vernachlässigen: die Industrie und den Handel zu unterstützen und den nationalen Reichtum zu vergrößern.« Ist das kein nobles, selbstloses Ziel?

Der nächste Punkt: »Es scheint, daß man mir vor allem vorwirft, ich hätte unberechtigterweise die Papiere, mit denen die Kunden ihre Beteiligung an den Interessenverbänden bezahlten, veräußert, und daß ich mich so auf Kosten der Kunden eines Vertrauensmißbrauchs schuldig gemacht habe. Die Tatsache als solche ist richtig. Ich habe in der Tat über die Wertpapiere, die ich als Deckung erhielt, ebenso wie über das Bargeld, das mir zu demselben Zweck gegeben wurde, verfügt, wie es ja im Interesse der Geschäfte lag, zu deren Ausführung der Interessenverband gegründet wurde. Dieses Vorgehen war aus mehreren Gründen unanfechtbar.«

So ganz unanfechtbar scheint das nun freilich nicht, denn sie stellt im weiteren selbst fest, daß die Kunden nicht stets die nummerngleichen Aktien zurückerhielten, die sie deponiert hatten, sondern Titel »der gleichen Gattung und von gleichem Wert«. Das hört sich nun gar nicht gut an: wie weit dehnte man die Formulierung »gleiche Gattung« aus? Von »gleichen Aktiengesellschaften« zum Beispiel ist hier nicht die Rede, nur von gleicher Art, von gleicher Gattung. Da konnte es denn wohl so heißen: Bitte sehr, lieber Kunde, du hast mir Aktien der Gesellschaft A aus der chemo-elektrischen Branche anvertraut, ich gebe dir jetzt Aktien der Gesellschaft B aus der gleichen Branche, die sind genausoviel wert.

Nun wendet sich die Hanau gegen den nächsten Vorwurf: sie hätte fiktive Gewinne angegeben. Darauf geht sie sicherheitshalber auch nicht direkt ein, fragt nur allgemein: Wer beklagt sich denn? Wer wurde geschädigt durch die Ausschüttung der Gewinne, die teils auf der Börse, teils sonstwie realisiert wurden?

Das ist natürlich eine Finte: denn niemand wird bestritten haben, daß Teilnehmern der Interessenverbände Gewinne ausgezahlt wurden, und daß sie für die jeweiligen Empfänger durchaus echt waren. Daß diese Gewinne insgesamt aber fiktiv waren, das wird hier nicht widerlegt! Das ist ja nun auch ein alter Trick: Gewinne austeilen, auf diese Weise das Ansehen verbessern, auf diese Weise durch neue Einzahlungen ein Mehrfaches der ausgeschütteten Gewinne wieder hereinholen! Hier wird mit der Wurst nach dem Schinken geschmissen.

Weiterer Vorwurf: »Daß es sich bei sechs Gesellschaften nur um Scheingesellschaften handele: bei der Allgemeinen Finanz- und Grundstücksgesellschaft, bei der Gesellschaft zur Emission und Börseneinführung von Wertpapieren, bei der Gesellschaft für den Handel mit Kassapapieren, beim Grundstücksinteressenverband, beim Finanzkonsortium für Börsentransaktionen und Fondsverwaltung, bei der Anlagegesellschaft für französische und ausländische Wertpapiere. – Es ist richtig, daß die Personen, die Titel dieser Gesellschaften gezeichnet haben, mit den von mir vorgestreckten Mitteln gezahlt haben, eine übrigens weit verbreitete Praxis. Die Geschäfte dieser Gesellschaften waren jedoch nicht für die Plazierung im Publikum bestimmt.« Klingt alles ziemlich windig.

Und noch ein Punkt: man bestreite die Echtheit der Kurse gewisser Titel, besonders der Société d'Exploitations Foncières. Hier konnte Kursmanipulation für die Hanau nun allerdings sehr ergiebig sein: »Ich führte offiziell an der Börse die Aktien und Anteile der Exploitations Foncières ein, deren Besitz für die Interessenverbände mit keinerlei Risiko verbunden war wegen der guten Geschäftslage, der schon erzielten Gewinne und der progressiven Wertsteigerung eines Immobiliarvermögens mit großer Zukunft.« Wenn sie diese Aktien hochtrieb, konnte sie also »Gewinne« für die Syndikate machen – und es wird ihr denn auch vorgeworfen, die Kurse dieser Immobiliengesellschaft seien überhöht. Sie streitet nun aber energisch den Herren Juristen die Berechtigung ab, diese Aktien und Anteile abwertend in Frage zu stellen. Sie muß die Herrschaften darauf hinweisen, daß ein Aktienkurs von vielfältigen und komplexen Erwägungen abhängt, in erster Linie von Erwägungen über die Zukunftsperspektiven eines Unternehmens, über die »Realität von morgen«. Das scheint mir wichtig und bezeichnend: die »Realität von morgen« wird veranschlagt, und nicht gegenwärtige Realitäten wie Aktienkapital, wie Auftragsbestand, wie Umsatz, wie Gewinne, wie Rücklagen und so weiter – es sind nicht Fakten entscheidend zur Bewertung, sondern eben »Erwägungen«, und zwar über noch nicht Vorhandenes, über Zukünftiges.

Das sind nun durchaus branchenübliche Erklärungen, aber im Fall Hanau wurde diese »Realität von morgen« weitgehend vorgesteuert, durch unbelegbare Behauptungen manipuliert, besonders stark offenbar bei den Immobiliengesellschaften und bei der Royale des Pétroles.

Zum Schluß dieser Schrift nimmt Marthe Hanau in vorbildlich aufrechter Haltung alle Schuld auf sich, soweit überhaupt Schuld bestehe. Sie allein sei verantwortlich gewesen. Sie allein habe die Banken und die Aktiengesellschaften geleitet. Ihre Unterschrift allein habe entschieden. Sie habe die Kapitalien der Kundschaft verwaltet. Sie habe die Presseunternehmen subventioniert. Und dennoch gebe es 25 Beschuldigte!

Am 8. Juni 1929, am 187. Tag ihrer Haft, an dem sie das Schlußwort dieser Schrift verfaßt, koche es heftig in ihr. Sie wolle ihr Recht, nichts als ihr Recht. Und so weiter.

Die Polizei- und Justizbehörden tun Marthe Hanau den Gefallen, sich wiederholt als unfähig, ja auch als korrupt zu erweisen: das nutzt sie aus zu höhnischen Kommentaren, zu energischen Protesten.

Zum Beispiel war offenbar die Polizei nicht fähig, ihre Villa genau genug zu durchsuchen. Als mal wieder in der Presse erklärt wird, die Passiva des Konzerns seien größer als die Aktiva, da gibt die Hanau dem Untersuchungsrichter einen Tip: man soll nochmal genau das Badezimmer in ihrem Haus durchsuchen, dort wird man Bons der nationalen Verteidigung im Gesamtwert von anderthalb Millionen Francs entdecken. Diesem Hinweis geht man nach, die Papiere werden in einem Versteck gefunden. Die Polizei erklärt, bei der Haussuchung nach ihrer Verhaftung sei von diesen Verteidigungsbons noch keine Spur gewesen. Dazu Marthe Hanau: dann sei die Haussuchung eben mangelhaft durchgeführt worden!

Welche Leute man als Experten einsetzt, wie die Expertisen entstehen, das findet sie nun freilich nicht mehr zum Lachen, da reicht sie geharnischte Proteste ein. Zum Beispiel die Expertise, die ihr am 18. April vorgelegt wird – hier brauche sie überhaupt nicht reinzuschauen, hier wisse sie sofort Bescheid. Denn bitte, wer sei denn dieser Claziot, der hier verantwortlich zeichne? Dieser Herr sei bis vor kurzem noch Agent des Credit Foncier gewesen: und der wolle objektiv urteilen? Auf hanebüchene und bewußt geschäftsschädigende Weise mache er aus großen Zahlen kleine Zahlen.

Und dann die Expertise der Herren Israël, Doyen, Léon – was gehe hier denn personell vor sich? Léon tritt zurück und wird ersetzt durch Mulquin. Kurz darauf wird Israël brüsk durch Gauchet abgelöst. Und da soll alles in Ordnung sein?

Dieser Mulquin zum Beispiel, wer oder was sei das? Ein junger Spund von einem Rechtsanwalt, ohne feste Position, ohne Kundschaft, und der mache sich in der Rue de Provence breit, der habe Beziehungen zu konservativen und faschistischen, ausgerechnet zu faschistischen Zeitungen, versorge sie mit Material! Seine zwei Untersuchungsberichte enthalten nach Marthe Hanaus Urteil geradezu haarsträubende Fehler.

Und was das Tollste sei: als man nach 94 Tagen Untersuchung in vielem noch nicht klar sah, da bat man sie um Auskünfte. Na, den Herrschaften hat sie aber den Marsch geblasen! Vor der Verhaftung ihr Angebot ausschlagen, ein Gutachten mit ausarbeiten zu helfen – und jetzt angeschissen kommen! Nichts davon!

Wie diese neue Expertise aussehen wird, das glaubt Madame Hanau klar voraussehen zu können: diese Herren würden nicht die Mächte enttäuschen, die den Sturz der Gazette du Franc gewollt haben; diese Expertise solle den Gewaltstreich der Justiz nachträglich rechtfertigen. Man würde zum Beispiel ganz bestimmt nicht berücksichtigen, daß gerade für den 1. Dezember 28 eine allgemeine Umwandlung ihrer Unternehmen geplant war, und nur diese geplante Umwandlung könne den Verzug in der Buchführung, könne einige Unklarheiten und Fehler bei gewissen Rechnungen erklären.

Äußerst dankbar ist die Hanau natürlich für die Affäre Chardin: dieser Leiter der gerichtlichen Sachverständigen-Sonderkommission, die einen schließlich 546seitigen Bericht anfertigt, begeht erst mal grobe Fehler: einen Scheck von 203 000 Francs zum Beispiel hat er nicht zu den Aktiva gerechnet. Und dann findet man noch ein Paket verschiedenartiger Wertpapiere, Gesamtwert rund 800 000 Francs, die müßten ja nun auch positiv verbucht werden. Diesem Falschrechner kann Alfred Dominique schließlich nachweisen, daß er Rentenpapiere im Wert von 17 000 Francs aus der Liquidationsmasse verschwinden ließ, die gesetzwidrig 32 Tage lang nicht versiegelt war. Bei einer Haussuchung findet man tatsächlich diese Papiere. Chardin hat sich ausgeknockt.

Ganz energisch fordert die Hanau nun die Einsetzung einer Spezial-Kommission, die eine Gegenexpertise ausarbeiten soll. Die Mitglieder der Kommission sollen von der Staatsanwaltschaft in Übereinstimmung mit ihr, der Hanau, bestimmt werden. Es müßte beispielsweise ein Währungsfachmann dazugehören, ein Experte für Buchführung, ein Mitglied des Verwaltungsrats einer großen Handelsbank, ein Vertreter der Kulisse, also etwa ein Makler, dann ein Geschäftsführer einer wichtigen Immobiliengesellschaft und der Direktor eines Finanzblatts.

Weil diese Forderung abgelehnt wird, proklamiert Marthe

Hanau Anfang März 1930, nach rund 15 Monaten Untersuchungshaft, den Hungerstreik. Man untersagt ihr die Durchführung des Hungerstreiks. Marthe Hanau beginnt dennoch mit dem Hungerstreik: sie läßt die pünktlich ausgeteilte Gefängniskost wahrscheinlich gar nicht erst in ihre Zelle kommen. Und wenn man den Blechtopf trotzdem auf ihrem Tisch abstellt, weil der Kalfaktor strengen Anweisungen gehorcht, so ließe sich vorstellen, daß sie den Pott zur Türe rausfeuert, solange die offensteht, und daß sie noch einiges hinausschreit: Gefängnisse haben eine gute Akustik.

Eine Woche lang ißt sie nichts, dann wird sie vom Gefängnis in das Cochin-Hospital von Neuilly überführt: hier hungert sie weiter, unter ärztlicher Aufsicht. Bald werden gewaltsame Fütterungsversuche unternommen durch den Arzt, durch Krankenschwestern und einige Krankenpfleger – aber die Hanau macht den Mund nicht auf, eher läßt sie sich mit dem Löffel die Zähne einstoßen. So weit wird man im Krankenhaus freilich nicht gehen, das käme bestimmt vor Gericht zur Sprache oder schon vorher in die Presse. Die Zähne bleiben zu, man kriegt nichts in sie rein, nicht mal Milchkaffee.

Die Hanau sorgt dafür, daß die Öffentlichkeit möglichst detailliert erfährt von ihrem heroischen Widerstand gegen die Versuche einer zwangsweisen Fütterung. Je genauer die Einzelheiten, die sie durch Dominique übermitteln läßt, desto günstiger wird für sie die öffentliche Reaktion sein: die Zeitungsleser müssen die energischen Krankenschwestern und robusten Krankenpfleger möglichst plastisch vor sich sehen, wie sie von allen Seiten die Frau festhalten, ihr die Lippen auseinanderziehen, ihr das Kinn runterstemmen, und der Löffel mit der natürlich schlabbernden Suppe stößt klirrend gegen die weiterhin verschlossenen Zähne der Marthe Hanau. Empörung! Mitleid! Schließlich versuchen Professor Achard und acht Wärter dieser Frau einen Gummischlauch in den Magen einzuführen, aber den zerbeißt sie. Auch durch die Nase will sie sich nicht ernähren lassen. Noch mehr Empörung, noch mehr Mitleid! Dominique mobilisiert sogar die Liga für Menschenrechte: sie wendet sich an Öffentlichkeit und Regierung, verweist in 14 Punkten auf Gesetzwidrigkeiten des Verfahrens.

Diese Reaktionen der damaligen Öffentlichkeit sind mir eine Warnung! Ich werde in dieser Phase des Buchs also wirklich nur berichten, werde nicht detailliert erzählen.

Diese Zurückhaltung muß entschiedener werden, je dramatischer die Vorgänge nun wirken: die Hanau flieht aus dem Krankenhaus. Ihr Zimmer im Erdgeschoß, zwei Meter über dem Hospitalgarten. Ein Nebenzimmer, zu dem die Verbindungstür immer offensteht: eine Aufseherin. Vor der Türe im Flur gewöhnlich zwei Polizisten. An diesem Fluchtabend täuscht nun Marthe Hanau Schlaf vor: siebzehn Hungertage inzwischen, starke Erschöpfung, zusätzlich Schwierigkeiten mit dem Herz, außerdem das anstrengende Geraufe mit Arzt, Krankenschwestern, Pflegern – die Aufseherin nimmt an, daß die Hanau entsprechend tief schläft, verläßt vorübergehend das Nebenzimmer. Marthe gleich raus aus dem Bett, sie zieht ein Kostüm an, das sie gut versteckt hat, reißt die Bettlaken in Streifen, verknotet sie, befestigt das Lakenband am Heizkörper oder am Bettgestell, rutscht runter in den Spitalgarten.

Oder täuscht sie diesen Fluchtweg nur vor? Es wird hier eine zweite Version überliefert, die werde ich nicht unterschlagen können: sie hängt das Lakenband bloß zur Ablenkung aus dem Fenster, geht durch das Nebenzimmer auf den Flur, mischt sich hier unter Besucher, die das Haus verlassen, nimmt draußen ein Taxi.

Obwohl ich mich im Zweifelsfall lieber für eine weniger dramatische Variante entscheide, hier werde ich wohl bei der ersten Version bleiben. Denn: erstens soll sie abends geflohen sein, ich lese als Uhrzeit halbzehn, und zu dieser Stunde werden durch den Flur kaum noch Besucher geströmt sein, zwischen denen man unauffällig das Haus verlassen konnte. Zweitens: vor ihrem Zimmer standen die beiden Polizisten – oder hatten die sich auch verdrückt: Zigaretten rauchen, Schwestern kitzeln? Drittens: warum sollte sich die sowieso schon schlappe Hanau noch die Mühe gemacht haben, die

Bettlaken in Streifen zu reißen, miteinander zu verknoten, aus dem Fenster zu hängen? Denkbar wäre vielleicht, daß sie damit der Presse tüchtig Futter geben wollte, daß sie durch öffentliches Aufsehen »neuen Kredit« finden wollte als Frau, die wirklich zu allem fähig ist. Immerhin konnte während dieser Vorbereitungen die Aufseherin zurückkommen; so versuchte die Hanau bestimmt, möglichst rasch wegzukommen.

Also lasse ich sie im Roman die Visitenkarte auf das Bett legen mit den Zeilen: »Angewidert von den gewalttätigen Eingriffen, denen man mich unterworfen hat, gehe ich fort.« Lasse sie dann aufs Fensterbrett steigen, lasse sie runterrutschen am Lakenband, lasse sie durch den Spitalgarten stapfen, lasse sie draußen ein Taxi nehmen.

Über diese Taxifahrt gibt es wieder zwei Versionen. Nummer eins: in diesem Taxi sitzt der Redakteur der Finanzzeitschrift Flambeau Financier, die mit der Hanau kooperiert, der Redakteur küßt Marthe die Hand, man fährt los, die Hanau gibt unterwegs eine Anweisung, die aus dem Drehbuch eines Bankräuber-Films stammen könnte: das Taxi soll anhalten, sie steigt in ein zweites Taxi, das in anderer Richtung weiterfährt, und zwar erst mal zu ihrer Villa in Boulogne. Diese Version erscheint mir widersinnig: warum so raffiniert das Taxi wechseln, eventuelle Verfolger abschüttelnd, um dann doch nach Hause zu fahren, wo Verfolger zuallererst nachschauen werden?

So lasse ich sie, entsprechend der zweiten Version, in ein Taxi steigen, das gerade einen Patienten zum Krankenhaus brachte. Und sie fährt zu einem Café, führt hier ein längeres Telefongespräch, möglicherweise mit Dominique, läßt sich dann zum Gefängnis Saint Lazare fahren, bittet hier um erneute Aufnahme; die wird ihr von den äußerst verwirrten Beamten gewährt.

Da hat die Presse am nächsten Tag mal wieder was Prallesdollesbuntes zu schreiben: eine der Zeitungen malt sich aus, daß die Hanau ohne weiteres »in einem der eleganten Nachtlokale am Montmartre soupieren« konnte, um dann beispielsweise nach Brüssel abzureisen. Aber nein, sie fährt in ihr Gefängnis zurück, um dort weiterzuhungern, ohne daß man ihr Schläuche in Rachen und Nase schieben will.

Daß sie so konsequent hungert, beunruhigt natürlich ihre vielen Klienten, die sich inzwischen in zwei miteinander rivalisierenden Zweckverbänden zusammengeschlossen haben: der eine Verband, das Comité de Défense des Souscripteurs de la Gazette du Franc, will nur Geld zurück haben und erklärt förmlich, man wolle Madame Hanau nicht verteidigen. Der andere Verband wurde von Mitarbeitern des Konzerns gegründet, unterstützt von der Flambeau Financier, der Finanzfackel, die zur Sammlung der Klienten aufrief: es bildete sich das Groupement Central de Défense des Clients de la Gazette du Franc, und diese Zentrale Aktionsgemeinschaft der Gazette-Klienten hatte die Präsidentin bereits gebeten, mit dem Hungerstreik aufzuhören, sich nicht vollends kaputtzumachen. Auf diesen Appell hatte die Hanau nicht gehört, nun aber wird der Verband nochmal aktiv, man sammelt Geld für eine Kaution: die Hanau soll provisorisch freigelassen werden aus der Untersuchungshaft und so viel wie möglich für ihre Klienten retten.

Nach Überweisung der sechsstelligen Kautionssumme wird Marthe Hanau am 8. April auf Widerruf entlassen. Sie läßt sich sogleich ins Krankenhaus Neuilly einliefern. Da ißt sie tüchtig, liest viel, diktiert, macht sich fit für die nächste Runde: Marthe Hanau hat noch allerlei vor!

24

In einem Buchkapitel, etwa an dieser Stelle, müßte ich eigentlich einen Gedenkstein setzen für ein Opfer der kriminellen Geschäftspraktiken Madame Hanaus. So lese ich, daß nach ihrer Verhaftung bei Calais die Leiche eines 56jährigen Zeichners aus dem Wasser gezogen wurde: Selbstmord, weil er alle Ersparnisse einem der Hanau-Syndikate anvertraut hatte, und dieses Geld sah er verloren.

Dieser Zeichner müßte hier nun, wie das bei Erzähltexten oft gefordert wird, »plastische Gestalt« annehmen, müßte »lebendig vor uns stehen«. Denn: solange dieses Opfer als Person nicht gegenwärtig wird, kann sein Verlust kaum erfahrbar werden.

Dazu müßte dieser Mann erst einmal namhaft gemacht oder zumindest benannt werden: Pierre Poussin. Und sein Beruf wäre zu präzisieren: Graphiker, Werbezeichner, technischer Zeichner? Ich wähle die dritte Möglichkeit.

Da könnte er denn etwa die Nüchternheit, die seine Arbeit fordert, kompensieren durch das Erzählen farbiger Erinnerungen. Und die setzen bei ihm etwa so ein: er macht an einem Sonntag eine Wanderung, mit seiner Frau, ein halb zugewachsener Waldweg, plötzlich ein Geruch, der ihn festhält – er weiß sofort: Pilze. Er schaut unter die Tannen, sieht auf feuchtem Boden Pilze in enger Kolonie, erzählt nun, daß er als Kind oft Pilze sammeln mußte, Butterpilze, Hallimasch, gehäuft im Waschkorb; die Pilze dann gesäubert, auf Fäden gezogen, im Speicher aufgehängt zum Trocknen, für den Winter.

Solch ein sauer-feuchter Lehmgeruch könnte bei ihm auch ein anderes Erinnerungsbild wecken: er wollte mit einigen

Kindern in einem Waldstück einen Stollen in einen Hügel graben, tief wie ein Bergwerk, sie steckten einen Quadratmeter ab, das Tunnelprofil, und begannen zu graben. Aber der Boden war schwer, naß, lehmig, sie kamen nur etwa dreißig Zentimeter tief. Das Holz, das sie vorher schon aus abgebrochenen Ästen, umgefallenen Bäumen zurechtgesägt hatten zur Abstützung, das nahmen sie später auf einem Leiterwagen mit, es wurde verheizt.

Dieser Poussin könnte gelegentlich auch Erinnerungen an seine Eltern erzählen. Zum Beispiel, daß sein Vater wünschte, der Junge sollte etwas Besseres werden, und dazu mußte man unter anderem Klavier spielen können. Aber da wollten sich für Pierre nie rechte Beziehungen einstellen zwischen Noten, Tasten, Fingern: Läufe liefen falsch, Tonleitern fehlten Sprossen, Dreiklänge hatten einen vierten Klang zuviel. Als wäre er ein Kaninchen, schlug ihm sein Vater in den Nacken, beispielsweise, wenn ihm Fähnchen an den Noten nichts weiter meldeten, auch nicht Doppelfähnchen. Dauernd mußte Pierre üben: Bis morgen hat das zu sitzen! Wo zu sitzen, wie zu sitzen? Er saß vor den weißen und schwarzen Tasten, drückte, schlug sie nieder, und weil es oft nicht die richtigen waren, ließ er den Absatz auf den Boden rumsen, wenn er allein war, schrie an gegen das schwarz lackierte Holz, wünschte sich Glühlämpchen, die in den Tasten aufleuchteten, sobald er sie zu bedienen hatte, dachte an Klaviere, in die man durchlöcherte Papierrollen einspannt, und die Tasten bewegen sich ohne Fingerdruck: wozu all diese Mühe, wenn so etwas technisch möglich war?

So ließe sich von Erinnerungen her dieser Pierre Poussin entwerfen. Schulzeit: ein, zwei Seiten. Lehrzeit: ein paar Seiten. Nachkriegszeit: mehrere Seiten. Und hier etwa dies: wie er mit einem Leiterwagen hinauszog in Dörfer, um Kartoffeln zu hamstern oder Getreide; Erinnerungen an schmutzige Hofeinfahrten oder an ein altes Pestkreuz als Verschnaufpunkt. Und immer noch gegenwärtig der Geruch verkochter Zuckerrübenschnitzel, und der zähe, dunkle Sirup wurde von seiner Frau in Einmachgläser gefüllt und begann hier zu kristallisieren: braune Zuckerkruste, die er im leeren Glas mit dem Messer abstieß. Und sein Plan, systematisch Zucker herzustellen, in großen Bottichen in der Waschküche, aber dann wurden doch nur Rübenschnitzel zu eigenem Gebrauch verkocht, süß und sämig.

Weitere Erinnerungen an diese Zeit: sie könnten seinen Wunsch fördern, sich durch gewinnbringendes Anlegen der Ersparnisse abzusichern gegen Armut.

Schließlich seine Berufstätigkeit. Poussin könnte beispielsweise zuerst in der Kantine eines großen Unternehmens gezeigt werden, in dem er als technischer Zeichner arbeitet, und er steht in einer Reihe, nimmt Messer, Gabel, Löffel aus einem Kasten, gibt ein Märkchen ab, es wird auf eine lange Nadel gespießt, Kärtchenschaschlik. Er trägt ein Tablett an der Theke entlang, nimmt das Pöttchen Suppe, den Teller mit Kartoffeln, Hackfleisch, Gemüse, jongliert das Tablett durch den Saal, sucht einen Platz, löffelt die Suppe, schiebt Kartoffeln durch die Soße, spuckt Knorpelstücke, Sehnenfetzen auf die Gabel, streift sie am Tellerrand ab: ein Mann, der vielleicht schon die Hoffnung auf eine hohe Gehaltsstufe aufgegeben hat, und er sucht nun andere Möglichkeiten, an das größere Geld zu kommen, liest regelmäßig die Gazette du Franc, auch hier in der Kantine; wird von Kursanstiegen berichtet, so hofft auch er auf Gewinnmitnahmen. Während er kaut, blättert, liest, ist viel Bewegung um ihn her: man geht, setzt Teller ab, ißt, redet, steht auf, läßt Teller stehen, und Frauen holen sie ab, weiße Kittel hinter Metallwagen, auf denen sich Teller stapeln, Besteck häuft, und im unteren Fach ein alter Marmeladeneimer für Suppenreste schwapp hinein, für Kartoffeln plumps hinterher. Er steht auf, ein Pfund schwerer geworden mit Suppekartoffelhackepeter, er steckt eine Zigarette an, will den Fettbelag von Zähnen und Zunge räuchern, verläßt mit der Gazette in der Rocktasche die Kantine, geht in einen Raum, in dem mehrere Zeichenbretter stehen, schräg, zieht sich den weißen Kittel wieder an, den er beim Essen nicht bekleckern wollte, beginnt zu zeichnen: was? Diese Arbeit müßte ebenfalls genau beschrieben werden, dann seine Rückfahrt nach Hause, mit Fahrrad oder Bus, dann seine Frau, seine Kinder – sehr deutlich müßte seine Umwelt werden, sehr gegenwärtig darin dieser Pierre Poussin: die Aktionen der Hanau haben Menschenleben gefordert, zumindest dieses.

25

Kaum sind die Folgen des Hungerstreiks einigermaßen auskuriert, da wird die Hanau wieder öffentlich aktiv: sie fährt als erstes nach Lille, zu einer großen Versammlung von Gläubigern. Hier hält sie eine mehr als zweistündige Rede: sie werde in den nächsten fünf Jahren sämtliche Einzahlungen hundertprozentig zurückerstatten, werde dazu alle eigenen finanziellen Ansprüche zurückstellen, werde sogar ihr privates Vermögen aufopfern, denn es gehe ihr darum, die Sparer zufriedenzustellen, für die sie sich schließlich immer schon einsetzte, die sie immer schon verteidigte, gegen die Banken zum Beispiel, die ihre Kunden mit mageren Sparzinsen abzuspeisen belieben – bei Mutter Hanau hingegen haben die kleinen Sparer, die mittleren Besitzer stets einen reich gedeckten Tisch gefunden, nicht wahr?

Stimmungsumschwung unter den erst reservierten, ja skeptischen Zuhörern, stellenweise sogar Stimmungsaufschwung, Begeisterung: die Hanau ist wieder die alte!

Ja, sie hat Pläne, von denen spricht sie gern: sie wird eine neue Zeitung herausgeben, sehr bald schon, hat bereits während der Untersuchungshaft notwendige Vorbereitungen getroffen, nötige Vorarbeiten durchgeführt, gemeinsam mit Henri Weitzmann, einem Journalisten und Schriftsteller, der schon für die Gazette gearbeitet hatte, 1928. Diese neue Zeitung soll alle gesunden Kräfte im Land ansprechen, aktivieren, vereinen, sie heißt deshalb: Forces.

Juli 1930 erscheint Nummer eins – das Staunen in Paris ist groß. Eine neue Hanauerei! klagt man in Börsen- und Bankkreisen, sieht voraus, daß nun das Spiel wieder von vorn anfängt: neue »Scheren zur Schafschur«! Journalisten denken vergleichend an Napoleons Rückkehr von Elba, fragen sich, wie lange wohl das Comeback dieser »Napoleonin der Finanzen« dauern wird.

Der Anfangserfolg der Forces ist groß, die Erstauflage soll bei 100 000 liegen: viele Leute wollen die neue Zeitung dieser Frau sehen, die offenbar nicht kleinzukriegen ist, die nun wieder, wie man hört, in das Spekulationsgeschäft einsteigt, die wieder Syndikate bilden, Gesellschaften gründen will.

Ich werde in diesem Schlußkapitel die neue Wochenzeitung wenigstens knapp skizzieren müssen. Dabei setze ich wohl am einfachsten an beim Zeitungskopf. Hier werden die Titel-»Kräfte« graphisch sichtbar gemacht: unter den Lettern FORCES zentral die Pariser Börse mit Stufen und Säulen; vom rechten und linken Bildrand her ziehen Menschenkolonnen dahin, sich perspektivisch rasch verkleinernd; der Börsenbau wird überragt von einem Wolkenkratzer, von riesigen Baukränen, von mächtigen Hochspannungsmasten, von rauchenden Schloten.

Rechts neben diesem klotzigen Titelkopf bleibt ein knappes Drittel frei, hier wird in strammen Lettern jeweils ein Zitat abgedruckt, etwa von Goethe, von Kopernikus, von Maeterlinck, von André Gide, von Heinrich Mann. Ab und zu auch von Marthe Hanau persönlich. Zum Beispiel verkündet sie hier: »Es gibt weder kleine noch große Kapitalisten. Es gibt nur ganz einfach Menschen, die unter den gegebenen Bedingungen der Gesellschaft gezwungen sind, sich gegen Krankheit, gegen Alter, gegen Arbeitslosigkeit, gegen die Wechselfälle des Lebens zu sichern.«

Unter Titelgraphik und Merkspruch die Angabe: »Dirigé par Marthe Hanau«. Daneben, auf gleicher Höhe, der Name des Chefredakteurs, Henri Weitzmann. Die Telegrammanschrift lautet bezeichnenderweise: »Forsanau-Paris«.

Auf der ersten Seite stets ein großer Leitartikel, sehr häufig geschrieben von Marthe Hanau selbst. Ihre Artikel reichen vielfach auf die zweite Seite hinüber. Auf der dritten Seite meist die Sparte »Indiskretionen«. Auf den folgenden Seiten gewöhnlich größere Berichte, vorzugsweise über Korruptionsfälle, Skandale im Wirtschaftsbereich. Auf Seite 9 meist »Herr Jedermann und die Börse«. Der Wirtschafts- und Finanzteil bis etwa Seite 21.

Dann der allgemeinere Teil der Forces; und hier wird weithin das Schema der Gazette übernommen. So gibt es »Les Forces Politiques«. Und »Les Forces Littéraires«. Auf Kultur überhaupt wird viel Wert gelegt: in jeder Nummer ein meist ganzseitiger Bericht mit Bild. Da geht es etwa um Beethoven und seine X. Sinfonie. Um Mozart und (mal wieder) sein Requiem. Um Richard Wagner, den die Hanau verehrt. Selbst Spinoza und Sigmund Freud werden den Lesern vorgelegt.

Weiterhin: Berichte über neue Filme, über musikalische Ereignisse, über Theater, über Ausstellungen. Und es gibt die »Forces Saines«; hier wird beispielsweise über die Krebsbekämpfung berichtet. Die letzte Seite für die Eigenwerbung.

Da die Forces nur einmal in der Woche erscheinen, in diesem Zeitraum aber etliches geschehen kann, das Gelegenheit gibt zu Kauf oder Verkauf von Wertpapieren, bietet die Hanau einen »Telegrammdienst« an, 1000 Francs das Jahresabonnement, im Ausland 1500. Jeder Bezieher erhält einen »individuellen« Verschlüsselungscode, damit nicht zum Beispiel die Postbeamten von den Hinweisen profitieren. Weil dieser »service du télégramme« unregelmäßig erscheint, je nach Bedarf, gründet die Hanau als Zusatzdienst noch den täglich erscheinenden Börsenbrief Secret des Dieux. Dieses »Göttergeheimnis« wird jeweils in verschlossenem, frankiertem Briefumschlag verschickt; das Jahresabonnement kostet hier ebenfalls 1000, beziehungsweise 1500 Francs. »Um Ihren Wertpapierbesitz zu verteidigen, um Ihr Kapital zu erhöhen, um mit Sicherheit operieren zu können, abonnieren Sie Secret des Dieux, ein einzigartiges Erzeugnis in den Annalen der Finanzpresse!« Und es wird werbend darauf hingewiesen, daß dieser Brief direkt und persönlich von Madame Marthe Hanau geleitet werde; durch die konzisen, präzisen Nachrichten könne man in einem Minimum von Zeit ein Maximum an

Gewinn realisieren. Leserzuschriften, in den Forces abgedruckt, sollen das dankbar bestätigen. Ein Kunde hat ein gutes Geschäft mit Huanchaca gemacht, aha. Ein anderer mit Mexican Eagle. Ein dritter mit der Union d'Electricité. Na bitte!

Marthe Hanau auf der Treppe vor dem Eingang des Pariser Gerichtsgebäudes, neben ihr Dominique mit Talar und Schnurrbart, schräg dahinter ein kleinerer, dünnerer Anwalt mit Talar, Schnurrbart und Aktenbündel, weitere Männer mit Schnurrbärten und Hüten, aber ohne Talare. Ein Standfoto. Öfter habe ich gesehen, wie aus einem Standfoto plötzlich eine Filmsequenz wird, die Figuren lösen sich aus eingefrorenen Gesten, bewegen sich: so könnten sie jetzt Fuß vor Fuß die Treppe herab setzen. Ebenso läßt sich ein Film zurückfahren: da gehen sie rückwärts die Treppe hoch, erst der kleinere Anwalt, dann Marthe Hanau, zuletzt der dicke Anwalt Dominique. Schon ist die Treppe leer, die Türe zu.

Hinter der Türe lassen sich die Figuren leicht umdrehen; so gehen sie denn durch einen langen Flur, fliesenbelegt, deshalb hallend, die Hanau mit Pelzmantel und Kapotthütchen festen Schritts voran; bald betreten sie den Gerichtssaal.

Nun könnten die Verhandlungen, könnten zumindest Ausschnitte aus den Verhandlungen rekonstruiert oder erfunden werden, das Ritual mit Zeugenaufruf, mit Zeugenaussage, mit Zeugenvereidigung, mit Sachverständigen, die ausführlich referieren, mit Verteidigern, die Einspruch erheben, mit Gegendarstellungen des Staatsanwalts, mit der mehrfach wiederholten Aufforderung des Richters, die Wahrheit zu sagen, nichts als die Wahrheit, soweit Gott in diesem Fall helfen kann.

Aber solch eine Gerichtsszene werde ich nicht erzählen. Diese Frage-und-Antwort-Spiele schreiben sich von selbst. Und die Anklagepunkte sind bekannt, ebenso die Verteidigungsargumente der Hanau. Ich werde deshalb nur berichten, daß ein halbes Jahr nach der bedingten Freilassung der

Hanau und der Gründung der Forces der Gazette-Prozeß beginnt, im November 1930, und daß am 29. März 1931 das Urteil verkündet wird – der Gerichtsvorsitzende verliest 146 Seiten. Es wiederholen sich Stichworte wie: Scheingesellschaften, Verkauf deponierter Wertpapiere, Vertrauensbruch, künstliche Steuerung von Börsenkursen, Betrug, Bluff. Das Urteil fällt dann aber milde aus: Freispruch für Courville und Audibert; 18 Monate Gefängnis für Lazare Bloch, die bisherigen 16 Monate Untersuchungshaft werden ihm angerechnet, er muß wegen seines schlechten gesundheitlichen Zustands (Diabetes) die Reststrafe nicht verbüßen, wird freigelassen; für Marthe Hanau insgesamt zwei Jahre Gefängnis, dazu eine Geldstrafe von 3000 Francs: der übliche, rituelle Betrag in solchen Fällen. Auch der Hanau wird die Untersuchungshaft angerechnet, sie hätte nur noch wenige Monate zu verbüßen.

Akzeptiert sie das milde Urteil? Nein, sie legt sofort Berufung ein: selbst eine derart geringe Strafe ist nicht werbewirksam für den Aufbau neuer Syndikate und Finanzgesellschaften, sie braucht Freispruch, der den Gläubigern beweist, daß alles in Ordnung war, jedenfalls bei ihr, und daß man vertrauensvoll neue Beträge einzahlen kann, um die alten Einzahlungen zurückzubekommen.

Bis zum Berufungstermin bleibt die Hanau frei; sie setzt ihre Tätigkeit fort. Um an Geld zu kommen, das weiß sie, muß man vor allem den Eindruck erwecken, man verfüge über viel Geld. Günstig ist in der Beziehung, daß sie weiter in der großen Villa wohnt; die beschlagnahmten Möbel werden ihr wieder zur Verfügung gestellt. Günstig auch, daß nach einer ersten Zeit in der Rue Faubourg-Montmartre die Redaktion der Forces wieder in das Gazette-Gebäude in der Rue de Provence einziehen kann: nun wirkt alles gleich wieder viel repräsentativer.

Diesen erneuerten Glanz will die Hanau auch durch ihre Auftritte bestätigen: zu Gläubigerversammlungen, zu Werbeveranstaltungen fährt sie (mit Chauffeur) in einem sichtbar teuren Wagen. Und selbstverständlich residiert sie im jeweils besten Hotel. Gibt Empfänge, lädt Honoratioren ein zu Diners. Hält in sorgsam arrangierter, blumenverschönter Umgebung rhetorisch schwungvolle Reden. Möglichst viele Leser, möglichst viele Abonnenten will sie gewinnen, möglichst viel Geld anlocken – dies braucht sie vor allem!

Allerdings ist da eine wichtige Voraussetzung: nur, wenn sie das Vertrauen zu den alten Kunden wiederherstellt, kann sie neue Kunden gewinnen. Und so wiederholt sie bei diesen Gläubigerversammlungen, etwa im Pariser Handelsgericht, sie wolle im Lauf der nächsten fünf Jahre alle Einzahlungen zurückerstatten, wenn auch ohne Zinsen und Gewinne, aber da sei ja nun die blöde Justiz schuld: ohne ihr plumpes und gesetzwidriges Eingreifen zu falschem Zeitpunkt hätte jeder der hier Anwesenden sein Geld plus Zinsen plus Gewinnen zurück, und die wären ansehnlich gewesen. Nach weiteren Anklagen gegen Behörden, gegen Banken, gegen eine gewisse Presse ruft sie dann auf zur Bildung eines »Konkordats« zwischen ihr und den Klienten, es müsse sich hier eine verschworene Kampfgemeinschaft bilden, in der alle vertrauensvoll zusammenrücken, um gegen die bösen Feinde draußen zu siegen.

Diese Kampagne wird allerdings unterbrochen: ein Autounfall bei La Ferté-sous-Jouasse: der linke Oberschenkel gebrochen, der linke Unterarm, Prellwunden, Platzwunden. Wieder einmal wird sie ins Krankenhaus von Neuilly eingeliefert. Der Unterarmbruch verheilt gut, die Frakturen im Oberschenkel erweisen sich dagegen als sehr kompliziert, starke Splitterungen. Nach der Entlassung aus dem Krankenhaus muß die Hanau zwei Achselkrücken benutzen, noch immer ist das Bein in Gips.

In der Rue de Provence eröffnet sie nun ihre neue Bank, die Banque d'Union Publique. Sie ernennt sich freilich nicht zur Präsidentin oder Direktorin dieser Bank, will mal wieder Unabhängigkeit demonstrieren zur Finanzzeitung im gleichen Haus, deshalb klassifiziert sie sich als Technischer Berater dieser Bank. Na ja.

Entschieden will sie auch ihre Presseunternehmen fördern. Die Auflagenzahl der Forces geht zurück, sie müßte große

Werbeaktionen durchführen, dazu fehlt aber das Geld. So läßt sie die Forces vor allem für sich selbst werben, und das lautstark. Wichtiger ökonomischer Faktor ist für sie der Börsenbrief, rund zweitausend Abonnenten pro tausend Francs, macht im Jahr zwei Millionen Umsatz – das könnte aber noch mehr werden! Sie gründet eine weitere Zeitung, die sich speziell an Klienten, Gläubiger, Kunden richtet: Les Capitalistes-Épargnants. Neben diesen »Kapitalisten-Sparern« eine neue Wochenzeitung: Écoutez-moi – par Marthe Hanau; möglichst viele sollen hier »zuhören«. Außerdem plant sie eine satirische Zeitschrift, den Caliban.

Wieder werden für das Finanz- und Innenministerium Polizeiberichte angefertigt über die Börsenaktionen der Hanau; wieder erscheinen kritische Artikel in der Presse, und die sind der Hanau in dieser labilen Geschäftslage sehr lästig. Sie sieht voraus, daß sich die Angriffe steigern werden, sie will rechtzeitig handeln: Anfang April 32 veröffentlicht sie in den Forces Auszüge aus einem geheimen Polizeibericht über ihre Börsenaktionen. Was steht in diesem Bericht?

Zum Beispiel, daß sie Kursmanipulationen durchführt: »Zur Zeit der Gründung der Forces hatte sich Madame Hanau bedeutende Mittel verschafft, indem sie durch Strohmänner mit hohen Einsätzen gegen Gesellschaften, über die sie ungünstige Auskünfte besaß, und die sie daraufhin in ihrer Zeitung angriff, auf Baisse spekulierte.«

Die Hanau präsentiert die Auszüge aus dem Polizeibericht in ihrer Zeitung persönlich, läßt dabei natürlich erkennen, daß sie all dies für Mumpitz, für Humbug hält, kommentiert die Vorwürfe und Anklagen mit knappen, sarkastischen Anmerkungen. »Aber jetzt kommt der dickste Brocken«, schreibt sie beispielsweise zum Vorwurf, sie führe Aktionen gemeinsam mit ausländischen Gruppen durch. »Man hat allen Grund anzunehmen, daß Madame Hanau Beziehungen zu Deutschland und zur Sowjetunion unterhält. Was Deutschland betrifft, so steht sie in Beziehung zur Dresdner Bank, die angeblich die Gazette du Franc subventioniert hat. Auch soll sie von Julius Wertheimer, dem Pressechef der deutschen Botschaft in Paris, finanzielle Unterstützung erhalten haben. Außerdem hat Madame Hanau angeblich mit einem Kartell der deutschen Großindustrie in Verbindung gestanden.«

Die gleiche Polizeibehörde, die vor wenigen Jahren noch berichtet hatte, die Gazette du Franc besitze »Sympathie in der Welt der Hochfinanz und Großindustrie«, sie schreibt nun ausgerechnet der Hanau und ihrem Presseorgan Beziehungen zu Kommunisten, zu den Sowjets vor. »Es muß noch bemerkt werden, daß die von den Forces geführten Kampagnen gegen unsere wichtigsten Kreditinstitute und gegen französische Gesellschaften in gewissem Maße die kommunistische Propaganda unterstützten, indem sie die Unruhe, die in unserem Land seit Beginn der Wirtschafts- und Finanzkrise herrschte, noch verstärkte ... Einige ihrer Kampagnen fanden sogar ein Echo in der Tageszeitung der kommunistischen Partei ... Was die Sowjetunion anbelangt, so steht Madame Hanau in Verbindung mit der Botschaft der UdSSR über einen Mittelsmann namens Arconin, einen ehemaligen Mitarbeiter der Gazette du Franc.«

Zentral freilich die Vorwürfe der Kursmanipulation, des Betrugs, ja der Erpressung: »Schließlich greift Madame Hanau, die dringend größere Geldsummen benötigt, seit einigen Monaten auf Einschüchterungs- und Erpressungsmanöver zurück, um sich zusätzliche Mittel zu verschaffen. Sie stellt Material gegen bestimmte Gesellschaften zusammen, indem sie Unterlagen sammelt, die ihr von unzufriedenen Leuten oder Personen, die in ihren Diensten stehen, zugespielt werden, und beginnt Artikel zu publizieren, die alle für die angegriffene Gesellschaft schädliche Informationen enthalten; später werden diese Angriffe eingestellt oder abgeschwächt. Ohne es nachweisen zu können, schreibt man diese Haltungsänderung Geldern zu, die sie von interessierten Kreisen erhalten hat.«

Beim letzten Satz hakt sie natürlich gleich ein: »Ohne es nachweisen zu können? Klarer Fall. Ich warte ab.« Und sie wartet ab. Sie hat nämlich in ihren Artikeln noch einen Sprengsatz eingebaut: den Hinweis, sie hätte für den Abdruck dieser Auszüge das Berichtexemplar von Finanzminister Flandin benutzt. Damit lenkt sie geschickt die Aufmerksamkeit der Öffentlichkeit vom Inhalt des Geheimberichts ab auf die Frage, wie sie an das Exemplar gekommen ist.

Auch die Justiz- und Polizeibehörden interessieren sich sehr dafür. Am 8. April erscheint morgens 9 Uhr Untersuchungsrichter Ordonneau mit einigen Inspektoren im Forces-Gebäude, will eine Haussuchung durchführen. Madame Hanau ist noch in ihrer Villa in Boulogne; stellvertretend lehnt Watteblad, Direktor der Banque d'Union Publique, das Ansinnen der Justizbeamten ab. Der Untersuchungsrichter läßt die Stahlschränke dennoch öffnen und durchsuchen. Zu dieser Zeit erscheint denn auch Untersuchungsrichter Peyre in der Rue de la Tournelle, befragt die Hanau, selbstverständlich erfolglos. Sie muß Peyre in die Rue de Provence begleiten, Inspektoren helfen ihr ins Auto.

Am Forces-Gebäude ist bereits Presse versammelt. Die Hanau berichtet den Journalisten, sie werde des Dokumentendiebstahls beschuldigt, sie habe das besagte Dokument aber nicht gestohlen, vielmehr nimmt sie an, die Polizeibehörden seien nicht ganz dicht. Und den Herren Guichard und Guillaume von der Gerichtspolizei erklärt sie, jemand habe ihr die entsprechenden Passagen telefonisch diktiert. Durch diesen Widerspruch versucht sie offenbar, Verwirrung zu stiften, die Behörden verdächtig zu machen. Nach einem Verhör durch Untersuchungsrichter Ordonneau wird der Haftbefehl gegen die Hanau unterzeichnet.

Ihre neue Inhaftierung löst natürlich dicke Schlagzeilen aus; die Presse schreibt ausführlich über die neue Affäre. Zum Beispiel: »Artikel 419, der die Machenschaften zur Auslösung einer künstlichen Hausse oder Baisse beinhaltet, trifft auf den Fall Madame Hanau genau zu. Die von der Abteilung der Staatsanwaltschaft für Wirtschaftsvergehen unternommenen Nachforschungen haben den Beweis erbracht, daß die Direktorin der Forces und des Geheimnisses der Götter auf Baisse spekulierte, bevor sie ihre Verleumdungskampagne, gespickt mit Lügen und falschen Nachrichten, startete. Schon lange hatten wir auf das persönliche Eingreifen in das Marktgeschehen durch Madame Hanau aufmerksam gemacht. Indem sie ihre Geschäftspartner im Unwissen darüber ließ, daß sie im eigenen Interesse parteiliche Ratschläge erteilte, beging die Präsidentin täglich Vertrauensmißbrauch.«

Im Zeitungskopf der Forces heißt es nun nicht mehr: »Geleitet von Marthe Hanau«, sondern: »Geleitet von Mitarbeitern und Freunden der inhaftierten Marthe HANAU.« Und in der Merkspruch-Ecke der Kopfleiste werden vorwiegend Sprüche gedruckt, die sich auf die Hanau beziehen. So liest man in der Ausgabe vom 15. April ein Zitat von Robespierre, in starken Lettern: sobald die Legislative Versammlung ministerielle Rache übe an einem Schriftsteller, sobald sie richterliche Macht gegen den Schriftsteller bewaffne, werde sie die größte Geißel der individuellen Freiheit. Daraus leitet man die Devise ab, die stur durchgehalten wird: mit der Freiheit der Hanau ist alle individuelle Freiheit in diesem Lande bedroht; indem man für die Hanau kämpft, kämpft man für sich selbst, kämpft man letztlich auch für sein Land.

Dieser Kampf wird zum Teil durch aberwitzige Parolen gefördert. So verweist man am 14. Juli in der Sprücheecke auf den hundertsten Jahrestag des Sturms auf die Bastille, darunter steht, daß Marthe Hanau hundert Tage eingesperrt ist: »Es lebe die Republik!«

Veröffentlicht wird in dieser Ecke auch das Faksimile einer handschriftlichen Notiz der Hanau: sieht in dieser Situation aus wie ein Kassiber! Das gleiche Faksimile aber wurde schon anderthalb Jahre zuvor an gleicher Stelle abgedruckt – wer wird sich daran noch erinnern? Die Hanau schreibt hier, wer bei Geldgeschäften nur ein oder anderthalb Prozent Zinsen gebe, der mache seinen persönlichen Profit auf Kosten öffentlicher Ersparnisse. Unter diesem Angriff auf die Banken dann ihre Signatur, eingefaßt in eine elliptische Schwunglinie, wie sie bei Kaisern üblich ist.

Weitere Maßnahmen: man läßt die Hanau in den Forces geisterhaft zu Wort kommen; wo sonst ihr Name über den Leitartikeln stand, da liest man 14 Tage nach der Inhaftierung ein klanggleiches MARTANO. Eine Fußnote gibt hierzu eine Erklärung ab: die Ideen der Direktorin hätten sich den Mitarbeitern so tief eingeprägt, daß sie nun in ihrem Geist unter diesem »klangvollen Pseudonym« weiterschreiben wollen, sogar unter Nachahmung ihres Stils. Ob hier nicht eventuell doch die Hanau schreibt, trotz Kontrollen?

Unablässig und zentral in den Forces der Hinweis auf Madame: »Marthe Hanau ist seit 127 Tagen eingesperrt«, heißt beispielsweise eine Seitenüberschrift. Und die wiederholt sich nach einer Woche, vermehrt um 7 Tage. Und wiederum eine Woche später werden 141 Hafttage anklagend gemeldet.

Immer dreister auch wird die Hanau hochgelobt, hochgejubelt. Da ist etwa ein Beitrag, den Henri Weitzmann (der inzwischen gekündigt hat) zum zweiten Jahrestag der Gründung der Forces schreibt; ironisch-pathetisch erhebt auch er hier Anklage gegen sie, klagt sie beispielsweise an, die Verwirklichung einer besseren sozialen Ordnung beschleunigt zu haben, jawohl, klagt sie an, die Zeitung im Geiste vollständiger Neutralität gegründet zu haben, jawohl, klagt sie an, niemals nach persönlichem Interesse gehandelt, niemals Profit aus den Möglichkeiten geschlagen zu haben, die sich mit der Leitung der Forces ergaben, klagt sie an, immer nur die Wahrheit gesagt zu haben, klagt sie an, für die geheiligten Prinzipien der Demokratie gekämpft zu haben, aber die seien nun einmal nicht zu verwirklichen in einer kapitalistischen Gesellschaft: jawohl, so steht es da! Und weiterhin klagt er sie an, sie habe zuviel gearbeitet, zuviel studiert, zuviel die Dichter gelesen, zu leidenschaftlich die Musik geliebt und so weiter. Ach, sie war zu gut für diese Welt!

Ganze Wort-Armadas werden in den Forces flottgemacht, um Leser und Abonnenten zu halten, um sie zu aktivieren für die Befreiung der Hanau. Es werden Aufrufe verfaßt, es werden Protestaktionen angekündigt, Protestversammlungen einberufen, es werden haufenweise Leserbriefe geschrieben und gedruckt, es werden ausführliche Verteidigungstexte produziert, seitenlang geht das in jeder Nummer: Marthe Hanau als Hauptthema, Marthe Hanau aufstilisiert zum Märtyrer, vor allem der Justiz.

Denn die Forces sind nicht bereit, die Anklagepunkte als berechtigt anzusehen. Zum Beispiel das Dokument, das auf so außerordentlich mysteriöse Weise aus der Schublade des Finanzministers P. E. Flandin verschwunden sein soll – wurde das tatsächlich im Finanzministerium entwendet? Monsieur Chevalier, hohes Tier im Finanzministerium, gibt kund, sein Dienstherr habe den Bericht in seine Schreibtischschublade verschlossen, zu der nur er allein den Schlüssel besitze. Man sehe an diesem Schreibtisch, an dieser Schublade aber keinerlei Spuren, von denen man auf gewaltsames Öffnen schließen könnte. Und ein Nachschlüssel? Unmöglich! Nein, hier liege wohl eher eine Indiskretion vor, läßt Monsieur Chevalier durchblicken, dessen Dienstherr sich zu dieser Zeit auf einer Reise befindet, und er weist darauf hin, daß ingesamt 14 Abzüge von diesem Bericht angefertigt wurden, die an verschiedenste Dienststellen gingen, zum Beispiel an die Polizeipräfektur, an das Innenministerium und so weiter – könnte nicht dort irgendwo die Leckstelle sein?

Solch eine Frage können die Forces nur unterstreichen. Und bei diesen so undurchsichtigen Verhältnissen nun der Präsidentin vorwerfen, sie hätte das Dokument aus der Schublade des Finanzministers klauen lassen!

Das Spiel mit dem verschwundenen Dokument wird noch einige Zeit weitergeführt. Gleich nach seiner Rückkehr von der Dienstreise äußert sich Flandin persönlich: der Bericht sei leider nicht mehr dort, wo er ihn abgelegt habe; »ich kann nur bestätigen, daß dieses Dokument aus meinem Büro gestohlen wurde«.

Demnach hätte Chevalier seinen Dienstherrn zu voreilig verteidigt? Stimmt also doch, was Madame zuerst in der Zeitung erklärt hatte? Es fehlt ja nun tatsächlich das Exemplar des Finanzministers. Aber die Hanau will nicht, daß sich beides reimt, sie gibt wieder Erklärungen ab. Also erstens waren es nicht 14, sondern 17 Abzüge: drei Gründe mehr, in Anführungsstriche zu setzen, daß Flandins Abzug »verlorenging«. Denn wieviele der 17 Kopien konnten ihrerseits wieder kopiert werden? Ist nicht, so fragt sie und läßt sie in den Forces fragen, die ganze »Equipe von Erpressern und Polizeispitzeln« rechtzeitig mit dem Hanau-Report versorgt worden?

Neben solchen Winkelzügen der fortgesetzte Appell an das Mitleid: allzu schnell, so klagen die Forces, verliert die Öffentlichkeit den rechten Schwung zur leidenschaftlichen Verteidigung der Hanau, allzu übersättigt ist sie von ständig neuen Nachrichten, um sich noch mit gebührendem Nachdruck für eine Frau einzusetzen, die nicht nur um ihr Ansehen, sondern um ihr Leben kämpft. Denn, verehrte Leser, man will sie nicht nur moralisch vernichten, man will auch die Gesundheit dieser Frau vollends ruinieren, will bewußt ihr Leben in Gefahr bringen! Unablässig wird daran erinnert, daß sie seinerzeit einen schweren Autounfall hatte, daß die Folgen noch immer nicht auskuriert sind, das sollen ärztliche Gutachten bestätigen, die in den Forces veröffentlicht werden: die Herren bezweifeln, ob im Gefängnis eine angemessene ärztliche Behandlung garantiert ist. Das sei natürlich nicht der Fall, erklären die Forces, obwohl es einen Gefängnisarzt gibt, und sie finden alles rundum schockierend, betonen das durch Großbuchstaben: SCHOCKIEREND! Und noch mehr Protestschreiben werden verfaßt, noch mehr anklagende Artikel werden veröffentlicht, und noch einmal läßt sich die Liga für Menschenrechte einspannen, gibt eine Erklärung ab für die Hanau.

Schließlich, im Oktober 32, wird sie aus dem Gefängnis in das Krankenhaus Neuilly überführt: hat Marthe Hanau das erzwungen, indem sie den Beingips zerhackte, den Oberschenkel noch mal zerbrach? Ich werde in diesem Schlußkapitel darüber nichts schreiben, werde nur berichten, daß sie ins Krankenhaus überführt wird, daß auch danach die Beschwerden,

Klagen, Proteste nicht aufhören: denn auch hier will man die Hanau, man höre! als Gefangene behandeln, jeweils zwei Polizisten sollen Tag und Nacht in ihrem Krankenzimmer Wache stehen. Davon kann man die Behörde erst nach zähen Verhandlungen abbringen, die Polizisten werden in einem Nebenzimmer untergebracht, freilich bei offenstehender Verbindungstüre, so daß private Gespräche nicht mehr möglich sind, etwa mit dem Anwalt. Natürlich, die Behörden berufen sich darauf, daß die Hanau schon mal aus dem Krankenhaus ausgebüchst war, 1930, und das nach 17 Tagen Hungerstreik. Aber bitte, so betonen die Forces, war sie damals nicht freiwillig in das Gefängnis zurückgekehrt? Und jetzt, wie soll sie nun fliehen können, auf Krücken angewiesen, mit Gips am Bein? Man soll sie doch entlassen, zumindest provisorisch!

Anwalt Dominique erreicht nach einiger Zeit tatsächlich, daß sie aus Gesundheitsgründen freigelassen wird. Sie übernimmt sogleich die Gesamtleitung der Forces, und so heißt es im Zeitungskopf nun auf voller Breite: »Direction – Redaction en Chef: Marthe HANAU«. Die Zahl der Leser und Abonnenten geht freilich weiterhin zurück. Das Gebäude in der Rue de Provence wird zu teuer, man zieht um in die Rue Marivaux.

Der Termin vor der Berufungsinstanz verzögert sich weiterhin. Lazare Bloch stirbt, zuckerkrank, herzkrank, und das ist ein schwerer Verlust für sie. Auch stirbt Pierre Audibert, der nichts mehr mit ihr zu tun haben wollte. Weiterhin bleibt das große Geld aus, trotz verschiedener Börsenspekulationen. Es wird zuweilen schwierig, die Druckkosten für die Forces zu bezahlen. Weiterhin Schmerzen am linken Bein. Sie läuft in den letzten Jahren nur noch mit Stock. Sie schläft schlecht, nimmt viel Veronal – »la dame au véronal«.

Endlich, Anfang 1935, trifft der Appellationshof seine Entscheidung: keine Verminderung oder Aufhebung der Haftstrafe für ihre Gazette-Aktionen, sondern Erhöhung von zwei auf drei Jahre. Das will die Hanau überhaupt nicht anerkennen, sofort legt sie wieder Berufung ein. Aber das Urteil wird am 22. Februar 35 bestätigt.

Bis zum Haftantritt hat sie noch ein paar Tage Zeit. Offenbar befürchten die Polizeibehörden einen Fluchtversuch, so wird sie kurz nach der Urteilsverkündung in der Rue Marivaux verhaftet und in das Gefängnis Fresnes überführt. Hier kommt sie in eine Gemeinschaftszelle. Sie liest, so heißt es, Texte des Stoikers Epiktet, liest Betrachtungen über den Tod bei Marc Aurel, liest Montaigne, bereitet sich auf einen Selbstmord vor. Das klingt nun fast wie der Einfall eines Image-Beraters: Suggestion einer Läuterung oder eines Aufschwungs vor dem Tod! Sie schreibt zwei Abschiedsbriefe, schreibt hier von endgültiger Flucht, von einem Ekel am Geld, schreibt in Großbuchstaben: SCHLUSS, SCHLUSS, SCHLUSS. Nachts schluckt sie viele Veronaltabletten, wird von den anderen Frauen der Zelle am Morgen des 14. Juli bewußtlos aufgefunden, wird ausgepumpt, erhält Infusionen, kommt nicht mehr zu Bewußtsein, stirbt.

Ob ich in meinem Roman von diesem Selbstmord erzählen werde, muß ich mir noch genau überlegen. Solche Vorgänge wecken leicht Emotionen, fördern kaum die Einsicht; ihr Selbstmord ist nicht konsequentes Ergebnis ihrer Geschäftspraktiken. Um die vor allem geht es ja nun. So werde ich im Schlußkapitel diese Vorgänge wohl nur knapp erwähnen, werde zur Hauptsache darstellen, wie sie 1930 nach ihrer provisorischen Entlassung aus dem Gefängnis gleich die Forces gründet, und man versagt ihr nicht die Lizenz, läßt sie tatsächlich weiterarbeiten!

Von Dieter Kühn
erschienen im Suhrkamp Verlag
und Insel Verlag

N. Erzählung. 1970
Ausflüge im Fesselballon. Roman. 1971
Siam-Siam. Ein Abenteuerbuch. 1972
Die Präsidentin. Roman eines Verbrechens. 1973
Festspiel für Rothäute. Erzählung. 1974
Stanislaw der Schweiger. Roman. 1975
Josephine. Aus der öffentlichen Biographie der Josephine Baker. 1976
Und der Sultan von Oman. Erzählung. 1979
Auf der Zeitachse. Vier Konzepte. 1980

edition suhrkamp:
Grenzen des Widerstands. Essays. 1972. Band 531
Unternehmen Rammbock. Planspielstudie zur Wirkung gesellschaftskritischer Literatur. 1974. Band 683
Goldberg-Variationen. Hörspieltexte mit Materialien. 1976. Band 795
Ausflüge im Fesselballon. Roman. Neufassung. 1977. Band 656
Löwenmusik. Essays. 1979. Band 984
Schnee und Schwefel. Gedichte. 1982

suhrkamp taschenbücher:
N. Erzählung. 1973. Band 93
Siam-Siam. Ein Abenteuerbuch. 1974. Band 187
Ludwigslust. Erzählungen. 1977. Band 421
Stanislaw der Schweiger. Roman. 1978. Band 496
Josephine. Aus der öffentlichen Biographie der Josephine Baker. 1980. Band 587
Und der Sultan von Oman. Erzählung. Neufassung. 1982. Band 758

Insel Verlag:
Ich Wolkenstein. Eine Biographie. 1977
Der Herr der fliegenden Fische. Ein Märchen.
Mit Bildern von Wilhelm Bieber. 1979
Herr Neidhart. 1981

insel taschenbücher:
Eduard Pöppig: *In der Nähe des ewigen Schnees.* Herausgegeben und mit einem Nachwort versehen von Dieter Kühn. 1975. Band 166
Die Geisterhand. Eine Geschichte von Dieter Kühn mit Bildern von Dirk Zimmer. insel taschenbuch für kinder. 1978. Band 382
Ich Wolkenstein. Eine Biographie. 1980. Band 497

Alphabetisches Gesamtverzeichnis der suhrkamp taschenbücher

Abe, Die vierte Zwischeneinszeit 756
Achternbusch, Alexanderschlacht 61
– Das letzte Loch 803
– Der Neger Erwin 682
– Die Stunde des Todes 449
– Happy oder Der Tag wird kommen 262
Adorno, Erziehung zur Mündigkeit 11
– Studien zum autoritären Charakter 107
– Versuch, das ›Endspiel‹ zu verstehen 72
– Versuch über Wagner 177
– Zur Dialektik des Engagements 134
Aitmatow, Der weiße Dampfer 51
Aldis, Der unmögliche Stern 834
Alegría, Die hungrigen Hunde 447
Alewyn, Probleme und Gestalten 845
Alfvén, Atome, Mensch und Universum 139
– M 70 – Die Menschheit der siebziger Jahre 34
Allerleirauh 19
Alsheimer, Eine Reise nach Vietnam 628
– Vietnamesische Lehrjahre 73
Alter als Stigma 468
Anders, Kosmologische Humoreske 432
v. Ardenne, Ein glückliches Leben für Technik und Forschung 310
Arendt, Die verborgene Tradition 303
Arlt, Die sieben Irren 399
Arguedas, Die tiefen Flüsse 588
Artmann, Grünverschlossene Botschaft 82
– How much, schatzi? 136
– Lilienweißer Brief 498
– The Best of H. C. Artmann 275
– Unter der Bedeckung eines Hutes 337
Augustin, Raumlicht 660
Bachmann, Malina 641
v. Baeyer, Angst 118
Bahlow, Deutsches Namenlexikon 65
Balint, Fünf Minuten pro Patient 446
Ball, Hermann Hesse 385
Ballard, Der ewige Tag 727
– Die Tausend Träume 833
– Kristallwelt 818
Barnet (Hg.), Der Cimarrón 346
Basis 5, Jahrbuch für deutsche Gegenwartsliteratur 276
Basis 6, Jahrbuch für deutsche Gegenwartsliteratur 340
Basis 7, Jahrbuch für deutsche Gegenwartsliteratur 420
Basis 8, Jahrbuch für deutsche Gegenwartsliteratur 457
Basis 9, Jahrbuch für deutsche Gegenwartsliteratur 553
Basis 10, Jahrbuch für deutsche Gegenwartsliteratur 589
Sylvia Beach, Shakespeare and Company 823
Beaucamp, Das Dilemma der Avantgarde 329
Becker, Jürgen, Eine Zeit ohne Wörter 20
– Gedichte 690
Becker, Jurek, Irreführung der Behörden 271
– Der Boxer 526
– Jakob der Lügner 774
– Schlaflose Tage 626
Beckett, Das letzte Band (dreisprachig) 200
– Der Namenlose 536
– Endspiel (dreisprachig) 171
– Glückliche Tage (dreisprachig) 248
– Malone stirbt 407
– Molloy 229
– Warten auf Godot (dreisprachig) 1
– Watt 46
Das Werk von Beckett. Berliner Colloquium 225
Materialien zu Beckett »Der Verwaiser« 605
Materialien zu Becketts »Godot« 104
Materialien zu Becketts »Godot« 2 475
Materialien zu Becketts Romanen 315
Behrens, Die weiße Frau 655
Bell, Virginia Woolf 753
Benjamin, Der Stratege im Literaturkampf 176
– Illuminationen 345
– Über Haschisch 21
– Ursprung des deutschen Trauerspiels 69
Zur Aktualität Walter Benjamins 150
Beradt, Das dritte Reich des Traums 697
Bernhard, Das Kalkwerk 128
– Der Kulterer 306
– Frost 47
– Gehen 5
– Salzburger Stücke 257
Bertaux, Hölderlin 686
– Mutation der Menschheit 555
Beti, Perpétue und die Gewöhnung ans Unglück 677
Bienek, Bakunin, eine Invention 775
Bierce, Das Spukhaus 365
Bingel, Lied für Zement 287
Bioy Casares, Fluchtplan 378
– Tagebuch des Schweinekriegs 469
Blackwood, Besuch von Drüben 411
– Das leere Haus 30
– Der Griff aus dem Dunkel 518
Blatter, Zunehmendes Heimweh 649
– Schaltfehler 743
Bloch, Atheismus im Christentum 144
Böni, Ein Wanderer im Alpenregen 671
Börne, Spiegelbild des Lebens 408
Bohrer, Ein bißchen Lust am Untergang 745
Bonaparte, Edgar Poe, 3 Bde. 592
Bond, Bingo 283
– Die See 160
Brandão, Null 777
Brasch, Kargo 541
Braun, J. u. G., Conviva Ludibundus 748
– Der Fehlfaktor 687
– Der Irrtum des Großen Zauberers 807
– Unheimliche Erscheinungsformen auf Omega XI 646
Braun, Das ungezwungne Leben Kasts 546
– Gedichte 499
– Stücke 1 198
– Stücke 2 680
Brecht, Frühe Stücke 201
– Gedichte 251
– Gedichte für Städtebewohner 640
– Geschichten vom Herrn Keuner 16
– Schriften zur Gesellschaft 199
Brecht in Augsburg 297
Bertolt Brechts Dreigroschenbuch 87
Brentano, Berliner Novellen 568
– Prozeß ohne Richter 427
Broch, Hermann, Barbara 151
– Briefe I 710
– Briefe II 711
– Briefe III 712
– Dramen 538
– Gedichte 572

- Massenwahntheorie 502
- Novellen 621
- Philosophische Schriften 1 u. 2
  2 Bde. 375
- Politische Schriften 445
- Schlafwandler 472
- Schriften zur Literatur 1 246
- Schriften zur Literatur 2 247
- Schuldlosen 209
- Der Tod des Vergil 296
- Die Unbekannte Größe 393
- Die Verzauberung 350
Materialien zu »Der Tod des Vergil« 317
Brod, Der Prager Kreis 547
- Tycho Brahes Weg zu Gott 490
Broszat, 200 Jahre deutsche Polenpolitik 74
Brude-Firnau (Hg.), Aus den Tagebüchern
  Th. Herzls 374
Buch, Jammerschoner 815
Budgen, James Joyce 752
Büßerinnen aus dem Gnadenkloster, Die 632
Bulwer-Lytton, Das kommende Geschlecht 609
Buono, Zur Prosa Brechts. Aufsätze 88
Butor, Paris–Rom oder Die Modifikation 89
Campbell, Der Heros in tausend Gestalten 424
Casares, Schlaf in der Sonne 691
Carossa, Ungleiche Welten 521
- Der Arzt Gion 821
Über Hans Carossa 497
Carpentier, Die verlorenen Spuren 808
- Explosion in der Kathedrale 370
- Krieg der Zeit 552
Celan, Mohn und Gedächtnis 231
- Von Schwelle zu Schwelle 301
Chomsky, Indochina und die amerikanische
  Krise 32
- Kambodscha Laos Nordvietnam 103
- Über Erkenntnis und Freiheit 91
Cioran, Die verfehlte Schöpfung 550
- Vom Nachteil geboren zu sein 549
- Syllogismen der Bitterkeit 607
Cisek, Der Strom ohne Ende 724
Claes, Flachskopf 524
Condrau, Angst und Schuld als Grundprobleme in
  der Psychotherapie 305
Conrady, Literatur und Germanistik als Herausforderung 214
Cortázar, Bestiarium 543
- Das Feuer aller Feuer 298
- Die geheimen Waffen 672
- Ende des Spiels 373
Dahrendorf, Die neue Freiheit 623
- Lebenschancen 559
Dedecius, Überall ist Polen 195
Degner, Graugrün und Kastanienbraun 529
Der andere Hölderlin. Materialien zum »Hölderlin«-
  Stück von Peter Weiss 42
Der Ernst des Lebens 771
Dick, LSD-Astronauten 732
- Mozart für Marsianer 773
- UBIK 440
Die Serapionsbrüder von Petrograd 844
Doctorow, Das Buch Daniel 366
Döblin, Materialien zu »Alexanderplatz« 268
Dolto, Der Fall Dominique 140
Döring, Perspektiven einer Architektur 109
Donoso, Ort ohne Grenzen 515
Dorst, Dorothea Merz 511
- Stücke 1 437
- Stücke 2 438
Duddington, Baupläne der Pflanzen 45
Duke, Akupunktur 180
Duras, Hiroshima mon amour 112
Durzak, Gespräche über den Roman 318
Edschmid, Georg Büchner 610
Ehrenberg/Fuchs, Sozialstaat und Freiheit 733
Ehrenburg, Das bewegte Leben des Lasik
  Roitschwantz 307
- 13 Pfeifen 405
Eich, Ein Lesebuch 696
- Fünfzehn Hörspiele 120
Eliade, Bei den Zigeunerinnen 615
Eliot, Die Dramen 191
Zur Aktualität T. S. Eliots 222
Ellmann, James Joyce 2 Bde. 473
Enzensberger, Gedichte 1955–1970 4
- Der kurze Sommer der Anarchie 395
- Der Untergang der Titanic 681
- Museum der modernen Poesie, 2 Bde. 476
- Politik und Verbrechen 442
Enzensberger (Hg.), Freisprüche. Revolutionäre
  vor Gericht 111
Eppendorfer, Der Ledermann spricht mit Hubert
  Fichte 580
Erbes, Die blauen Hunde 825
Erikson, Lebensgeschichte und hist. Augenblick 824
Eschenburg, Über Autorität 178
Ewald, Innere Medizin in Stichworten I 97
- Innere Medizin in Stichworten II 98
Ewen, Bertolt Brecht 141
Fallada/Dorst, Kleiner Mann – was nun? 127
Fanon, Die Verdammten dieser Erde 668
Federspiel, Paratuga kehrt zurück 843
Feldenkrais, Abenteuer im Dschungel des Gehirns
  663
- Bewußtheit durch Bewegung 429
Feuchtwanger (Hg.), Deutschland – Wandel und
  Bestand 335
Fischer, Von Grillparzer zu Kafka 284
Fleißer, Der Tiefseefisch 683
- Eine Zierde für den Verein 294
- Ingolstädter Stücke 403
Fletcher, Die Kunst des Samuel Beckett 272
Frame, Wenn Eulen schreien 692
Franke, Einsteins Erben 603
- Keine Spur von Leben 741
- Paradies 3000 664
- Schule für Übermenschen 730
- Sirius Transit 535
- Tod eines Unsterblichen 772
- Transpluto 841
- Ypsilon minus 358
- Zarathustra kehrt zurück 410
- Zone Null 585
v. Franz, Zahl und Zeit 602
Friede und die Unruhestifter, Der 145
Fries, Das nackte Mädchen auf der Straße 577
- Der Weg nach Oobliadooh 265
- Schumann, China und der Zwickauer See 768
Frijling-Schreuder, Was sind das – Kinder? 119
Frisch, Andorra 277
- Der Mensch erscheint im Holozän 734
- Dienstbüchlein 205
- Herr Biedermann / Rip van Winkle 599
- Homo faber 354
- Mein Name sei Gantenbein 286
- Montauk 700
- Stiller 105
- Stücke 1 70
- Stücke 2 81

– Tagebuch 1966–1971 256
– Wilhelm Tell für die Schule 2
Materialien zu Frischs »Biedermann und die Brandstifter« 503
– »Stiller« 2 Bde. 419
Frischmuth, Amoralische Kinderklapper 224
Froese, Zehn Gebote für Erwachsene 593
Fromm/Suzuki/de Martino, Zen-Buddhismus und Psychoanalyse 37
Fuchs, Todesbilder in der modernen Gesellschaft 102
Fuentes, Nichts als das Leben 343
Fühmann, Bagatelle, rundum positiv 426
– Erfahrungen und Widersprüche 338
– 22 Tage oder Die Hälfte des Lebens 463
Gabeira, Die Guerilleros sind müde 737
Gadamer/Habermas, Das Erbe Hegels 596
Gall, Deleatur 639
García Lorca, Über Dichtung und Theater 196
Gauch, Vaterspuren 767
Gespräche mit Marx und Engels 716
Gibson, Lorcas Tod 197
Gilbert, Das Rätsel Ulysses 367
Ginzburg, Ein Mann und eine Frau 816
Glozer, Kunstkritiken 193
Goldstein, A. Freud, Solnit, Jenseits des Kindeswohls 212
Goma, Ostinato 138
Gorkij, Unzeitgemäße Gedanken über Kultur und Revolution 210
Grabiński, Abstellgleis 478
Griaule, Schwarze Genesis 624
Grimm/Hinck, Zwischen Satire und Utopie 839
Grossmann, Ossietzky. Ein deutscher Patriot 83
Gulian, Mythos und Kultur 666
Gustav Gründgens Faust 838
Habermas, Theorie und Praxis 9
– Kultur und Kritik 125
Habermas/Henrich, Zwei Reden 202
Hammel, Unsere Zukunft – die Stadt 59
Han Suyin, Die Morgenflut 234
Handke, Als das Wünschen noch geholfen hat 208
– Begrüßung des Aufsichtsrats 654
– Chronik der laufenden Ereignisse 3
– Das Ende des Flanierens 679
– Das Gewicht der Welt 500
– Die Angst des Tormanns beim Elfmeter 27
– Die linkshändige Frau 560
– Die Stunde der wahren Empfindung 452
– Die Unvernünftigen sterben aus 168
– Der kurze Brief 172
– Falsche Bewegung 258
– Die Hornissen 416
– Ich bin ein Bewohner des Elfenbeinturms 56
– Stücke 1 43
– Stücke 2 101
– Wunschloses Unglück 146
Hart Nibbrig, Ästhetik 491
– Rhetorik des Schweigens 693
Heiderich, Mit geschlossenen Augen 638
Heilbroner, Die Zukunft der Menschheit 280
Heller, Die Wiederkehr der Unschuld 396
– Enterbter Geist 537
– Nirgends wird Welt sein als innen 288
– Thomas Mann 243
Hellman, Eine unfertige Frau 292
Henle, Der neue Nahe Osten 24
v. Hentig, Die Sache und die Demokratie 245
– Magier oder Magister? 207
Herding (Hg.), Realismus als Widerspruch 493
Hermlin, Lektüre 1960–1971 215
Herzl, Aus den Tagebüchern 374
Hesse, Aus Indien 562
– Aus Kinderzeiten. Erzählungen Bd. 1 347
– Ausgewählte Briefe 211
– Briefe an Freunde 380
– Demian 206
– Der Europäer. Erzählungen Bd. 3 384
– Der Steppenwolf 175
– Die Gedichte. 2 Bde. 381
– Die Kunst des Müßiggangs 100
– Die Märchen 291
– Die Nürnberger Reise 227
– Die Verlobung. Erzählungen Bd. 2 368
– Die Welt der Bücher 415
– Eine Literaturgeschichte in Rezensionen 252
– Das Glasperlenspiel 79
– Innen und Außen. Erzählungen Bd. 4 413
– Italien 689
– Klein und Wagner 116
– Kleine Freuden 360
– Kurgast 383
– Lektüre für Minuten 7
– Lektüre für Minuten. Neue Folge 240
– Morgenlandfahrt 750
– Narziß und Goldmund 274
– Peter Camenzind 161
– Politik des Gewissens, 2 Bde. 656
– Roßhalde 312
– Siddhartha 182
– Unterm Rad 52
– Von Wesen und Herkunft des Glasperlenspiels 382
Materialien zu Hesses »Demian« 1 166
Materialien zu Hesses »Demian« 2 316
Materialien zu Hesses »Glasperlenspiel« 1 80
Materialien zu Hesses »Glasperlenspiel« 2 108
Materialien zu Hesses »Siddhartha« 1 129
Materialien zu Hesses »Siddhartha« 2 282
Materialien zu Hesses »Steppenwolf« 53
Über Hermann Hesse 1 331
Über Hermann Hesse 2 332
Hermann Hesse – Eine Werkgeschichte von Siegfried Unseld 143
Hermann Hesses weltweite Wirkung 386
Hildesheimer, Hörspiele 363
– Mozart 598
– Paradies der falschen Vögel 295
– Stücke 362
Hinck, Von Heine zu Brecht 481
Hinojosa, Klail City und Umgebung 709
Hobsbawm, Die Banditen 66
Hodgson, Stimme in der Nacht 749
Hofmann (Hg.), Schwangerschaftsunterbrechung 238
Hofmann, Werner, Gegenstimmen 554
Höllerer, Die Elephantenuhr 266
Holmqvist (Hg.), Das Buch der Nelly Sachs 398
Hortleder, Fußball 170
Horváth, Der ewige Spießer 131
– Der jüngste Tag 715
– Die stille Revolution 254
– Ein Kind unserer Zeit 99
– Ein Lesebuch 742
– Geschichten aus dem Wiener Wald 835
– Jugend ohne Gott 17
– Leben und Werk in Dokumenten und Bildern 67
– Sladek 163
Horváth/Schell, Geschichten aus dem Wienerwald 595

Hrabal, Erzählungen 805
Hsia, Hesse und China 673
Hudelot, Der Lange Marsch 54
Hughes, Hurrikan im Karibischen Meer 394
Huizinga, Holländische Kultur im siebzehnten Jahrhundert 401
Ibragimbekow, Es gab keinen besseren Bruder 479
Ingold, Literatur und Aviatik 576
Innerhofer, Die großen Wörter 563
- Schattseite 542
- Schöne Tage 349
Inoue, Die Eiswand 551
Jakir, Kindheit in Gefangenschaft 152
James, Der Schatz des Abtes Thomas 540
Jens, Republikanische Reden 512
Johnson, Berliner Sachen 249
- Das dritte Buch über Achim 169
- Eine Reise nach Klagenfurt 235
- Mutmassungen über Jakob 147
- Zwei Ansichten 326
Jonke, Im Inland und im Ausland auch 156
Joyce, Anna Livia Plurabelle 751
- Ausgewählte Briefe 253
Joyce, Stanislaus, Meines Bruders Hüter 273
Junker/Link, Ein Mann ohne Klasse 528
Kappacher, Morgen 339
Kästner, Der Hund in der Sonne 270
- Offener Brief an die Königin von Griechenland. Beschreibungen, Bewunderungen 106
Kardiner/Preble, Wegbereiter der modernen Anthropologie 165
Kasack, Fälschungen 264
Kaschnitz, Der alte Garten 387
- Ein Lesebuch 647
- Steht noch dahin 57
- Zwischen Immer und Nie 425
Katharina II. in ihren Memoiren 25
Kawerin, Das doppelte Porträt 725
Keen, Stimmen und Visionen 545
Kerr (Hg.), Über Robert Walser 1 483
- Über Robert Walser 2 484
- Über Robert Walser 3 556
Kessel, Herrn Brechers Fiasko 453
Kirde (Hg.), Das unsichtbare Auge 477
Kleinhardt, Jedem das Seine 747
Kluge, Lebensläufe. Anwesenheitsliste für eine Beerdigung 186
Koch, Anton, Symbiose - Partnerschaft fürs Leben 304
Koch Werner, Jenseits des Sees 718
- Pilatus 650
- See-Leben I 132
- Wechseljahre oder See-Leben II 412
Koehler, Hinter den Bergen 456
Koeppen, Amerikafahrt 802
- Das Treibhaus 78
- Der Tod in Rom 241
- Eine unglückliche Liebe 392
- Nach Rußland und anderswohin 115
- Reisen nach Frankreich 530
- Romanisches Café 71
- Tauben im Gras 601
Koestler, Der Yogi und der Kommissar 158
- Die Nachtwandler 579
- Die Wurzeln des Zufalls 181
Kolleritsch, Die grüne Seite 323
Komm schwarzer Panther, lach noch mal 714
Komm, Der Idiot des Hauses 728
Konrád, Der Stadtgründer 633
- Der Besucher 492
Konrád/ Szelényi, Die Intelligenz auf dem Weg zur Klassenmacht 726
Korff, Kernenergie und Moraltheologie 597
Kracauer, Das Ornament der Masse 371
- Die Angestellten 13
- Kino 126
Kraus, Magie der Sprache 204
Kroetz, Stücke 259
Krolow, Ein Gedicht entsteht 95
Kücker, Architektur zwischen Kunst und Konsum 309
Kühn, Josephine 587
- Ludwigslust 421
- N 93
- Siam-Siam 187
- Stanislaw der Schweiger 496
- Und der Sultan von Oman 758
Kundera, Abschiedswalzer 591
- Das Leben ist anderswo 377
- Der Scherz 514
Laederach, Nach Einfall der Dämmerung 814
Lagercrantz, China-Report 8
Lander, Ein Sommer in der Woche der Itke K. 155
Laqueur, Terrorismus 723
Laxness, Islandglocke 228
le Fanu, Der besessene Baronet 731
le Fort, Die Tochter Jephthas und andere Erzählungen 351
Lem, Astronauten 441
- Das Hospital der Verklärung 761
- Der futurologische Kongreß 534
- Der Schnupfen 570
- Die Jagd 302
- Die Ratte im Labyrinth 806
- Die Untersuchung 435
- Die vollkommene Leere 707
- Imaginäre Größe 658
- Memoiren, gefunden in der Badewanne 508
- Mondnacht 729
- Nacht und Schimmel 356
- Solaris 226
- Sterntagebücher 459
- Summa technologiae 678
- Terminus 740
- Transfer 324
- Über Stanisław Lem 586
Lenz, Hermann, Andere Tage 461
- Der russische Regenbogen 531
- Der Tintenfisch in der Garage 620
- Die Augen eines Dieners 348
- Die Begegnung 828
- Neue Zeit 505
- Tagebuch vom Überleben 659
- Verlassene Zimmer 436
Lepenies, Melancholie und Gesellschaft 63
Lese-Erlebnisse 2 458
Leutenegger, Ninive 685
- Vorabend 642
Lévi-Strauss, Rasse und Geschichte 62
- Strukturale Anthropologie 15
Lidz, Das menschliche Leben 162
Liebesgeschichten 847
Link, Das goldene Zeitalter 704
- Die Reise an den Anfang der Scham 840
- Tage des schönen Schreckens 763
Literatur aus der Schweiz 450
Lovecraft, Cthulhu 29
- Berge des Wahnsinns 220
- Das Ding auf der Schwelle 357
- Die Katzen von Ulthar 625

– Die Stadt ohne Namen 694
– Der Fall Charles Dexter Ward 391
– In der Gruft 779
MacLeish, Spiel um Job 422
Mächler, Das Leben Robert Walsers 321
Mädchen am Abhang, Das 630
Machado de Assis, Posthume Erinnerungen 494
Machen, Die leuchtende Pyramide 720
Majakowski, Her mit dem schönen Leben 766
Malson, Die wilden Kinder 55
Martinson, Die Nesseln blühen 279
– Der Weg hinaus 281
Mautner, Nestroy 465
Mayer, Außenseiter 736
– Georg Büchner und seine Zeit 58
– Richard Wagner in Bayreuth 480
Materialien zu Hans Mayer, »Außenseiter« 448
Mayröcker. Ein Lesebuch 548
Maximovič, Die Erforschung des Omega Planeten 509
McCall, Jack der Bär 699
McHale, Der ökologische Kontext 90
Meier, Der schnurgerade Kanal 760
Mein Goethe 781
Melchinger, Geschichte des politischen Theaters 153, 154
Mercier, Das Jahr 2440 676
Meyer, Die Rückfahrt 578
– Eine entfernte Ähnlichkeit 242
– In Trubschachen 501
Miłosz, Verführtes Denken 278
Minder, Dichter in der Gesellschaft 33
– Kultur und Literatur in Deutschland und Frankreich 397
Mitscherlich, Massenpsychologie ohne Ressentiment 76
– Thesen zur Stadt der Zukunft 10
– Toleranz – Überprüfung eines Begriffs 213
Mitscherlich (Hg.), Bis hierher und nicht weiter 239
Molière, Drei Stücke 486
Mommsen, Goethe und 1001 Nacht 674
– Kleists Kampf mit Goethe 513
Morante, Lüge und Zauberei 701
Morselli, Licht am Ende des Tunnels 627
Moser, Gottesvergiftung 533
– Lehrjahre auf der Couch 352
Muschg, Albissers Grund 334
– Entfernte Bekannte 510
– Gegenzauber 665
– Gottfried Keller 617
– Im Sommer des Hasen 263
– Liebesgeschichten 164
– Noch ein Wunsch 735
Myrdal, Asiatisches Drama 634
– Politisches Manifest 40
Nachtigall, Völkerkunde 184
Neruda, Liebesbriefe an Albertina Rosa 829
Nizon, Canto 319
– Im Hause enden die Geschichten. Untertauchen 431
Norén, Die Bienenväter 117
Nossack, Das kennt man 336
– Der jüngere Bruder 133
– Die gestohlene Melodie 219
– Nach dem letzten Aufstand 653
– Spirale 50
– Um es kurz zu machen 255
Nossal, Antikörper und Immunität 44
Örkény, Interview mit einem Toten 837
Offenbach, Sonja 688
Olvedi, LSD-Report 38
Onetti, Das kurze Leben 661
Oviedo (Hg.), Lateinamerika 810
Painter, Marcel Proust, 2 Bde. 561
Paus (Hrsg.), Grenzerfahrung Tod 430
Payne, Der große Charlie 569
Pedretti, Harmloses, bitte 558
– Heiliger Sebastian 769
Penzoldts schönste Erzählungen 216
– Der arme Chatterton 462
– Die Kunst das Leben zu lieben 267
– Die Powenzbande 372
Pfeifer, Hesses weltweite Wirkung 506
Phaïcon 3 443
Phaïcon 4 636
Phantasma 826
Plenzdorf, Die Legende vom Glück ohne Ende 722
– Die Legende von Paul & Paula 173
– Die neuen Leiden des jungen W. 300
Pleticha (Hg.), Lese-Erlebnisse 2 458
Plessner, Diesseits der Utopie 148
– Die Frage nach der Conditio humana 361
– Zwischen Philosophie und Gesellschaft 544
Poe, Der Fall des Hauses Ascher 517
Politzer, Franz Kafka. Der Künstler 433
Portmann, Biologie und Geist 124
– Das Tier als soziales Wesen 444
Prangel (Hg.), Materialien zu Döblins »Alexanderplatz« 268
Prinzhorn, Gespräch über Psychoanalyse zwischen Frau, Dichter, Arzt 669
Proust, Briefe zum Leben, 2 Bde. 464
– Briefe zum Werk 404
– Die Welt der Guermantes 2 Bde. 754
– Im Schatten junger Mädchenblüte, 2 Bde. 702
– In Swanns Welt 644
– Sodom und Gomorra 2 Bde. 822
Psycho-Pathographien des Alltags 762
Psychoanalyse und Justiz 167
Puig, Der schönste Tango 474
– Verraten von Rita Hayworth 344
Raddatz, Traditionen und Tendenzen 269
– ZEIT-Bibliothek der 100 Bücher 645
– ZEIT-Gespräche 520
– ZEIT-Gespräche 2 770
Rama (Hg.), Der lange Kampf Lateinamerikas 812
Ramos, Karges Leben 667
Rathscheck, Konfliktstoff Arzneimittel 189
Recht, Verbrecher zahlen sich aus 706
Regler, Das große Beispiel 439
– Das Ohr des Malchus 293
Reik (Hg.), Der eigene und der fremde Gott 221
Reinisch (Hg.), Jenseits der Erkenntnis 418
Reinshagen, Das Frühlingsfest 637
Reiwald, Die Gesellschaft und ihre Verbrecher 130
Ribeiro, Maíra 809
Riedel, Die Kontrolle des Luftverkehrs 203
Riesman, Wohlstand wofür? 113
– Wohlstand für wen? 114
Rilke, Materialien zu »Cornet« 190
– Materialien zu »Duineser Elegien« 574
– Materialien zu »Malte« 174
– Rilke heute 1 290
– Rilke heute 2 355
Rochefort, Eine Rose für Morrison 575
– Frühling für Anfänger 532
– Kinder unserer Zeit 487

– Mein Mann hat immer recht 428
– Das Ruhekissen 379
– Zum Glück gehts dem Sommer entgegen 523
Rodriguez, Monegal (Hg.), Die Neue Welt 811
Rosei, Landstriche 232
– Wege 311
Roth, Der große Horizont 327
– die autobiographie des albert einstein. Künstel. Der Wille zur Krankheit 230
Rottensteiner (Hg.), Blick vom anderen Ufer 359
– Die andere Zukunft 757
– Polaris 4 460
– Polaris 5 713
– Polaris 6 842
– Quarber Merkur 571
Roumain, Herr über den Tau 675
Rüegg, Antike Geisteswelt 619
Rühle, Theater in unserer Zeit 325
Russell, Autobiographie I 22
– Autobiographie II 84
– Autobiographie III 192
– Eroberung des Glücks 389
Russische Liebesgeschichten 738
v. Salis, Rilkes Schweizer Jahre 289
Sames, Die Zukunft der Metalle 157
Sarraute, Zeitalter des Mißtrauens 223
Schäfer, Erziehung im Ernstfall 557
Schattschneider, Zeitstopp 819
Scheel/Apel, Die Bundeswehr und wir. Zwei Reden 522
Schickel, Große Mauer, Große Methode 314
Schimmang, Das Ende der Berührbarkeit 739
– Der schöne Vogel Phönix 527
Schneider, Der Balkon 455
– Die Hohenzollern 590
– Macht und Gnade 423
Über Reinhold Schneider 504
Schulte (Hg.), Spiele und Vorspiele 485
Schultz (Hg.), Der Friede und die Unruhestifter 145
– Politik ohne Gewalt? 330
– Wer ist das eigentlich – Gott? 135
Schur, Sigmund Freud 778
Scorza, Trommelwirbel für Rancas 584
Semprun, Der zweite Tod 564
– Die große Reise 744
Shaw, Der Aufstand gegen die Ehe 328
– Der Sozialismus und die Natur des Menschen 121
– Die Aussichten des Christentums 18
– Politik für jedermann 643
– Wegweiser für die intelligente Frau ... 470
Simpson, Biologie und Mensch 36
Smith, Saat aus dem Grabe 765
Sperr, Bayrische Trilogie 28
Spiele und Vorspiele 485
Spuk, Mein Flirt ... 805
Steiner, George, In Blaubarts Burg 77
– Der Tod der Tragödie 662
– Sprache und Schweigen 123
Steiner, Jörg, Ein Messer für den ehrlichen Finder 583
– Strafarbeit 471
Sternberger, Panorama oder Ansichten vom 19. Jahrhundert 179
– Gerechtigkeit für das 19. Jahrhundert 244
– Heinrich Heine und die Abschaffung der Sünde 308
– Über den Tod 719
Stierlin, Adolf Hitler 236
– Das Tun des Einen ist das Tun des Anderen 313
– Delegation und Familie 831
– Eltern und Kinder 618
Stolze, Innenansicht 721
Strausfeld (Hg.), Materialien zur lateinamerikanischen Literatur 341
– Aspekte zu Lezama Lima »Paradiso« 482
Strawinsky 817
Strehler, Für ein menschlicheres Theater 417
Strindberg, Ein Lesebuch für die niederen Stände 402
Struck, Die Mutter 489
– Lieben 567
– Trennung 613
Strugatzki, Die Schnecke am Hang 434
– Montag beginnt am Samstag 780
– Picknick am Wegesrand 670
Stuckenschmidt, Schöpfer der neuen Musik 183
– Maurice Ravel 353
– Neue Musik 657
Suvin, Poetik der Science Fiction 539
Swoboda, Die Qualität des Lebens 188
Szabó, I. Moses 22 142
Szillard, Die Stimme der Delphine 703
Szczepański, Vor dem unbekannten Tribunal 594
Tendrjakow, Mondfinsternis 717
Terkel, Der Große Krach 23
Timmermans, Pallieter 400
Trocchi, Die Kinder Kains 581
Ueding (Hg.), Materialien zu Hans Mayer, »Außenseiter« 448
Ulbrich, Der unsichtbare Kreis 652
Unseld, Hermann Hesse – Eine Werkgeschichte 143
– Begegnungen mit Hermann Hesse 218
– Peter Suhrkamp 260
Unseld (Hg.), Wie, warum und zu welchem Ende wurde ich Literaturhistoriker? 60
– Bertolt Brechts Dreigroschenbuch 87
– Zur Aktualität Walter Benjamins 150
– Mein erstes Lese-Erlebnis 250
Unterbrochene Schulstunde. Schriftsteller und Schule 48
Utschick, Die Veränderung der Sehnsucht 566
Vargas Llosa, Das grüne Haus 342
– Die Stadt und die Hunde 622
Vidal, Messias 390
Waggerl, Brot 299
– Das Jahr des Herrn 836
Waley, Lebensweisheit im Alten China 217
Walser, Martin, Das Einhorn 159
– Das Schwanenhaus 800
– Der Sturz 322
– Die Anselm Kristlein Trilogie, 3 Bde. 684
– Ein fliehendes Pferd 600
– Ein Flugzeug über dem Haus 612
– Gesammelte Stücke 6
– Halbzeit 94
– Jenseits der Liebe 525
Walser, Robert, Briefe 488
– Der Gehülfe 813
– Der »Räuber« – Roman 320
– Poetenleben 388
Über Robert Walser 1 483
Über Robert Walser 2 484
Über Robert Walser 3 556
Weber-Kellermann, Die deutsche Familie 185
Weg der großen Yogis, Der 409
Weill, Ausgewählte Schriften 285
Über Kurt Weill 237
Weischedel, Skeptische Ethik 635

Weiss, Peter, Das Duell 41
Materialien zu Weiss' »Hölderlin« 42
Weiß, Ernst, Der Aristokrat 792
– Der arme Verschwender 795
– Der Fall Vukobrankovics 790
– Der Gefängnisarzt 794
– Der Verführer 796
– Die Erzählungen 798
– Die Feuerprobe 789
– Die Galeere 784
– Die Kunst des Erzählens 799
– Franziska 785
– Georg Letham 793
– Ich – der Augenzeuge 797
– Männer in der Nacht 791
– Mensch gegen Mensch 786
– Nahar 788
– Tiere in Ketten 787
Weissberg-Cybulski, Hexensabbat 369
Weisser, SYN-CODE-7 764
Weltraumfriseur, Der 631
Wendt, Moderne Dramaturgie 149
Wer ist das eigentlich – Gott? 135
Werner, Fritz, Wortelemente lat.-griech. Fachausdrücke in den biolog. Wissenschaften 64
Wie der Teufel den Professor holte 629
v. Wiese, Das Gedicht 376
Wilson, Auf dem Weg zum Finnischen Bahnhof 194
Winkler, Menschenkind 705
Wittgenstein, Philosophische Untersuchungen 14
Wolf, Die heiße Luft der Spiele 606
– Pilzer und Pelzer 466
– Punkt ist Punkt 122
Wollseiffen, König Laurin 695
Zeemann, Einübung in Katastrophen 565
– Jungfrau und Reptil 776
Zimmer, Spiel um den Elefanten 519
Zivilmacht Europa – Supermacht oder Partner? 137